宁夏2018青年哲学社会科学和文化艺术人才托举工程资助成果

梦想留痕
——群众文化随笔集

刘巍◎著

江西高校出版社
JIANGXI UNIVERSITIES AND COLLEGES PRESS

图书在版编目(CIP)数据

梦想留痕:群众文化随笔集/刘巍著. ——南昌:江西高校出版社,2020.8(2022.2重印)

ISBN 978-7-5493-9656-6

Ⅰ.①梦… Ⅱ.①刘… Ⅲ.①散文集—中国—当代 Ⅳ.①I267

中国版本图书馆CIP数据核字(2020)第069590号

出版发行	江西高校出版社
社　　址	江西省南昌市洪都北大道96号
总编室电话	(0791)88504319
销售电话	(0791)88522516
网　　址	www.juacp.com
印　　刷	天津画中画印刷有限公司
经　　销	全国新华书店
开　　本	880mm×1230mm　1/32
印　　张	11+0.5
字　　数	240千字
版　　次	2020年8月第1版 2022年2月第2次印刷
书　　号	ISBN 978-7-5493-9656-6
定　　价	38.00元

赣版权登字-07-2020-366

版权所有　侵权必究

图书若有印装问题,请随时向本社印制部(0791-88513257)退换

▶ 2013年6月,在中央文化干部管理学院参加全国文化骨干示范性培训班

▶ 2017年7月,参加国家西部地区非遗培训班期间在中央戏剧学院留影

▲ 2013年7月,在中国国家博物馆参观馆藏现代经典美术作品展

◀ 2016年6月,在宁夏自治区委党校参加全区宣传思想文化干部研修班期间和银川当代美术馆原艺术总监谢素贞博士合影

▶ 2019年7月，在天津市举办宁夏文化馆长培训班期间和天津市群众艺术馆原馆长李志邦（中）合影

▶ 2019年7月，在北京市朝阳区文化馆和朝阳区文化馆馆长徐伟合影

◀ 2018年4月,在太原市和山西省群众艺术馆原副馆长刘羽宁合影

▶ 2018年4月,在中卫陪同时任宁夏文化馆馆长马慧玲(右一)督查非遗保护基地

2017年7月,在中卫市沙坡头区兴仁镇走访宁夏剪纸非遗传承人周国霞

2019年5月,在中卫高庙公园采访宁夏古建彩画非遗传承人陈进德

🔺 2016年5月，在中卫市滩羊地毯有限公司调研宁夏地毯制作技艺项目

🔺 2016年4月，在中卫市新华书店·读客书苑邀请中国作家协会会员、银川市文学院院长唐荣尧做主题为"神秘的西夏 西夏的神秘"的讲座

▶ 2018年10月，在中卫沙坡头水镇和政协宁夏回族自治区委员会原副主席李增林教授合影

◀ 2017年4月，在中卫市文化馆陪同市委常委叶宪静（左）、杨文生（中）观看中卫非遗代表性项目实物展

🔺 2018年6月,在中卫市文化馆陪同宁夏社会科学联合会副主席刘祎(左二)调研社会科学普及工作

🔺 2017年11月,主持召开中卫市文化馆一届四次文化理事会议

▶ 2017年12月,在沙坡头水镇参加自治区级非遗代表性项目古建彩画技艺培训班

▲ 2014年9月,在中宁枸杞博物馆广场陪同第六届中国美术家协会副主席尼玛泽仁(前排左四)采风

🔺 2018年6月,参加全国文化馆长培训期间与国家公共文化专家、江苏省文化馆馆长戴珩合影

🔺 2014年11月,在中宁县公共文化服务体系建设培训班做题为"中宁县公共文化服务体系创建之路"的讲座

▲ 2019年6月，在中卫市遇见未来幼儿园与西安工业大学"塞上寻遗"实践队举行座谈

▲ 2016年8月，在宁夏人民剧院参加中国文化馆年会闭幕式颁奖典礼

▲ 2017年5月,举办中卫市非遗传承人培训班期间和北方民族大学教授武宇林博士(中)合影

▲ 2014年10月,在中宁县文化馆陪同宁夏文史馆馆员一行调研文化活动开展情况

序　言

人之相知，贵在知心。国庆节后，看到刘巍同志一条短信，嘱我为其新书《梦想留痕——群众文化随笔集》写篇序文，我便爽口允诺下来。

刘巍是个事业心很强的人，年轻有为，厚积薄发。他虽年龄上小我许多，工作、问学路上并非毫无挫折，但始终谦虚学习、从不放弃，为此我感到由衷喜悦。他自言"我知道我的这部著作是不成熟的"，但这本书出自作者求知的诚恳与事业的求索，体现了他对文化艺术的执着追求和对家乡故土的深情厚爱。仅凭锲而不舍这一点，无疑是值得青年人崇尚的。

作为有助于读者了解地方文化概况和历史的"漫谈"，《梦想留痕——群众文化随笔集》源于作者从事群众文化工作田野调查的一段"履历"，收集了他在公共文化、群众艺术、文化遗产、文化产业方面的见闻与感想，记录了他在传统文化时空中展开的实践与观察、访谈与交流，这绝非是在办公室里阅读、思索能书写出来的。书中所选作品纵横文化领域，内容可谓丰富，更重要的是书中的思考与探索，让我们感受到一个青年学者继承和发扬传统文化的责任感与使命感。

在大文化背景下编写这样一种文体的书，关键在于如何将记事与纪实、文学与叙述统一起来，真正做到忠实于读者，更重要的是能经受住时间与历史的检验。应该说，这是本书创作的最高准则，也是作者的最高追求。限于诸多因素，刘巍同志不可能从真正意义的历史学、社会学、文化学的研究上写出评析性的文字。当然，如此苛求作者也是不现实且不客观的。

我和作者相识共事十年，心里一直想为他写点什么，但每每拿起笔来，却又不知怎样落笔。翻阅这本集子，我不由得感慨万千：家乡的传统文化有几千年的积累和沉淀，有让人取之不尽、用之不竭的养分，我们应该不断地汲取其精华，在现代社会平静起来，厚重起来，睿智起来，进而强大起来。我们永远都不应忽视和淡化文化艺术，因为它可以荡涤我们心灵的尘埃，让我们漂泊的灵魂得到慰藉。

我相信，从"梦想留痕"这个书名和作者的为人能够看得出，刘巍的雄心还不止于此。我更相信，只要我们文化工作者具有这种责任感和使命感，中华民族的文化一定会被发扬光大，成为照亮我们阔步前行的明灯！

2020年1月于中卫逸品堂

自 序

当历史的尘埃落定,一切都归于沉寂之时,唯有文化以物质和非物质的形态留存下来。

——孙家正

时光变幻,岁月辗转。《梦想留痕——群众文化随笔集》报审出版之际,编辑打来电话嘱我修改,我才发现笔端荒废了不少。

翻阅着一篇篇精选的随笔,我心中涌起一次次回忆,泛起一丝丝感动。录入全书的 54 篇文章是我从事文化工作后利用工作间隙完成的,大多是随手做的记录,几乎都未曾发表。我思虑之外也颇感欣慰:一为自身参与文化工作取得的"成绩",再有为结集成册付出的"辛劳",还有入选 2018 年宁夏青年哲学社会科学和文化艺术人才托举工程人选的"骄傲"。

回头观望,我记载的"只言片语"不过是性情留下的"雪泥鸿爪",其中的笔触甚至这部著作无非是一种情感宣泄,至于"血肉""灵魂"之类并不多,思想性是有,但逻辑性欠缺。我承认自己一直在文化的园地里寻觅、挣扎……被丰富、被净化……却不知不觉已疯狂地爱上了艺术,甘心做一个文化的忠实守望者。

当这部作品以宁夏青年文化艺术人才托举工程资助成果呈现在大家面前时,我真诚地希望朋友们走近它、打开它、批评它……这里毕竟装着我的苦涩、烦恼、付出。当然,这些在书香的美好与成长的征程面前,是早该抛到九霄云外的东西。

"多情应笑我,早生华发"!是为序。

2019 年 12 月 9 日于中卫

目录
CONTENTS

第一辑　公共文化建设

- 002　抢抓贫困地区农村公共文化建设的机遇
- 011　村综合文化服务中心与农民文化大院建设调研管窥
- 016　"金字塔式""三员"人才队伍建设的构想
- 024　文化工作市县（区）的融合发展
- 030　文化馆融合社会力量发展的尝试
- 035　公共文化服务体系的创新构建
- 044　"双拥文化"共建的意义

第二辑　群众文化实践

- 048　地方文化艺术创作研究中心的设立
- 053　地方群众文化刊物的创办
- 059　广场文化发展的走向
- 066　文化大院发展的方向

072	"非物质文化遗产进校园"的宝贵实践
077	"戏曲(秦腔)进校园"活动的举措
081	"非物质文化遗产进校园"的典型案例
085	红枸杞原创音乐会的打磨提升
087	"聚笑堂"相声茶社创立所见
089	房车生活文化节的启示
093	歌曲《西北汉子黄河情》的创作

第三辑　　文化遗产保护

098	非物质文化遗产保护的回顾
106	非物质文化遗产保护的对策
111	非物质文化遗产保护刍议
116	非物质文化遗产展馆的设计
121	"中国民间文化艺术之乡"申报的必要性
125	"花儿"唱响中卫大地热议
130	民间美术精品展的策划
133	《中宁非物质文化遗产名录》的期待
135	枸杞传统栽植技术的传承
142	保护黄羊民俗文化村并建立文艺创作基地的探索
149	"中国钱鞭村"构建的可行性
157	黄羊钱鞭与全民健身运动

第四辑　　文化产业探索

- 164　文化产业发展创意
- 168　宁夏凡客杰瑞等文化产业的发展
- 172　书画古玩花鸟市场的新建
- 177　文化小剧场的管理和使用
- 180　蒿子面文化产业如何破题
- 188　蒿子面产业培植的可行性
- 193　民族民间艺术助力脱贫攻坚

第五辑　　文化工作反思

- 204　改革开放以来中卫文化工作的发展
- 268　宁夏非物质文化遗产保护工作交流心得
- 274　文化人的"傲慢与偏见"
- 277　文化馆（人）的理想和现实
- 281　文化馆长的修养

第六辑　　文化苦旅随想

- 286　《民歌·中国》慰问演出中卫行
- 290　中国非物质文化遗产博览会感言
- 299　全国基层文化队伍示范性培训心得

304	中国文化馆年会中卫展位设想
307	中国西部民歌（花儿）歌会观感
314	观大型歌舞《宋城千古情》有感
320	歌剧《唐·帕斯夸莱》观后随思
322	观看儿童舞台剧《蓝世界》感悟
328	舞台剧《你看起来好像很好吃》感与想
330	"砚田三友"书法作品展随想
334	剪纸创意大赛随笔
336	凭吊八宝山革命公墓
342	**跋**

第一辑
公共文化建设

公共文化是人人都能参与文化，人人都会享受文化，人人都来创造文化。

抢抓贫困地区农村公共文化建设的机遇

党的十八大报告在提出"人民生活水平全面提高"这一目标时,第一句话就是"基本公共服务均等化总体实现"。实现均等化,就是要缩小城乡文化服务差距,就是要减少发达地区和欠发达地区之间的文化差距,实现公民文化权益的充分保障。而后十八届三中全会明确提出建设综合性文化服务中心,整合基层宣传、文化、广电、体育等各类面向农村的公共文化资源,完善公共文化服务供给侧改革,打通公共文化服务的"最后一公里"。

从这个意义上讲,对于农村地区、困难地区、西部地区的公共文化服务体系建设,尤其需要推行"加强资源整合,推动文化资源向农村、民族地区和贫困地区倾斜"的"反弹琵琶"式的路径。能做到这一点,就"能够使这些地区的文化设施和文化服务实现跨越发展,达到一个适合需要的较好水平"。

宁夏农村公共文化服务体系构建及综合性文化服务中心建设是在中央脱贫攻坚政策背景下实施的一项惠及贫困地区群众文化生活的大事,将给"文化扶贫"提出新的任务和更高的要求,将激发贫困地区及困难群众坚定脱贫信念,实现"精神脱贫"。

一、贫困地区农村公共文化服务体系的创建条件与实施标准

2015年11月,习近平在中央扶贫开发工作会议上,提出到2020年我国现行标准下农村贫困人口实现脱贫,以精准帮扶促进贫困地区的民生改善。2016年初,中宣部牵头提出建设"贫困地区百县万村综合文化服务中心示范工程",推进国家确定贫困地区公共文化服务体系建设,促进集中连片特殊困难地区县和国家扶贫开发工作重点县实现文化扶贫。以上政策措施的出台,在相当程度上解决了公共文化服务均等化本身缺乏必要政策、战略目标、保障机制与责任体系等问题,将成为推动贫困地区公共文化服务体系建设与缩小城乡文化差距的重大机遇和有力抓手。

二、贫困地区农村公共文化服务体系的"生存现状"与"发展期待"

多年来,中央到地方政府对贫困地区文化建设给予了很大的支持,市县也在逐年加大对文化建设的投入,但相比群众日益增长的精神的需求,文化生产却比较落后,公共文化服务均等化还存在一些亟待解决的问题:

(一)城乡公共文化设施空间与布局不均衡,群众文化活动总量、质量与服务供给不均衡

"十二五"开始,各地对文化公共财政的投入无论在总量、所占比例和增长速度方面都有显著提高,对农村和欠发达地区财政扶持力度也不断增强,但与推动公共文化服务体系构建的要求相比,仍然存在差距。

市一级公共文化设施和公共文化机构全部集中在主城区，城区以外的县区没有市级文化设施和机构，城市重大文化设施投入较多，连居住小区文化设施都得到较大改善，而县（区）级和乡（镇）级设施建设相对滞后；县（区）内大型文化体育场馆主要集中在城区，乡（镇）文体设施建设滞后。尤其在西部地区和老少边穷地区，设施总量不足、布局不合理、设施不足的问题较为普遍，基层公共文化活动后续提升及活动开展的经费难以保障，综合文化服务中心设施维护、更新等缺乏经费支持，甚至乡（镇）综合文化服务中心（文化站）被其他站所占用或变身村部使用。例如，某乡综合文化服务中心建在乡政府驻地村村部院内，建设初期考虑了乡站村室共用的实际问题，但因选址等因素，目前该乡综合文化服务中心（文化站）已成为村部办公楼，乡文化服务中心（文化站）被神不知鬼不觉地摘了牌子，历年配置的文化器材也荡然无存，全乡群众文化主阵地的作用丧失殆尽。急需按照村综合性文化服务中心建设要求［宁夏"七个一"标准：一个村一个文化活动广场（1000m^2），一个文化活动室（90m^2），一个简易戏台（长10米、宽5米、高0.8米），一个图书（电子）阅览室，一套文化器材（含一套音响和部分乐器），一套广播器材，一套体育设施器材（含一个篮球场、2个乒乓球台、1套体育健身器）］，选派一名文化指导员（由市县〈区〉文艺工作者和区内艺术家担任，作为文化帮扶负责人，精准对接文化供求）落实主体责任，并统筹力量，整合资源，建立机制，扎实推进建设，确保建设项目实用适用。

市一级重大文化节庆活动大多集中在城区尤其是主城区范围内举行,城区尤其是主城区外的其他县(区)居民参与和享受重大文化节庆活动必须付出比城区尤其是主城区居民更高的成本;在县(区)内部,县级大型文化节庆活动等集中在城区,城区范围外乡(镇)居民参与和享受城区文化节庆活动也必须付出比城区居民更高的成本;城乡自身为居民提供的公共文化产品、文化服务总量很少、质量偏低;面向基层的优秀公共文化产品供给不足,特别是内容健康向上、形式丰富多彩、群众喜闻乐见的文化产品种类和数量少,服务质量参差不齐。同时,县(区)、乡(镇)、村(社区)之间发展不够平衡。除部分经济较发达乡(镇)的农村文化活动开展较好外,大部分农村地区文化活动较少,一些边远农村的群众文化生活还相对贫乏,享受不到应有的文化生活,农民群众看书难、看电影难、看戏难的问题依然不同程度地存在。

总体上看,与城区相比,县(区)公共文化服务供给能力相对偏弱、活动总量相对偏少、质量相对偏低;与城市相比,农村公共文化服务滞后,活动总量少、质量低、可及性差;从不同人群情况看,城乡低收入家庭和社会困难群体、外来务工人员的基本公共服务权益还不能得到充分保障,公共文化投入不平衡现象仍然存在且十分明显。

(二)农村文化素质偏低且年龄较大,社会力量参与较少且积极性不高

城乡农村文化干部年龄偏大,文化程度偏低,而且大多数文化专干身兼数职,一定程度上存在"专干不专用"且业务

不熟悉、组织指导业务工作能力较弱的问题。

城乡贫困地区经济发展落后，居民在农村文化建设中自办文化的积极性普遍不高，自我服务能力不够。企业和社会团体对公共文化服务的参与热情不高，参与程度较低，即使通过冠名赞助、捐赠等方式参与公共文化活动，也大多是零敲碎打。公共文化服务体系建设主要靠政府推动，处于政府财政投入"一柱擎天""独木难支"的状况。

（三）管理体制不活且机制不健全

市一级已逐渐从过去"大包大揽"办文化事业模式中摆脱出来，但政府管理文化事业的职能尚未得到充分施展。管办、政企、政事、政资不分，区域壁垒和行政过度干预等现象仍然在一定范围内存在，政府职能"缺位"和"越位"、职能交叉、行政管理成本过高等问题依然突出，公共文化机构的法定职责和功能未明确；公益性文化事业单位内部管理体制、用人、分配等制度改革任务仍然艰巨，改革配套政策不够完善，平均主义、大锅饭、富余人员特别是"老人"安置问题仍然突出。同时，适应市场经济大背景的"政府主导、市场化运作、社会参与"运作机制还未完全形成，激励社会力量参与公共文化事业的法律和税收体系还未完善，民营经济进入公共文化服务领域的门槛依然过高。

同时，公共文化服务机构的监管、考核和评估主要依靠政府文化部门来实行，社会评价尤其是群众评估和专家监管缺乏；地市层面、县区层面都未摆脱计划经济时代部门化管理的体制，乡镇综合文化站（文化服务中心）都由乡镇政府直接管理，文化主管部门和业务单位只对文化站（文化服务中心）进行业务指导，文化站（文化服务中心）不是一种农村公共文化服务组织，而是一种部门化的文化管理机构和本级政府完成上级任务的执行机构。同时，因缺少统筹协调和统一规划，公共文化资源难以有效整合，条块分割、重复建设、多头管理等问题普遍存在，基层公共文化设施功能不健全、管理不规范、服务效能低等问题仍较突出，总量不足与资源浪费问题并存，农村公共文化服务体系的"短板差距"和在文化管理上的"主观随意"可想而知，党和政府文化建设的惠民政策较难抵达"寂静的山村"，公共文化体系的服务半径不能实现"恩泽四方"。

三、贫困地区农村公共文化服务体系的"制度设计"与"精神建构"

（一）完善顶层设计，强化贫困地区农村公共文化服务体系建设的导向性

一是建立健全公共文化法规体系。加快《公共文化服务保障法》《公共图书馆法》等法律法规的落实进程，从制度上保障公共文化服务的规范化、标准化和常态化。二是建立健全政策支持体系。制定支持贫困地区公共文化发展的相关政策，特别是对贫困地区公共文化建设的财政支持政策。发挥市场机制和社会力量的作用，通过委托经营、国有民办、民办国助等多种途径，提高公共文化设施的运行和管理效率。三是建立健全激励机制。制定吸纳多元主体参与公共文化服务的优惠政策，鼓励培育微观公共文化服务主体和社会组织，引导企事业

单位、社会团体、非政府组织及广大民众等社会力量参与公共文化服务体系建设。四是建立对口帮扶机制。采取宣传文化部门和文化单位对口帮扶等措施，帮助贫困地区解决基层公共文化建设发展中的实际困难和问题，走出一条"党委政府主导、公共财政支撑、全民积极参与"的文化服务体系建设之路。

贫困地区移民新村的文化体系建设，要采取地方图书馆、文化馆对口设立基层帮扶点等措施，突出群众文化的共建共享：一是丰富文化活动。在春节、中秋等传统节日，广泛开展"接地气、心贴心"的移民新村群众文化活动，加速广大移民对新家园的认同感。二是培育精品文化。以实施国家"三区"人才工作计划为契机，市、县（区）组织文艺工作者到移民新村深挖民间文化资源，发挥移民新村民族民间工艺品制作历史悠久、人才资源丰富的优势。例如，宁夏西吉县马兰回乡刺绣有限公司充分利用电子商务平台，将回族服饰系列产品成功打入中东阿拉伯市场，年销售额突破400万元，为"智慧新村"建设树立了样板。

（二）加大投入力度，增强贫困地区农村公共文化服务体系建设的针对性

坚持政府投入为主导，将公共文化事业建设经费列入各级财政预算，明确各级财政的文化支出增幅高于同级财政经常性收入增幅，重点解决贫困地区投入不足、经费不够的问题。同时，由于部分项目实施较早以及标准变化，项目亟须完善提升：对革命老区、国家级贫困县应减少或免除县级配套资金。此外，在管好用好中央、自治区、市专项资金的同时，整合功能相近、

用途相似的项目资金，开辟公共文化服务体系建设的融资渠道。

（三）强化设施建设，提高贫困地区农村公共文化服务体系建设的实效性

支持贫困地区公共文化设施建设纳入扶贫攻坚计划和美丽乡村规划，把开展文化活动与壮大村集体经济、促进农民增收等结合起来，统筹规划和建设公共文化服务设施，着力建设"设施完善、覆盖城乡、惠及全民"的公共文化设施网络。通过完善设施布局推动公共文化服务均等化，以均衡的公共文化设施布局推动公共文化服务均等化，形成城乡公共文化发展一体化新格局，实现以城市新区、城市综合体、欠发达地区和农村等为重点，建设适度超前的优质化、多样化、均等化公共文化服务网络，重点建设一批与城市性质相匹配、体现城市特色和时代精神的现代化标志性文化设施的同时，推动公共文化设施网络建设的重心下移，尤其要下移到县（区）、乡（镇）、村（社区）公共文化设施和公共文化活动场所的建设上来。

（四）增强造血功能，注重贫困地区农村公共文化服务体系建设的持续性

加大群众性文化组织的支持力度，培养农村文化活动的带头人，充分调动农村文化能人和文艺骨干的积极性，积极挖掘地方文化的特色资源，大力支持珍稀民间艺术的保护，快速形成公共文化产品和服务"超市式"供给、"菜单化"服务的模式，着力打造"乡村半小时公共文化服务圈"，基本实现"大戏年年看、广播村村响、电视户户通、书屋常年开、上网看天下"的目标。

搭建群众性文化人才的成长平台,建好三支队伍——乡村文化管理队伍、乡土文化人才队伍、文化志愿者队伍。其中,强化乡土文化人才队伍建设方面,采取以老带新、委托培训、研修传承等方式,确定剪纸、刺绣等民俗文化传承人,为群众提供丰富多彩的文化产品。开展"文化铸魂行动""乡村记忆行动""群娱群乐行动"等活动,让群众成为公共文化服务的参与者和受益者。

(五)着眼提高素质,激发贫困地区农村公共文化服务体系建设的创造性

鼓励大中专院校毕业生到农村从事基层文化工作,引导各级文化单位开展面向农村的文化交流援助,开展针对基层文化工作者、群众文化辅导员和农村文化能人的业务培训,实现了政府推动与市场拉动、自身持有与社会供给的有机结合;载体上突出活动牵引,开展全民阅读、农民文化节、"书香之家"等活动;手段上既要充分利用传统的板报、电视、公开栏等宣传阵地,又要善于利用手机媒体、互联网等新兴媒体;机制上要建立完善组织领导、经费保障、政策支撑等长效机制,确保公共文化服务设施服务功能的最大化,努力构建一支"留得住、用得上、下得去,会创造"的文化队伍。

当前,"精准脱贫"工作已经被提到了全新的高度,要从战略和全局的角度,充分认识贫困地区公共文化服务体系建设的重要性和紧迫性,切实把基层综合性文化服务中心建成推动公共文化服务体系建设的有力抓手,落实好中央和自治区党委、政府脱贫决策部署与全面建成小康社会的计划,农村公共文化服务体系的短板才能真正得到弥补,才能为国家公共文化服务体系保障均等化法律法规的完善提供建议和经验。

村综合文化服务中心与农民文化大院建设调研管窥

为贯彻中宣部、文化部、国家新闻出版广电总局、国家体育总局关于《贫困地区百县万村综合文化服务中心示范工程方案》要求和自治区党委、政府关于全区脱贫攻坚工作的总体部署，自治区党委宣传部牵头会同自治区文化厅、新闻出版广电局、体育局制定了《全区2016年贫困地区村综合文化服务中心示范工程实施方案》和《2016年全区农民文化大院建设实施方案》，计划在六盘山集中连片特殊困难地区和国家扶贫开发工作重点县确定110个村综合文化服务中心和100个农民文化大院，涉及中卫市村综合文化服务中心23个（沙坡头区2个、中宁县3个、海原县18个）、农民文化大院16个（沙坡头区2个、海原县14个）。

2016年4月6—9日，按照自治区党委宣传部《关于村综合文化服务中心和农民文化大院建设情况排查调研工作的方案》的有关要求，中卫市先后组织到市沙坡头区、海原县、中宁县开展基层文化阵地设施的实地调研，初步掌握了全市村文化服务中心和农民文化大院的运行现状，基本摸清了全市村文化服务中心和农民文化大院的建设需求。

一、基本现状

村文化服务中心和农民文化大院处在公共文化服务体系的末端和根基,具有"村文化馆""村图书馆""村博物馆""村体育馆""村民俗馆""村史馆""村人民广场"等的集合功能,是联系底层群众精神心灵和文化情感的纽带,是黏合农村百姓物质享受和娱乐追求的"良剂"。

(一)村综合文化服务中心

中卫市确定的 23 个村综合文化服务室,公共文化基础设施条件("七个一"标准)相对较好;共建有文化活动广场 17 个,设置率 73.9%;文化活动室 23 个,设置率 100%;图书阅览室 22 个,设置率 95.7%;简易戏台 8 个,设置率 34.8%;文化器材、体育健身器材、广播影视器材拥有率分别达到 43.5%、52.2%、60.9%。各村能自主开展文化活动,村级文化阵地集宣传文化、体育健身、科学普及、普法教育、党员教育等功能于一体。各活动点经常参加活动的人数稳定在 30 人以上。

(二)农民文化大院

中卫市确定的 16 个农民文化大院,人员队伍相对稳定,基本具备组织群文活动的条件与开展文娱活动的能力,普遍依托文化大院带头人家庭院落或周边中心闲置场地,全部配置音响、乐器和道具、演出服等活动装备,自发举办以广场舞、秦腔戏、社火舞、民俗展示为主的文娱展演活动,大都缺乏小型简易舞台、灯光和文化氛围,且开展节庆文化活动的次数较为有限。

二、困难与问题

（一）设施配备不完善，资源配置不集中

部分村综合文化服务中心场地面积小、结构不合理、功能不完备，承载不了公共文化活动所必备的项目。部分农民文化大院设备器材缺乏、服务内容单一、活力气氛不够。乡（镇）及行政村文化器材等配备通常依靠文化、广电、教育、科技、卫生、工青妇等多个部门单位给予，存在资源配置散乱、供需不相适应、重复浪费和多头管理等现象。县（区）文化、体育、广电等公共文化设施建设容易各自为政，缺乏统一协调，设施配置分散、利用率与运转率低下甚至闲置浪费现象时有发生。

（二）阵地服务不到位，培训辅导太薄弱

部分村综合文化服务中心无固定村级文化管理员，辐射带动范围有限，综合服务能力不强，难以适应公共文化开放服务的新要求。部分农民文化大院文艺骨干数量少，涉猎文艺项目不广泛，创编排演的水平参差不齐，地方特色文化的表现力不足，缺乏群众义化培训指导的问题明显存在。

（三）制度保障欠合理，政策落实较乏力

部分村综合文化服务中心和农民文化大院管理比较松散，缺乏相关的管理和服务标准，所配送设备器材的效应发挥得不到监督，公益服务特色不明显，流失破损现象较明显，长效运行保障机制还不健全，服务效能得不到有效发挥。

三、对策和建议

（一）补齐设施器材，合理分配资源

建立党委、政府统一领导，宣传文化部门牵头协调，相关部门参与配合，职责明确、分工协作、统筹有力、运转高效的公共文化服务体系建设协调机制，促进公共文化服务跨领域、跨部门、共建共享、一体化发展，提升村级文化服务阵地的综合服务效能。依托县（区）文化馆等群文单位的辅导培训职能和乡（镇）综合文化站保障指导功能，整合基层宣传文化、党员教育、体育健身、科技普法等设施资源，建设功能齐全、设备完善的乡村综合公共文化服务"中心"，实施"一村一策""一院一策"，实现基层文化惠民项目和公益文化服务的集成，形成"多家投资，一家管理，资源节约，利用最大"的农村公共文化服务架构。同时，根据各地区文化阵地及设施的不同状况，在设施器材配置和专技对口辅导等方面讲究实用性和个性化，做好配发和采购设备的登记、核查与保养等，确保设施器材持续发挥功用。另外，要注重民族聚居地方的文艺情感取向，挖掘民族地区的文艺特色，开辟真正"有文化"的村级文化平台。

（二）完善管理制度，提升服务水平

落实市、县（区）、乡（镇）政府组织文化建设和提供社会公共服务的职能，改造或新建的村综合文化服务中心要实现"五个统一"，即统一门头标牌、统一布设室内外活动空间与设施、统一基本服务标准、统一管理制度、统一培训管理人员，支持或帮扶农民文化大院实现标准化和示范性建设，并给予文艺辅导、展示交流和设备配置等方面的服务。

（三）强化文化服务，发展特色文化

制订人才培训计划，定期举办基层文化干部和乡土艺术人才培训班，不断提高文化从业人员的综合素质；购买社会公共文化服务公益性岗位，使行政村（社区）至少有1人专门从事公共文化服务工作；发展文化志愿服务队伍，招募吸纳大学生、社会青年、离退休文化工作者、乡土文化能人等加入文化志愿服务队伍行列，鼓励创排具有地方文化特色的文艺节目，促使文艺风尚常驻百姓身边，确保优秀文化遗产得以传承，带动农村文化繁荣发展。

"金字塔式""三员"人才队伍建设的构想

中宁县位于宁夏回族自治区中部西侧,是著名的"中国枸杞之乡"和"中国枸杞文化之乡",至今已有两千余年的置县史。黄河文化、佛教文化、丝路文化等底蕴深厚,石空寺、胜金关、黄羊湾岩画、黄河古渡等景观独具特色。2005年中宁县被文化部命名为"全国文化先进县",2010年被宁夏回族自治区命名为"首批文化建设先进县"。

为落实"文化强县"战略,中宁县依托特色文化资源,设立文化发展基金,奖掖地方文化名人,倾力基层文化建设,在宁夏各市县公共文化服务体系示范区创建尤其是文化人才队伍建设上探索出一条适合自身定位的发展道路,为夯实文化基层人才服务队伍做出了有益的尝试。

一、"金字塔式"公共文化"三员"人才队伍建设概念的提出

《十八大工作报告》第六条"扎实推进社会主义文化强国建设"中指出"完善公共文化服务体系"。为贯彻落实十八大精神,建立健全公共文化服务网络,中宁县创新性地提出以文化"三员(教练员、辅导员、传播员)"人才建设为核心,建

立"金字塔式（自上而下）"公共文化人才队伍管理模式，并逐步构建"横向到边，纵向到底，覆盖城乡，志愿服务"的公共文化人才培育管理体系。

按照《中宁县创建全区公共文化服务体系示范县实施方案》要求，中宁县将于2013年底前，分批次轮训34名县文化馆专业技术人员、12名县图书馆专业技术人员、25名乡镇文化站管理人员、120名村文化室（农家书屋）管理人员、300名业余文艺骨干、150名农村文化实用人员；带动文化志愿服务队伍20支，从中命名12名文化教练员、36名文化辅导员与500名文化传播员。

通过"金字塔式"层级培训与"三员"递进引领，中宁有望实现文化人才总量大幅增加，文化人才素质明显提高，文化人才结构进一步优化，基本建成结构合理、素质较高、相对稳定的文化人才服务队伍，初步形成有利于文化人才成长并发挥作用的良好社会环境。

二、"金字塔式"公共文化"三员"人才队伍建设命题的源起

《2013年全区文化工作要点》提出："加强公共文化服务体系制度设计研究，推进中宁等县（区）创建自治区首批公共文化服务体系示范区。"

为打造实施这一文化惠民工程，提升全县公共文化服务的质量和水平，中宁文化工作者坚守文化自觉和文化自信，树立科学发展观和人才观，坚持"政府主导、社会参与、整体规划、分步推进、分类指导、分级负责、因地制宜、灵活多样、注重实效"的原则,以提高群众文化素养和城乡文明程度为重点,以文化人才队伍能力建设为核心,加大政府投入,不断创新人才管理体制和工作机制。紧紧抓住培养、吸引和使用人才三个环节,大力开发文化人才资源,努力建设以文化行政管理人才、专业技术人才、经营管理人才、文化实用人才为主题的人才队伍,着力提升全县公共文化服务人才的政治业务素质和管理服务水平,积极培养发展从事文化事业与文化产业的骨干人才,为"文化中宁"提供强有力的人才保障和智力支持,真正推动杞乡文化实现大发展大繁荣。

三、"金字塔式"公共文化"三员"人才队伍建设体系的举措

（一）实施内容

1. 培训对象

一是文化管理人才队伍。主要是文化馆与图书馆管理层;镇(乡)文化服务中心(综合文化站)主任;社区文化活动室、村文化大院与农家书屋;企业、学校等基层文化管理人员,要求大专以上文化程度达到70%,参加脱产培训达到100%。二是文化实用人才队伍。围绕各镇(乡)、部门、单位的文艺骨干与热衷文化工作的各界能人,建立农村实用文化人才数据库,扶持县内民办文艺团队,培养县内外富有乡土特色且较有影响力的民间艺术人才。另外,制定《中宁县文艺创作扶持与奖励办法》,实施"杞乡英才·文化名人评选工程",每两年分艺术门类评选"文化名人",以县级财政给予补贴,并对其从事的创作予以经费上的重点支持。三是文化产

业经营人才队伍。加大文化产业经营人才的引导,出台扶持文化中小微企业的政策措施,鼓励和支持民营文化企业的发展。四是文化志愿者人才队伍。加强文化志愿服务能力的培养,制定文化志愿者招募办法,建立有效的引入退出机制,巩固文化活动的辅助人才力量。

2. 培训内容

(1) 文化管理人才队伍培训内容

公共文化服务体系下镇(乡)综合文化站的基本职能与任务;基层群众文化活动策划、组织实施程序以及实施中的控制与管理;非物质文化遗产的申报与保护;惠民工程业务技能及业务管理方法;图书管理与文物保护。

(2) 文化实用人才队伍培训内容

群众文化工作的内容、任务及基本原则;基层群众文化的管理、民间群众文化活动的管理;群众文化活动的策划、组织与实施;群众文化活动策划方案与实施方案的基本结构。

文艺骨干重点进行文学创作、声乐、戏曲创作表演、书法、绘画、器乐、广场舞、曲艺创作、非物质文化遗产保护等基本知识、基本技能、创作方法、保护措施的培训,以及目前文化发展态势、走向等前沿理论知识培训。

(3) 文化产业人才队伍培训内容

文化产业发展的意义;文化产业出台的政策及导向;文化产业创业技能;文化产业的优势方向。

(4) 文化志愿者人才队伍培训内容

文化志愿服务活动的意义;"春雨工程"文化志愿者边疆

行活动的交流。

3. 培训方式

以满足人民精神文化需求,激发群众文化创造活力为出发点和落脚点,以覆盖全县文化人才队伍为目的,以"三大课堂"的递推形式,精心组织"金字塔式"主题文化活动。

(1) 高校大课堂

借助区内外高校艺术院系平台,建立常年合作的文艺培训渠道,开办"高校大课堂"短期脱产培训班,选派文化系统业务骨干出外学习与考察交流,培养一批业务精湛、水准较高的文化"教练员"。

(2) 群文大课堂

借助县宣传文化中心阵地平台,邀请区内外文艺专家,安排自主培养的"教练员"进行授课辅导,举办多形式的"群文大课堂"艺术培训活动,对文化馆、图书馆、文化站、文化大院(含自乐班)、农家书屋志愿者中的文艺骨干进行理论辅导与专业指导,全面提高培训学员的文艺素养和艺术技能,培育一批门类较多、层次合理的一线文化"辅导员"。

(3) 百姓大课堂

借助镇(乡)综合文化站资源平台,动员"辅导员"深入基层民办自乐团体进行现场辅导培训,并利用配发的拉杆音响、服装道具、鼓乐器材等设施设备,举办形式多样的"百姓大课堂",带动一批数量充足、富有活力的"传播员"。

4. 培训时间

培训工程的各培训项目根据实际情况可交叉同时进行,总

体安排如下:

(1) 准备阶段:一是成立项目工程建设领导小组,负责协调解决项目申报;二是对全县文化人才资源现状进行调查分析,形成具体工作方案;三是先行举办"群文大课堂"活动,夯实群文专业技术人员的基础理论与实践能力。

(2) 实施阶段:一是对县内文化人才培训基地硬件设施进行建设和改造,集中采购配发一批拉杆音响、乐器、服装、道具等文化活动器材。二是联系打通区内外艺术院系文艺专业培训渠道,计划外派学习门类及人员,与签约院校共同举办培训工程启动仪式暨"高校大课堂"活动开班典礼,尝试建立长期合作的培养机制。三是命名首批县级公共文化服务"教练员";通过内引外联举办"群文大课堂"系列培训讲座。四是通过"群文大课堂"培训,从合格结业学员中选聘一批专兼职文化"辅导员",组织"辅导员"编写培训辅导教案。五是依托镇(乡)综合文化站及文化大院,发挥文艺骨干组织带头作用,安排"辅导员"开展"百姓大课堂"活动,培养发展一批文化"传播员",进而组建起稳定递进的公共文化服务"三员"队伍。在此基础上,成立文化志愿者服务队伍,建立健全客观的文化人才评价体系与服务平台。六是组织开展县级或区域性展演、比赛等活动,系统汇报总结工程建设的成果。

(3) 验收阶段:对照分析反思项目建设存在的问题和下一步发展的方向,在自查的基础上,向上级部门提出检查验收申请。

5. 培训措施

一是建立完善的培训制度。出台教学、考勤、考核、结业等制度,安排专职人员对项目工作进行管理,建立科学合理的文化人才培养、评价体系。二是建立稳定的培训队伍。组织编写培训教案,选聘专、兼职文化"三员"(教练员、辅导员、传播员),构建稳定递进的文化培训队伍。三是开展区域性的展演活动。举办不同层次阶段性培训的展示、展览与会演,鼓励文化团体间互观互检互学,及时巩固教学成果。四是搭建品牌文化的推介平台。推进"金字塔式"文化培训机制,创新设计文化活动载体,精心举办文化民生主题活动,搭建群众作为文化活动和文化表现主体的活动平台,形成区域文化对外影响的合力,引领中宁文化进步的新风尚。

(二)保障措施

1. 加强组织领导,健全工作体系。一是充分发挥文化主管部门的统筹协调职能,切实加强和改进公共文化人才队伍建设工作的领导,落实培训责任制;二是充分调动各乡镇、部门、单位的组织管理职能,切实加快公共文化人才培训工作体系的建设;三是充分发挥文化"三员"的服务职能,切实加大"金字塔式"递进培训的扶持力度,形成县、镇(乡)与部门、村三级贯通的培训工作体系。

2. 狠抓督查考核,落实工作责任。一是建立检查与考核制度,重点考核"三员"在培训实施、组织协调及机制创新等方面的成效;二是实行社会公开监督制度,使培训和管理全过程接受社会监督;三是实行奖惩制度,对出色完成文化人才培训任务的单位及个人予以表彰。

3. 完善工作制度,加强人才管理。一是建立文艺人才活动制度，定期开展文艺活动；二是建立人才档案管理制度，分类保管人才资料；三是建立人才联络制度，形成活跃的文艺氛围；四是建立人才竞争制度，全面提高人才队伍水平。

4. 整合多方资源，切实保障资金投入。多渠道筹集资金，增加培训经费投入，建立规范台账，做到专款专用。真正做到有人办事，有钱办事，有制度管事。

5. 加强舆论宣传，营造良好工作氛围。充分利用电视、广播、报刊等媒体大力宣传培训的意义和成果，调动群众参与文化工作的积极性，激发基层文化工作者的创造力，扩大"金字塔式"公共文化"三员"人才队伍建设创新举措的社会影响力，推进培训工作持续向前深入开展，真正使文化活动家喻户晓，人人参与。

综上，中宁县在争创自治区公共文化服务体系示范区建设中，借鉴张家港市"网格化"公共文化服务经验，探索提出"金字塔式（打造"三大课堂"、培养"文化三员"）"管理模式，培育出一支发展急需的文化人才队伍，并将其作为人才工作创新申报项目，既是全区公共文化服务实践的一次宝贵创新，更是中宁文化工作的一个新亮点。

总之，公共文化服务体系构建是一项系统工程，必须因地制宜，寻找发展规律；必须务实创新，采取有力举措。唯有如此，才能抓住公共文化服务体系示范区创建的历史机遇，才能在文化大发展大繁荣的起步阶段取得突破，获得建树。

文化工作市县（区）的融合发展

搭建公共文化协作体系，深化文化工作交流合作，推动文化资源互联共享，是促进中卫文化工作融合发展的必要措施与必然选择。

一、现实与定位

中卫是一座历史文化古城，也是一座现代新兴城市。境内文物遗存与非物质文化遗产分布众多，文化记录、文化场所、文化实物、文化活动、文化习俗等散落民间，史前文化、黄河文化、丝路文化、宗教文化、边塞文化、军旅文化、西夏遗存文化、移民文化等文化经典涌现其中，农业、工业、交通通信、生态经济、对外交流等民生事业日新月异。一是历史文化渊源深厚。市辖县（区）民风民俗贯通相似，文化商贸交流密切，相向发展有人文基础。二是地域空间连绵。市辖县（区）自然地域空间接近，山体同脉相承延伸，相向发展条件优越。三是产业发展关联。市辖县（区）传统产能与现代产业互有关联，分工协作日益紧密，相向发展已成集群。四是基础设施成网。市辖县（区）基础设施建设步伐加快，重要通道逐步连通，相向发展更为便捷。五是社会生活紧密。市辖县

（区）居民交往、通勤、就业、居住与消费日趋频繁，文化协作日益密切，相向发展已成定律，融合发展势在必行。

二、目标与任务

中卫是改革先行的实验区，也是经验成果的荟萃地。市内社会主义核心价值观、民风民俗、传统文化、文明礼仪、中国梦等内容抬头可见，市民对文化生活的追求强烈，社会发展的正能量与融合发展的呼声已成"气候"。

1. 共性发挥

统合全市文化工作规划与思路，统揽市、县（区）文化事业和产业发展，集中展现中卫历史文化、民俗文韵、人文内涵和文体广电设施、团队（协会）的总体布局与集合力量，特色呈现"花儿杞乡、沙漠水城"的地区禀赋与城市特质，力求发挥好中心城市核心带动能力、资源辐射张力、文化发展引力等的优越性。

2. 个性彰显

突显全市文化工作特点与个性，聚焦县（区）文化工作看点和亮点，充分展示市沙坡头区丝路边陲的文化广度、中宁县枸杞之乡的文化深度、海原县民间文化艺术之乡的文化厚度，力争凸显好市辖各县（区）民俗文化等的独特性。

三、融合与互联

1. 构建公共文化体系，提升文化软实力

（1）深化艺术研究与创作。坚持先进文化引领，深度挖掘地方特色文化与民俗文化资源。加强对艺术创作的引导，实施文艺精品创作工程，紧扣中国共产党建党100周年、中华人民共和国成立70周年等重大时间节点，力争推出一批讴歌党、讴歌祖国、讴歌人民、讴歌时代的优秀作品。全年创作音乐、舞蹈、小品、小戏、美术、摄影等各类文艺作品不少于200件（幅）。继续开展道情剧剧种研究，完善剧种声腔体系，复排、移植、新创道情剧作品，推动中卫道情剧的发展、传承。精心创制《沙坡头盛典》等优秀剧目，全力助推全域旅游示范区建设。深入开展"非遗进校园"活动，开设艺术教育特色班，推动中宁黄羊钱鞭、张庄舞狮、秦腔艺术、剪纸技艺、海原山花儿、刺绣，沙坡头区书法在课堂"落地生根"，培养更多传承和弘扬优秀地方特色文化的青少年。

（2）完善公共文化服务体系。以创建全国文明城市为契机，深入推进基本公共文化服务标准化、均等化，丰富群众精神文化生活。深入实施文化惠民工程，加大文化精准扶贫力度，积极推进文化小康建设，引导各类文化资源向基层倾斜。推行乡镇文化站"公建民营公助"模式，实现文体设施社区全覆盖、村级综合文化服务中心行政村全覆盖、标准化乡镇综合文化站全覆盖。完善政府购买社会文化产品机制，加大对重点文艺项目和文艺作品的奖励扶持力度，推出更多体现中卫特色、深受人民喜爱的优秀文艺作品。督促以县（区）为单元制定服务目录，推动县级公共文化场馆、乡镇综合文化站、文体广场提档升级。引导综合文化站、村（社区）级文化活动室有效开展各类惠民活动。健全文化志愿服务网络，组织开展文化志愿服务活动。

（3）开展群众文化艺术联动。利用"红色文艺轻骑兵"

和文艺小分队,深入开展"文化下乡""送戏下乡""戏曲进校园"等移风易俗主题的文化活动。举办广场文化艺术节、美术书法摄影年展等系列活动,不断满足人民群众的精神文化生活。拓展文化交流渠道,开展与周边地区、发达地区的文化交流活动。

(4)加强文化遗产保护与利用。推进文化遗产保护与利用工作,加强整体保护和开发利用,打造中卫遗产保护品牌。积极开展"文化和自然遗产日""国际博物馆日""世界读书日"等宣传展示活动,切实加强文物安全与保护。继续做好市博物馆布展建设,拓展博物馆工作,丰富展出内容。做好全国重点文物保护单位的推荐申报工作,开展长城、高庙、岩画等文物的安全巡查,确保文物安全零事故。大力加强非物质文化遗产保护与传承,抓好非遗项目和非遗传承人的国家级、自治区级项目申报和管理工作,落实自治区级以上非遗项目传承人补贴,公布中卫市新一批次市级非遗名录和非遗项目代表性传承人。加强文化遗产保护和利用,推动中卫传统文化与现代文明融合创新。积极开展对外文化交流,讲好中卫故事,传播中卫声音,展示中卫形象。

(5)深入开展"全民阅读"活动。认真宣传贯彻《全民阅读条例》,组织举办"4·23"世界读书日等系列读书活动,打造"全民阅读·悦读中卫""书香中卫大讲堂""书香中卫·朗读有你"等系列阅读推广活动。抓好农家书屋"建、管、用、新",创新开展主题阅读活动,推动农家书屋向便民、人员集中、方便阅读的场所集聚。推行市、县(区)图书馆总分馆模式,及时完成全市农家书屋图书报纸期刊和电子音像制品的补充更新配置。积极完善全民阅读保障机制,推动全民阅读工作全年化、常态化、制度化。

2. 加快文化产业发展,实现产业质量提升

(1)培育壮大市场主体。完善我市文化产业战略布局,加快文化与体育、旅游、科技跨界融合,推动我市创意设计、网络视听、数字出版、动漫游戏等产业快速发展。争取设立文化产业发展基金,做大做强骨干文化企业,做多做优文化市场主体,积极培育外向型文化企业。重点扶持一批文化企业申报国家级资助项目。鼓励大众积极参与健身休闲产业创新创业,不断培育和壮大健身休闲产业市场主体。加强媒体深度融合、一体化发展,打造传媒平台实现全媒体集群聚阵。加强互联网、云计算、大数据、人工智能与文化产业的有机融合,打造全媒体全功能服务,引导文化产业新供给、新消费、新业态。

(2)推进重大项目建设。推动全市文化产业示范园区及基地转型升级,依托中卫云天产业园,发挥云计算和大数据产业优势,加快培育文化创意、数字动漫、影视创作等新型文化业态。鼓励扶持大麦地阳光文化产业园、中宁枸杞文化产业园、海原民俗文化创意产业园等文化产业示范基地,推进文化、旅游、城市建设融合发展。大力实施项目招商工作,培育特色健身休闲市场。加强体育基础设施投入力度,重点推进一批大型体育项目建设,做好大型体育场馆免费、低费开放工作。

3. 加强人才队伍建设,提升综合服务水平

(1)深化文化改革。推进乡镇综合性文化中心"公建民营公助"、公共文化机构法人治理结构建设等改革创新项目,培育新型文化业态,推动文化产业转型升级。

(2)强化人才队伍建设。加快文化体育新闻出版广电行业人才队伍建设,切实实施人才培养工程和"三区"人才支持计划文化工作者专项等重点项目。充分发挥"文化名人"效应,抓好领军人才、骨干人才、青年英才的培养、管理和服务。探索高层次文化体育业人才培育和引进渠道,抓好青少年文化后备人才梯队建设。

(3)深入推进法治建设。扎实开展"七五"普法教育,营造学法、尊法、守法、用法的浓厚氛围。加大《中华人民共和国公共文化服务保障法》《中华人民共和国文物保护法》《中华人民共和国非物质文化遗产保护法》《全民健身条例》等法律法规条例贯彻落实力度。认真做好依法行政工作,强化监督机制,规范执法行为。

文化馆融合社会力量发展的尝试

为贯彻落实关于加快文化事业和文化产业发展的决策部署，促进中卫文化强市战略的实施，推进市文化馆融合社会力量发展是摆在我市公共文化服务体系构建面前的"新课题"。

一、指导原则

改革创新原则。在政府引导、企业主导、市场运作、社会参与的大格局下，加快文化事业与文化产业资源的整合，共同推动文化事业模式的转型升级。

差异发展原则。以展示中卫文化、地方风土人情为主线，充分发挥本地区文化资源禀赋优势，鼓励、支持和引导文化事业融合并朝着特色化、差异化发展，形成特色鲜明、优势互补的文化事业发展的新态势。

合理保护原则。以保护文化和自然遗产为前提，实现文化资源的永续合理利用。

二、总体思路和工作目标

（一）总体思路

立足我市文化资源的潜在优势，充分发挥文化的灵魂作用，以群众和市场需求为导向，以重点项目为抓手，以整合创新为动力,促进全市群众文化资源的开放开发,提升中卫文化资源的内涵品位,发挥重点示范项目的引领作用,打造地方群众文化艺术的品牌,实现文化事业和文化产业的良性互动与共赢发展。

(二)工作目标

通过组织实施市文化馆和社会文化力量融合发展,推进一批特色鲜明的群众文化活动项目,精心打造文化活动和艺术大军,带动全市文化事业和文化产业综合品质的提升;推出具有较大影响力的特色文化演艺节目;制作以文化资源为题材的广播电视栏目;拍摄文化题材的电影、电视剧或者动漫游戏作品,等等。

三、示范工程

(一)优质文化资源综合开发工程

推动市文化馆和社会文化力量开展文化特色资源的挖掘整合、开发利用、保护规划,打造具有一定影响力的影视、戏剧、歌曲、实景演出和出版物等精品力作,培育群众新的文化消费热点,提升全域旅游的文化品位。

(二)重点文化资源影视开发工程

推动市文化馆和社会文化力量利用新媒体平台的传播优势,策划开辟文化节目和栏目,拍摄制作具有较大文化影响力的纪录片、综艺节目、娱乐节目、电视剧、故事片、电影等影视作品,打造一些覆盖面和影响力较强的文化节目。

(三)特色文化资源商品开发工程

推动市文化馆和社会文化力量举办特色文化商品的征集活

动，引入创意设计、工艺美术等产品与旅游景区对接，促进文化旅游商品交流、展示、对接和开发，形成旅游城市文化消费的常态。

四、保障措施

（一）加强组织协调

要将文化馆和社会文化力量融合发展作为一项重要内容，不断推进和积极落实。宣传、文化等部门要建立文化融合发展的会商机制，具体指导和协调文化融合发展工作，定期通报文化融合发展最新动态，统筹指导好文化融合项目。

（二）加强政策配套

要将文化融合发展的相关项目纳入专项资金资助和扶持的范围，要在培育欠发达地区文化龙头项目上取得突破。

（三）加强宣传推广

要注重加强文化宣传的整体效应和放大效应。一是依托各类节庆、会展活动，搭建文化宣传平台。支持文化企业和相关项目参加"深圳文博会"等重点国际性文化和旅游展会，鼓励有条件的县（区）、文化企业组团参加各类文化博览会、旅游推介会等主题活动。二是借助广播电视、报纸杂志等传统媒体宣传的同时，加大新兴媒体的宣传应用。

（四）加强人才培育

要联合编制本地区的文化人才培训规划，并根据市场需求和文化产业发展实际，定期组织文化从业人员进行业务培训，培育高素质、专业化的文化人才队伍。要广泛引进和吸纳文艺演出团体及艺术表演人才并让其以多种形式参与群众文化艺术培训。

（五）加强规范管理

要加强对下辖县（区）文化资源的传承保护和合理利用，维护资源的区域整体性、文化代表性与地域特殊性；要利用大数据手段，加快建设"文化智慧云"，全面提升以地方特色文化为核心价值的群文品牌。

（六）加强创新设计

要坚持相互融合的设计理念，突出地域特色和原创特征，形成创意设计发展路径，增强文化事业创新活力，提升文化产业整体实力，发挥文化创意的辐射力，进一步提高文化原创能力，提升传统文化产业发展水平，深度挖掘具有广泛群众基础、有较强独特性的传统节日，大力发展文化深度融合项目，形成具有产业带动效应的活动品牌。通过创意转化、科技提升等形式，丰富产品形态，拓宽发展空间，建设传播和展示当地特色文化的文化主题分馆，培育地方特色文化市场，实现公益性文化事业单位和经营性文化产业单位互补互促融合发展。

（七）培育市场需求

要培养文化消费意识，推动转变文化消费观念，引导树立正确的文化消费观念，激发创意和设计产品服务消费，引导群众进行文化消费，鼓励有条件的县（区）实行居民文化消费补贴，扩大文化消费规模。通过文化演出、媒介传播、展览展会、旅游观光等活动，加强家庭培养、学校教育、传播媒介宣传，重点引导青少年和大众群体建立科学合理的消费观，引导娱乐休闲消费为主向知识文化消费为主转变。同时，结合公共文化服务体系建设，继续扩大各类文化产品和服务的政府采购，扩大文化消费规模。另外，要加强宣传引导，积极营造全社会支持创新、鼓励创意和设计的良好氛围，要做好文化艺术创意和设计服务产业统计分析，及时提出对策建议。

（八）落实扶持政策

要充分利用文化、旅游等部门专项资金，建立市宣传文化等相关部门组成的工作协调机制，积极争取政府支持示范项目，指导推动融合发展示范工程重点项目建设，健全项目督查、审核、评估和退出机制，将重点项目纳入文化产业项目跟踪管理系统，督促按时序抓好进度确保落实。宣传文化部门应把文化馆与社会文化力量融合发展的成效、经验，以及有良好的社会效益和经济效益的融合项目等作为重点给予宣传报道与推荐推介。

公共文化服务体系的创新构建

《中共中央关于构建社会主义和谐社会若干重大问题的决定》提出："加强公益性文化设施建设,鼓励社会力量捐助和兴办公益性文化事业,加快建立覆盖全社会的公共文化服务体系。"县级公共文化服务体系的建设应面向全县群众和基层,充分发挥公共财政的支撑作用,积极鼓励社会文化力量,建立适应社会主义市场经济的公共文化服务事业的混合主体。

中宁县是闻名世界的"中国枸杞之乡",2005年被文化部命名为"全国文化先进县",2010年被授予全区首批文化建设先进县称号,2013年被中国文联命名为"中国枸杞文化之乡"。不同历史时期,多种文化在此交流碰撞融合发展,留下了不可磨灭的印记。这一切,为中宁县公共文化服务体系建设奠定了良好的发展基础与巨大的发展空间。

一、"体系"创建的概念

公共文化服务体系是面向大众的公益性文化服务体系,主要包括文艺精品创作服务体系、文化娱乐服务体系、文化知识传授服务体系、文化传承服务体系、文化传播服务体系、农村文化服务体系、文化理论研究服务体系等七个方面。先进的文化理论研究服务体系在公共文化服务体系中具有引导性意义。

县级公共文化服务体系依托县（市、区）、镇（乡）、社区（村）文化服务层级，利用全县公共文体基础设施，建立"金字塔式"三级公共辅导培训框架，构筑"网格化"对口帮扶体系。主要包括两个方面：（1）建设公共文化服务网络。以大型公共文化设施为骨干，以社区和乡镇基层文化设施为基础，加强图书馆、博物馆、文化馆、美术馆、电视台等公共文化基础设施建设。建设一批代表文化形象的重点文化设施，完善城市公共文化基本设施，在巩固现有图书馆、文化馆的基础上，基本实现乡镇有综合文化站，行政村有文化活动室，在中西部及其他老少边穷等地广人稀地区配备流动文化服务车。（2）建设公共文化服务的各项工程。一是广播电视村村通工程，二是全国文化信息资源共享工程，三是乡镇综合文化站工程。

二、"体系"面临的现状

近年来，中宁县参照《国家公共文化服务体系示范县创建（西部）标准》，全力推进文艺对口帮扶与场馆免费开放，逐步形成"政府统筹、部门协调、社会参与、资源共享、功能多样、服务群众"的格局，构筑起"金字塔式""三员"（教练员、辅导员、传播员）人才队伍培养机制，形成了"结构合理、分布均匀、功能齐全、惠及全民"的公共文化服务体系。

目前，中宁县辖区内公共文化服务设施有县文化馆、图书馆、中国枸杞博物馆、影剧院、体育馆、老年活动中心、青少年活动中心,富康广场、人民广场、大佛殿广场及文化站(综合文化中心)等,拥有村级文化活动室118个、文化中心户(文化大院)32个、业余文艺团队38个、各类社火表演队69个、"农家书屋"118个,建成城市社区体育健身广场40个、村级篮球场118个,为提升全民健身活动水平发挥了重要作用,基本满足了全县城乡群众的文化需求,保障了群众的基本文化权益。

三、"体系"构建的举措

1. 树立"红枸杞文化"品牌

群众文化活动以"政府主导、社会参与"为原则,以"调动一切可以调动的文化资源、利用一切可以利用的文化形式"为基本思路,丰富了杞乡群众的精神文化生活,展示了中宁社会发展的新成就。

近年来,全县倾力打造红枸杞文化品牌,持续举办"中宁枸杞文化节",连年举办"红枸杞原创音乐会"等节庆活动;成功创建"中国枸杞文化之乡",积极申报"中国民间文化艺术之乡",获批命名"中国农业文化遗产",选荐"中宁舞狮""蒿子面"代表宁夏参加国家对外文化交流活动。

"两节"文化有特色:坚持举办原创音乐会、群众文艺调演、社火展演等文化活动,确保既注重传统,又凸显特色。组织举办了新年音乐会、文艺大擂台、文化大拜年、年货文化节、元宵灯展、社火展演等"两节"系列文化活动,活跃了群众的节日文化气氛。

"广场文化"有亮点:坚持开展"激情杞乡"广场文化活

动,主办了中阿博览会中宁枸杞文化节文艺晚会、"中宁好声音"、社火鼓乐大赛、百人二胡音乐会、蒿子面制作技术大赛、宁夏书画名家作品邀请展、"房·车生活文化节"、图书交流展等特色鲜明的活动,为文艺爱好者搭建了展示平台,极大地丰富了广大群众的文化生活。"激情杞乡"广场文艺演出活动,面向社会、面向群众,积极发动各文艺团体热情参与,打破过去硬性摊派的演出模式,使广场文艺演出更贴近群众、接近地气。精心策划艺术展览,组织开展"墨舞香山"中卫市书画篆刻展、"西风东渐"中宁书画名家提名展等展览,促进了中宁书画交流与发展。大力实施"送欢乐到基层"文化惠民工程,编排的小戏、小品、歌舞等节目经常进农村、进社区、进校园、进军营、进工地演出,扩大了群众文化的覆盖面。

"非遗文化"有声响:坚持举办蒿子面制作技术大赛与碾馈子制作摄影大赛,邀请宁夏老年摄影家协会参加了石空大佛寺"二月二 龙抬头"民间社火大赛,布置了"杞乡印象——老旧照片和老旧物件展"与"薪火传承——非物质文化遗产展";联系中央台《世界地理》频道拍摄《中国地理标志 中宁枸杞》纪录片,新华社宁夏分社以"舌尖上的蒿子面"为题采访报道蒿子面传承工艺,宁夏广电总台拍摄并制作"一面之缘——中宁蒿子面""一碗鸡血面的百年情缘""巧手塑功德——中宁泥塑彩绘"等项目;选派蒿子面传承人赴毛里求斯参加唐人街美食文化节、农具编织传承人参加中国(宁夏)国际文化艺术旅游博览会黄河金岸非遗展、民间社火艺人参加全国慈善博览会主题歌MTV拍摄等，成功迈出中宁非遗"走出去"的步伐；组织自治区级非遗"隋唐秧歌""黄羊钱鞭"申报国家级非遗代表作名录项目，并有望实现全县国家级项目的零突破。加大"黄羊钱鞭""张庄舞狮""隋唐秧歌""蒿子面"等非遗项目的保护和传承，组织"张庄舞狮"赴贝宁参加演出。

"精品文化"有突破：坚持召开红枸杞原创音乐创作研讨会，邀请知名音乐人与本土音乐创作人才交流提升原创歌曲创作水平，先后创作红枸杞歌曲近百首；组织书画作品参加文化部"群星璀璨·全国群众美术、书法、摄影优秀作品展"，有两幅作品分获美术类、书法类铜奖；选送小品《管路》入围全国第十届艺术节暨第十六届群星奖戏剧类复赛，并参加全区优秀文艺节目巡回演出；策划现代农村题材小戏小品专场在银川玉皇阁广场首演，充分展示了中宁创作资源的优势，扩大了中宁文化的影响力。组织召开了全县文艺精品创作研讨会，确定了年度文艺精品创编项目，制定了《中宁县红枸杞文艺精品创作奖励扶持办法》。定期召开文艺精品创作工作推进会，抓好重点剧目的创作、修改和完善工作，全面提升文艺作品质量和水平。开展"中国梦·杞乡情"全国红枸杞书画大奖赛与"红枸杞"歌曲征集大赛，完成"中华杞乡"故事征集活动。组织编排小品、舞蹈、器乐、独唱等节目参加全区群众文艺会演中卫赛区展演，五个节目代表中卫市参加全区群众文艺会演，其中小戏《背着妈妈去上学》获全区群众文艺会演表演一等奖，小品《面试》获创作奖、表演三等奖，男声独唱

《黄河黄红果红》获创作奖。

2. 引领"政府购买"潮流

改革政府公共文化服务的原有模式,以政府购买文化产品的方式,大力扶持民营文艺团队积极参与公共文化服务。在建立基层服务长效机制上,改革原有定人定编定岗体制,建立"养事不养人"的工作机制,所有公共文化服务人员定编定岗不定人。

3. 倡导"社会兴办"方向

积极鼓励社会力量承办群众性文艺活动,鼓励文化能人策划群文活动,将时尚潮流的新型文化同活动引入中宁,策划举办三届"房·车生活文化节"、两届"微美人·寻找最美杞乡人"、一届"杞乡梦想秀"等社会文化活动,探求政府文化主管部门、文化公益性事业单位与社会文化单位之间的"交集",实现文化事业与文化产业的融合。

4. 创办"群众文化"媒介

《杞乡文化》刊物创办于2011年,是全区县级唯一的群众性文化刊物,内容涵盖民间文艺剧本、非物质文化遗产研究、书法美术摄影作品等,富有浓厚的乡土气息和特色的杞乡风味,为中宁群众文化尤其是群文创作提供了一个发表的平台。

《文化中宁》栏目于2012年开办,采用民间故事解说的方式,内容涉及历史地理、文化遗产、风土人情、文化名人等,其中"枸妻""枸杞传奇""庆泰恒的得名""米钵山的传说"等民间故事娓娓道来,生动有趣,充分展示了中宁民间文化的博大厚重、民风民俗的淳朴向善。栏目不仅集中呈现了中宁民间文化遗产,更是中宁民间民俗展示的一扇窗口。

《杞乡文化》刊物与《文化中宁》栏目将成为中宁群众人尽皆知的地方性文化宣传平台,不仅形式喜闻乐见,而且内容耐人寻味,正受到越来越多人的关注与好评。

5. 探索"图书总分馆"模式

县图书馆实行总分馆制,已在县行政中心、青少年活动中心、天元锰业集团等处建立分馆,实现了图书服务跟着目标人群走,扩大了图书阅读服务的范围。

总分馆实行统一管理、一卡通用、资源共享、活动互动,并实现总馆和分馆之间、分馆和分馆之间的图书通借通还,还利用书刊借阅、上网、讲座等形式向广大读者开放式服务,让更多老百姓真正就近、便捷、充分地享受公共图书馆普遍均等的文化权益,使其真正成为民众不可或缺的终生学校和文化、休闲、娱乐的中心。

自2010年新馆落成后,分馆又相继开放,吸引了大量的青少年和成人读者,图书馆成为民众参与文化教育活动、提高文化素质的重要场所。同时,总分馆制提高了图书馆的社会地位和影响。图书馆在满足群众日益多样的精神文化需求、提升城乡文化内涵方面发挥出日益显著的社会功能。

6. 打造"枸杞文献"信息库

县图书馆在扩充完善传统图书借阅服务基础上,组织人员深入各地,广泛搜集全国枸杞种植、栽培、深加工、产品展示、药用、保健、书画、盆景等枸杞文化方面的相关资料,着力收集、整理、保存各种地方文献，积极建立枸杞信息资料中心，通过公益性公共文化信息服务平台免费向公众开放，并充分利用信息时代优势，扩大中宁枸杞知名度和对外影响力。另外，县图书馆建立起中宁文献资料集中呈现的"杞乡书吧"，设置休闲阅读区，配备饮水机、屏风、沙发等设施，为杞乡群众提供了一个查阅中宁地方史志、红枸杞文献等史料的专门场所。

7. 推动"广电信号"全覆盖

新建喊叫水、徐套两山区乡镇广播电视地面数字发射转播站，改变了广电地面数字信号利用高山微波传输的现状，既节省资金又提高了信号传输的速度和质量，打破了广播电视信号不能在移动通信塔传输发射的记录，结束了山区乡无法收听收看广播电视的历史。中宁县成为全区唯一一个广播电视地面数字信号全覆盖的县区，促使偏远山区融入全县公共文化服务建设之列。

8. 推进"网格服务"机制

制定《关于对中宁县基层文艺团队扶持培育的实施方案》及《关于开展群众文化对口辅导工作的通知》，实施"金字塔式""三员（教练员、辅导员、传播员）"人才队伍培养计划，推行县、镇（乡）、村（社区）"网格化服务"模式，招募文化志愿者队伍，安排专业技术人员到各乡镇文艺团队、文化大院开展对口辅导，变"送文化"为"种文化"，横向到边、纵向到底，构建起一支"通文艺、懂管理、善经营"的文艺人才队伍。

9. 创新"电影服务"方式

实施"以群众需求放片子、有群众活动的地方就有电影放映"的工作机制，考虑到我县移民村群众冬季务工返乡人员较多，群众文化生活单调的实际情况，选择在红梧山幸福村、宽口井杞源村与宁海村、撒不拉滩移民区等人口较为密集的移民村建立固定电影放映点，解决群众冬季看电影的问题。针对农村电影放映无人观看的现状，大胆改革原有"一村一月一场""村村见面"的固定放映模式，实施"以观众定场次""以需求放片子"的工作机制，合理布局放映点，按需求人群确定放映时间和地点，努力把电影送到最需要的群体当中，先后组织开展了送电影"下杞园、进企业、访军营、占广场、展校园、驻移民村"六项品牌活动，使"电影追着目标人群走"，被全区树为典型推广。

10. 拓宽"非遗进校园"路径

深化"阳光体育"全民健身运动，巩固"非物质文化遗产进校园"活动成果，开放中宁中学等健身环境优越的学校免费提供给社会团体及个人使用，探索"黄羊钱鞭进三中"与"中宁舞狮进八小"，并分别设立传承培训基地。组织举办"百姓健康舞""民间社火""阳光健身操"比赛等活动，极大提升了校园文化的内涵。

"双拥文化"共建的意义

双拥是拥军优属、拥政爱民的简称,含经济拥军、军事拥军、文化拥军等等。其中,双拥文化是军民共建社会主义精神文明的主要战场,是军地文化的重要部分,存有一定的区域性和封闭性,也有一定的特色性和特殊性。

一、双拥文化共建的含义

双拥文化共建是一项社会活动,在革命、建设和改革各历史时期军政团结与国家稳定中做出了重大贡献。尤其是地方组织文艺慰问部队的传统由来已久,发展到现今演变成"送文化进军营"等相关活动。

二、双拥文化共建的意义

双拥文化共建是开展双拥的活动内容,与军地文化工作互为补充,体现了文化服务工农子弟兵的情怀,反映了军民血肉相连的本质特征。

三、双拥文化共建的措施

以争创双拥先进模范市(县、区)为契机,民政部门要发挥牵头协调作用,武装部要主动联络驻地部队、宣传文化部门要完善双拥文化方案,强化国防教育和双拥宣传力度,加强地方与驻地部队文化的深度交流。一是抢抓节点。利用"八一"建军节等军民联欢节点，精心安排"庆八一"广场文艺晚会、"两节（元旦、春节）"文化、军地文艺联欢等活动，定时组织文艺小分队，精选文艺节目深入驻地连队慰问演出，以铿锵的节奏和激昂的旋律鼓舞军民。二是专题创作。联系驻地部队围绕双拥主题开展采风，提炼军旅题材生活进行创作，发挥好军旅作品的激励作用。三是联谊共建。策划开展"进军营六个一"活动（策划一次军地文艺联欢、组织一次书画摄影采风、举办一次文艺骨干培训、拍摄一部双拥文化纪实片、设置一个图书借阅展览点、印刷一本《双拥文化集锦》册），借此达到以艺会友、提升创作、凝聚人心的目的。四是建立机制。建立地方与驻地部队常态联系制度，制定《地方与驻地部队双拥文化工作的实施方案》，签署《地方与驻地部队双拥文化工作协议》，按既定步骤逐个完成，形成共建活动的良性机制。五是创新活动方式。开展与时俱进的流行文化活动，紧扣部队官兵的实际，把创新的思维和活跃的气氛带入连队，调动官兵的参与积极性。六是培育品牌。培育深受官兵欢迎的文艺活动，促使军地文化交流活动形成长效，推向持久。

双拥文化共建虽不是直观的思想政治工作，但能促使思想政治工作趋于形象化、具体化、生动化；虽不能直接变成战斗力，但在战斗力转化生成中扮演着必要的角色。因此，地方群众性文化活动要同军队理想、信念、道德、战斗精神相结合，使思想性与艺术性融为一体、抽象思维与形象思维互相促进、理论思考与情感培育齐头并进，使思想政治工作更具主动性，

"进军营文化"更具亲和力。

毛泽东同志曾经鲜明地指出:"没有文化的军队是愚蠢的军队,而愚蠢的军队是不可能战胜敌人的。"实践证明,军营文化建设不是根本但服务根本,不是中心却紧贴中心,不是全局但事关全局,搞好"送文化进军营"这项工作,不仅能出团结、出人才、出稳定,更能出战斗力。在全国大力发展文化事业、全军广泛开展文化工作的时代背景下,地方与部队高度重视基层双拥建设,联袂打造文化高地,携手夯筑精神长城,共同全方位、多方面地构建和谐军民关系,充分挖掘地方文化的激励作用建设好军营文化,势必对军队的发展和战斗力的提升产生巨大的推动作用。

第二辑
群众文化实践

群众文化是自我参与、自我娱乐、自我开发的社会性文化。

地方文化艺术创作研究中心的设立

为着力培养文艺创作人才,扎实推动文艺创作研究,充分调动文艺工作者的积极性,切实保障群众的基本文化权益和共享文化发展的成果,不断推动地方文化艺术创作与研究的繁荣发展,成立群众文化艺术创作研究中心的思考应运而生。

一、目的和意义

坚持以保障人民基本文化权益为出发点,按照"出作品、出人才"的主导思想,构建"结构合理、产品丰富、服务优质、保障充分"的文化艺术创作研究机制,努力为地方建设提供有力的文化支撑。

二、原则和机制

1. 集中力量、统筹规划。在分析现状的基础上,统筹协调,科学规划,明确发展目标、工作任务和具体措施,建立工作机制和保障机制,集中力量解决文艺创研中的重点问题,着力破除制约文艺创研科学发展的突出矛盾,增强文艺创研的前瞻性和战略性。

2. 政府主导、社会参与。在明确文艺创研的公共服务性质下,将政府公信力与市场交换的功能优势有机结合,大力吸引社会基金,建立多管齐下、广泛参与的长效工作机制,着力提高文艺创研的质量和效率。

3. 以人为本、保障基本。在立足文艺创研供需不足的矛盾中,提供亲民、便民、利民、悦民的文艺创研产品,提高人民的文化生活质量,提升人的全面发展素质。

4. 创新机制、争做示范。在坚持文艺创研实践的前提下,加强文艺创研工作的顶层设计,探索建立具有中卫特点的文艺创研建设机制,促进文艺创研工作的提高、创新与发展。

三、目标和任务

以全面改善文化民生、实现文化惠民为主题,以群众欢迎不欢迎、参与不参与、满意不满意作为评价标准,针对薄弱环节和难点问题,在机制创新、文化队伍上实施提升行动,狠抓指标达标,培育出文艺创研人才济济的生动局面,创作出紧扣时代脉搏、富有思想内涵、独具艺术个性的作品,使我市文艺创研体系覆盖完善,供给充足有效,保障规范有力,带动全市文艺工作者形成合力,向更广的格局、更深的层次推进,在全省乃至全国的文艺创作中形成地方文艺创研的风格,力争把地方建设成为人文精神高尚、文化事业繁荣、文化氛围浓郁、文化形象鲜明的文化强市。

一是建设文艺创研服务资源平台。全面整合地方文化服务资源,建立文化人才、文化产品的展示平台和文化遗产的保护平台等,增强文艺产品的服务供给能力,实现地方文艺创研服务资源的共建共享。同时要加大现代科技成果在文艺创研服务领域的运用,用网络和数字技术武装传统的文艺服务平台，推动建设"数字文化馆"等覆盖全市的数字文化服务网络，探索建立群众文化需求的动态反馈平台，推进文化资源库建设，推广菜单配送式文艺创研服务，组织辅导群文活动与培训文艺创研带头人，以赛代训举办全市业务骨干才艺大赛等。

二是建立文艺创研服务联动体系。充分挖掘特色文化资源，推进群众文化活动组织体系化。要依托城市文化设施，广泛经常性组织区域内县（区）、镇（乡）、社区（村）群众文化示范性会演或展演活动，建立乡土文艺写生基地，深化周边区域内"文化走亲"活动，形成点面结合、上下联动的常态运行机制，推动群文活动凸现群众主体，着力培育重点艺术门类和群文特色活动，促使文艺创研向规模化、优质化、特色化、品牌化方向发展。

三是加强文艺产品的创作与生产。切实激发基层群文专业技术人员和群众文艺骨干参与文艺作品创作的热情，扶持创作一批富有鲜明时代特征、地方特征、催人奋进的"草根"文艺作品，展现中卫群众文化的发展成果。同时要改革完善文艺精品创作评价机制，鼓励文艺工作者深入基层采风创作，精心推出一批代表地方水平的、群众喜闻乐见的精品佳作和具有中卫特色的公共文化服务项目，力争取得好成绩，跻身全区领先地位。同时，结合全国、全区重大艺术赛事的评选，评选出一批地方群文创作作品。

四是发挥公益性文化单位骨干示范作用。鼓励建立公益性文化联盟，加强文化资源的整合、共享、利用，使不同类别、不同层级公益性文化单位间加强沟通、交流与合作。建立馆与馆、馆与站、站与站之间的有效协同服务机制，联合举办展览、培训、演出以及开展流动服务，共同树立公益性文化单位的整体形象。同时，及时总结、宣传、推广文艺创研的成功经验，发挥创研典型的示范带动作用，抓好创研成果的应用和转化，推动文艺创研服务体系建设的科学发展。

四、措施和办法

1. 加强组织领导。要把加快提升文艺创研服务体系建设水平放在全局工作的突出位置，把握方向，制定政策，整合力量，营造环境，切实担负起领导责任、发挥好主导作用。

2. 加大经费投入。要结合全市文艺创研实际情况，制定《文化艺术作品评选办法》，采用定制作品资助补贴等方式，确保创研资金落到实处。

3. 加强宣传工作。要发动社会各界关注、支持和参与文艺创研活动，挖掘和总结本地的好经验，利用报纸、电视、网络等多种渠道，办好自有媒体，通过文艺创研成果展示、典型引导等各类活动，加大文艺创研活动的宣传力度，不断推出文艺创研好的做法，以点带面逐步形成具有地域特点、符合中卫实际的文艺创研体系模式。

4. 加强督促考核。要及时通报文艺创研工作任务的进展情况，加强对文艺创研人员的督促和相关工作的协调，突出考核的针对性、实效性，确保文艺创研任务扎实有效完成。

各地文化主管部门要建立工作落实责任制度，认真研究制定具体的工作方案，精心组织实施，按计划、有步骤地完成各项任务，切实保证工作责任到位、投入到位、措施到位、落实到位，赢得文艺创研工作主动权，打开文艺创研工作新局面。

地方群众文化刊物的创办

文化（群艺）馆担当着群众文化组织、辅导、创作的工作职能，通常意义上是以视听艺术（视觉与舞台艺术）为主，艺术形式以展览、画册等呈现，而真正意义的群众性的综艺读物并不多见。

群文刊物承担着引领方向、展示成果、凝聚队伍、促进繁荣的重要作用，是地方公共文化的一道靓丽风景。但目前，国内没有成立国家文化馆，没有真正建立群众文化的学科，没有公开发行的国家级群众文化理论刊物（仅有文化部主管的《中国文化报》），群众文化事业的实践一定程度上缺乏先行理论的指导，群文期刊几乎处在一种"探索办刊，各自为战"的状态，影响了刊物作用的正当发挥，也阻碍了刊物自身的发展。

随着国家实力的不断增强，公共文化服务体系建设得到加强，群众文化工作迎来了前所未有的大好机遇，其中有很多值得深入研究的课题。作为群众文化的重要组成部分，创办普及性的地方群众文化刊物显得尤为重要，理应进入文化馆等公共文化服务单位的工作视野。

一、地方群众文化刊物的含义

群众文化刊物是反映地方群众文化发展成果及动态的内部资料，收集地方艺术的文图集锦，成为各地群众文艺作品展示的静态媒介与平台。

群众文化刊物常以《××文化》命名，承担地方艺术的书面集成，与地方文学刊物（文联主办的文学期刊）并列，共同构筑起地方文化的"交流阵地"。

群众文化刊物面向国内本系统、本行业交流使用，要可读性强，有一定的思想深度和文化艺术性。刊物栏目设置依据文化馆职能，面向地区内外群众文化工作者、爱好者公开征集，栏目以群众文艺种类设置，基本涵盖音乐、舞蹈、美术、书法、摄影、戏剧等多个艺术门类，主要包括舞台新作、非遗撷英、理论研究等内容，常设栏目为群文高地、群艺点赞、翰墨清风、艺海奇葩、非遗看台、他山赏玉，集中刊载文艺剧本、群文理论、舞台新作、美术书法摄影等地方原创作品。形式以季刊（A4版面、铜版封、印刷纸内页加彩插胶装）较为常见，全面呈现地方文艺的发展成果，集中展示群众文化的发展面貌。例如，可做如下设置：

（一）舞台新作

内容：以新创作的舞台作品为主，由舞台剧、小戏剧、曲艺、小品剧本等组成。

（二）民间文艺

内容：以健康向上的民间故事为主。

（三）歌曲天地

内容：以新创作的歌词、歌曲为主。

（四）书画艺苑

内容：以美术、书法、摄影为主。

1. 书法，以书写本土诗词等内容为主；

2. 美术，以描绘本土风光等为题材创作的作品；

3. 摄影，以摄制本土题材的新作品为主。

（五）非遗撷英

内容：以非物质文化遗产保护为题材的内容为主。

（六）文化论坛

内容：以探索本地文化发展的理论、艺术评论作品为主。

（七）群文动态

内容：以文艺活动、文化交流、文化大事、文化产业等内容为主。

（八）艺海拾趣

内容：以本地作者的手工剪纸、民俗收藏等为点缀，增加刊物的可读性。此栏目为机动栏目，可视情况增减。

（九）读者心声

内容：以读者的感言或批评为主要内容，创设刊物和读者的互动通道。此栏目为机动栏目，可视情况增减。

二、地方群文刊物创办的目的

群众文化刊物是各地自办的群众性文化刊物，是地方收集整理群众文艺资料的有力证明，是文化馆评估定级的硬性指标，是地方群文工作者发挥专业技术的新阵地，是群众文艺爱好者学习的新平台。

群众文化刊物是由地方文化部门主管，文化馆主办的群众文化类刊物，创办群众文化读物以省级文化馆为主，下辖市、县（区）文化馆协办，全面整理地区民间文化与行业文化的精华和遗珍，集中反映地方群众文化的阶段性面貌和历史性成果，着力提升广大群文工作者的创作动力和发表热情。

群文刊物可参照地方文联主办的文学刊物编辑设计，文联刊物搭建纯文学艺术选荐刊发的平台，文化馆刊物搭建群众文化作品刊发推荐的平台，两者互有侧重，合力支撑地方文艺创研的"一方天地"。

三、地方群众文化刊物的前景

群众文化刊物创办不难，但坚持办刊不易，要办成地区级乃至国内有影响力的刊物实在有难度。解决好人财物的问题是最基本的前提保障。

（一）办刊注意的几个方面

一是刊物发展定位。要考虑刊物的收录内容、办刊方向、阅读受众等，确保刊物办成展示地方文化工作、群众文化活动与群文事业动态的群众性读物，促使党委、政府关注群众文化发展，倾力群众文化事业，宣传、文化部门思考群众文化走向，指导群众文化发展。另外，刊物办内刊或期刊的问题，可视地区及文化部门（单位）的考虑来确定，通常内部刊物办理刊号只需到地市级宣传主管部门新闻出版科办理即可。二是刊物栏目设置。要优化设置刊物栏目，重点开辟地方文艺突出门类，及时刊登群众文艺品牌创意活动内容，确保刊物配套反映地方群众文化活动，服务地方文化工作。三是刊物编辑班子。要依托文化馆文艺创作研究中心或办公室，安排兼职编审组成专职的刊物编审班子，确保办刊人员精干到位。四是刊物经费来源。要及早申请办刊经费，切实制定来稿采用付酬制度，确保经费专用，保障供稿稿源并把稿费落实给供稿作者。五是刊物供稿渠道。要依靠文化系统专技人员和社会文化人才提供稿源，邀请重点作者开展主题创作，确保供稿渠道畅通，实现刊物的持续向好发展。六是刊物寄送层面。要分层寄送刊物，分别向党委、人大、政府、政协机关、业务主管部门、业务上级单位报送，向地方关心文化工作的领导、社会贤达、文化企业和兄弟文化馆、友好文化馆寄送，向下属基层站室、农家书屋、职工书屋与文艺团队发送，举办活动时供群众免费取阅，确保刊物覆盖到群众文化工作涉及的各单位，发送至群众能收阅的层面。

（二）办刊把握的几点走向

群文读物是地方群众性文化刊物，办刊方向事关刊物的生存，阅览受众事关刊物"生命力"的长久，稿源征集事关刊物能否定期印刷，发行范围事关刊物影响力大小。

1. 正确的政治方向和精准的专业方向

刊物多为内部资料性出版物，主管部门及主办单位承担着审核把关的责任。坚定正确的政治方向是刊物编印的根本指针，以此对广大读者、作者及编辑人员有所裨益。

2. 充足的作品稿源和忠实的阅览读者

刊物多为地区级以上印刷物，所辖县区及乡镇、社区是主要的发放范围。刊物要吸引群众艺术家、乡土知名剧作家、书画摄影家及群众文艺爱好者关注，要鼓励广大地方文艺家踊跃投稿，确保为刊物提供充足的稿源。编印一本可读性强、有一定思想深度和艺术性的综合性高品质文艺读物，形成忠实的固定读者群。

3. 重要的人才培养平台和优秀的文化产品窗口

刊物为群文展示与交流的平台，是宣传群文政策、传播群文活动的手段，能激励群众文化艺术创作与培养各艺术门类创作人才队伍，同时，也是政府与文化单位交流的桥梁。

广场文化发展的走向

广场文化是新时期广场与文艺结合的时代产物与表现形式,虽在《现代汉语词典》与百度搜索引擎中难觅其义,却以星火燎原之势流行国内乃至全球,尤以文体娱乐为主体的广场活动更是日趋风靡。

现阶段,广场文化以其广泛性、自发性、多样性、灵活性和公益性已引起社会的热切参与与普遍关注。只有引导和培育好广场文化,才能最大限度地满足群众日益增长的精神文化需求,才能最大可能地开拓群众寓教于乐的文化空间。

一、广场文化是文化现象

广场文化是群众文化的一种表现形式,属于大众文化形态的范畴,虽在内容上还远不成熟,但被群众接受与喜爱。"广场文化"的历史可追溯至远古,至宋代民间艺术"勾栏瓦舍"兴起,到如今广场文化与其已有很大区别。1997年以来,国家高度重视精神文明建设,各级政府贯彻"两手都要硬"方针,纷纷兴建符合自身特色的文化广场,开辟最优越的地段布置休闲区域,创造出适合健身、娱乐的文化空间,并逐步增设文化活动项目,吸引群众融入参与。发展至2003年,"广场文化"作为名词概念开始普遍使用,通常指在广场上开展的文艺、讲演、体育、科普、庆典、宣介等活动体现出的文化,以富有文化与审美意味的艺术性活动为主要内容,以驻地群众直接或间接参与互动为形式,以公共文化的欣赏、展演、休闲、娱乐、消费等为目的。

广场文化是广场与文艺的结合,广场是文艺的载体,文艺是广场的内涵。广场文化既是公共文化集中展示的平台与公益文化集中体现的场所,又是地区文化与文明的显著特征和城市文化的标志与品格。

广场文化的发展依赖群众的广泛参与,需要走亲民化与市场化的路线,须有雅俗共赏的艺术表现,尝试在场次安排与活动运作等方面逐步"开放",让文化在广场中得到充分的表现,应是广场文化发展的趋势与前进的方向。

二、广场文化是地方形象

作为一种社会文化现象,广场文化迅速兴起有着深刻的社会基础与现实背景。城市建设的规划布局客观上造成了市区空间的局促,休闲广场的兴建为广场文化提供了基础条件。

一是发展的人性化。发展本质上是人的发展,城市发展需要注重人性化的满足,要主动出让空间与绿地,开辟群众休闲与活动区域,甚至要用发展的眼光来衡量文化空间的定位,更有必要按照"城市地标"或"百年不落后建筑"的高度去考虑。二是建筑的标志性。城建不只是经济实力的呈现,文明程度取决于市民的文化素质和艺术修养,而广场文化恰是城市文化的窗口与市民素养的标志,确有必要重视广场文化的建设。

三是群众的"娱乐剂"。群众生产生活水平提高后就有对文化的渴求与期盼，更有参与融入文化团队的强烈希望。尤其文艺骨干在组织、编排、表演等一技之长的发挥上，为广场文化增添了新鲜血液和内生动力，担负起满足群众精神文化需求主力军的作用。四是移民的"花果山"。城市新市民（外来务工人员）等流动人口对广场的吸引力日渐增大，劳作后广场成了他们的首选目的地，既能实现人际交流，又能愉悦身心。五是城市的"会客厅"。现代城市的工作节奏日趋快捷，市民生活的空间相对封闭，广场正承担着"城市客厅"的职能，满足了人们平等自由进行户外休闲、交流交往、信息互换等的需求。六是政府的"门脸儿"。政府兴办文化民生事业，提升居民生活幸福指数，将广场办成"人民的广场"与"文化的乐土"，确实是展示地方文化形象的"媒介"。

三、广场文化是平民舞台

作为城市的公共文化空间，广场文化要坚持"社会化、群众性、公益型"的发展方向，强化统筹协调，扩大参与覆盖层面，遵循"平民化"道路，逐步满足不同群众的爱好和需求，促使人民享受改革发展的成果。

1. 考虑长远性

广场文化要突出广场规划定位，把广场文化建设纳入城市发展总体规划，要按照"宜文宜体，宜学宜玩，宜唱宜跳，宜老宜少，宜男宜女"的要求，健全广场基础设施（含演出舞台、化妆间等）功能，改进广场区域布局（划分文娱区、健身区、休闲区等）。同时，还要整治广场及周边环境，做到有绿化，无污染。对于规划新建的广场，要考虑选择交通便利、容易参与的地段。

2. 把握方向性

广场文化要有全年全局的安排，做到按计划分步骤实施。根据地方中心工作和重大活动，结合全年广场文化演出任务，制定广场文化活动的实施方案，提出广场文娱的具体要求和主题内容，明确广场文化的年、月、周演出主体，力求主题鲜明、健康文明、喜闻乐见、雅俗共赏。广场文化必须配合党委、政府的工作重心，方向与重点始终放在宣传推动社会主义核心价值观上。

3. 体现包容性

广场文化要打开开放性空间，容纳社区文化、乡村文化、家庭文化、校园文化、企业文化等区域或行业性文化。演员可以是文艺创作者、专业演员和文艺骨干，也可以是普通的行业工作者和爱好文艺的人士；群众可以当欣赏者，也可以当表演者；形式可以有音乐、舞蹈、戏曲、武术等艺术门类的舞台表演，也可以有扭秧歌、踩高跷、舞龙舞狮等非物质文化遗产项目的舞台展示；节目可以是自编自演通俗的，也可以是西方交响高雅的；"登台亮相"的还有各类展览（摄影作品、科普图片展）。广场活动中，参与人群没有身份、地位的差别，参演节目没有高与低的界定，人们都能感到轻松自在、无拘无束。

4. 呈现开放性

广场文化要有"开放办文化"的意识，要尝试"广场文化社会办"，面向社会公开征集活动场次，搭建民办艺术学校与文艺团队展演的平台，鼓励社会力量与文化能人承办时尚类活动，引入文化企业运作高档次、新视听的高端活动，把大型广场文化活动推向社会，让广场文化活动走向市场，与商家联合，和企业联姻，让社会力量为广场文化注入新生动力，不断提高广场文化的参与度。

5. 提升感染性

广场文化要以生动活泼的形式传达党委、政府的精神和决策，要挖掘典型，以小见大，感染教育身边群众，赢得群众的理解和支持。同时，让群众通过广场文化切身感受改革开放的新气象、新变化、新成果。

6. 调动积极性

广场文化要调动各方面的力量，促使其多形式、广覆盖、高频度地开展起来，既要广泛开展群众性日常文化活动，让群众自编自演，自娱自乐，使群众在参与中受到先进文化的熏陶，又要有计划地开展各类文艺赛事，让群众自觉创作，积极参赛，使广场文化质量得以提升，还要积极组织一些高雅文化艺术走进广场，让群众在文化名人讲堂、高端艺术欣赏等活动中感受文化的魅力。

7. 提高鉴赏性

广场文化要由一哄而上的自发无序逐步转变为组织有序的提炼筛选，要由行政灌输式的宣传教育转变为寓教于乐式的潜在影响，力求与群众心连心，达到情感的共鸣。同时，适时开展高雅艺术的欣赏活动，以高品质的文化提高市民的文化鉴赏能力与审美品位。

8. 增强参与性

广场文化要灵活设计活动，吸引群众关注，鼓励群众参与，体现互动特点，让群众作为主体体验参与活动的愉悦，观赏之余自觉地融入活动之中，参与活动的同时实现身心的愉悦。

9. 注重安全性

广场文化要树立安全至上的理念，制定安全预案，设定安全职责，明确责任岗位，将群众开放性活动纳入组织者的监控视野与掌控范围，尤其对社会单位承办的场次要强化组织协调、内容审查、秩序维护。除人防措施外，可尝试加大技防力量，采取硬隔离措施保障表演区与工作区的秩序；除重大政治性活动场次外，可尝试撤出嘉宾席位及席位前桌子或在领导席位前设置观众席位的办法，确保演出期间观众不拥挤，突出观众的"主体地位"，真正让广场文化办成"没有围墙的安全剧场"。

当前，人民日益增长的物质文化需要同落后的社会生产力之间的矛盾已经转化为人民日益增长的美好生活需要和不平衡不充分的发展之间的矛盾。相比而言，物质生活已实现极大丰富，物质条件已基本满足需要，而文化生活却出现明显"短腿"，发展滞后，远不能达到群众所需。

新时期的广场文化活动已遍及城乡村落，联系着千家万户的生活，影响着亿万群众的精神世界，以其鲜明的时代气息和缤纷的地方色彩，为社会文化生活增添了风景，成为思想教育、休闲娱乐、传播信息的"主阵地"，成为弘扬文化、传承文明的"桥头堡",成为政府与民间互动的"新形式",其在宣传教育、娱乐审美、道德教化、精神文明的功能上越来越显示出不可低估的能量。可以说,广场文化已成为传播社会主义先进文化无法替代的重要阵地。

广场文化发展到今天,已经取得了一定的经验,形成了一定的特色,但站在文化惠民的角度来思考广场文化的建设,站在文化事业的高度来审视广场文化的定位,只有把握广场文化的发展方向,重视广场文化的美育价值,发挥广场文化的教化功能,体现广场文化的文化个性,开发广场文化的资源潜能,完善广场文化的管理机制,尝试进行社会管理与市场运作,才能实现社会效益和群众权益的最大化,才是广场文化持续发展繁荣的必由之路。

文化大院发展的方向

党的十八届三中全会《决定》中关于文化体制改革的内容提出"引入竞争机制,推动公共文化服务社会化发展,鼓励社会力量、社会资本参与公共文化服务体系建设,培育文化非营利组织"。

作为公共文化服务体系建设的组成部分,文化大院属于"民间组织",充当着"文化网格"的独特一级,扮演着"自食其力"的尴尬角色。

在此,探索文化大院"源"与"流"的问题,引领文化大院"进"与"退"的方向,正是本文阐释的思路与落脚点。

一、文化大院的职能与定位

文化大院(含文化室、文体大院、文化体育户等)是以文化中心户为单位,以家庭、亲属、邻里、自然村或小区成员等为对象,以家庭院落、文化活动室、村部戏台等为场地,以满足精神生活和知识技能需要为目的,以群众自娱自乐自治为宗旨,并呈现多层次、多功能、多形式文化意识的一种形态。

作为集文化艺术、学习教育、科技普及为一体的综合文化阵地,文化大院处于市(县、区)、乡镇(街道办事处)、村

(社区)三级公共文化网络的末端,是群众对文化需求迫切的直观体现,是地方公共文化服务体系构建的重要补充。

二、文化大院的溯源与现状

文化大院是社会生产发展的阶段性产物,带有社会主义初级阶段的时代烙印,是文艺团队的"最小单位",充满底层"草根"的"泥土气息"。

1. 源起与形成

文化大院产生在基层,发展在基层,定位为"民营"性质,借力于"公助"资源,积累了一定的文化设施,建立了可观的文艺队伍,以实现娱人娱己为基本目标,以创造愉悦和谐为基本原则,以搭建互动互联平台为媒介,以文艺编排表演或文化遗产传承等为内容,以公益性或有偿服务的形式存在。

文化大院整体呈"遍地开花"的态势,基本以村(社区)为单位牵头或地域文化能人出面组织,局部呈"分分""合合"的状况,几乎是"有建有倒""拆一个补一个"。

2. 作用与导向

作为文化综合信息的传播点,文化大院有着鲜为人知却又举足轻重的作用,宣传了党的暖心政策,丰富了群众的文化生活,促进了民风的淳朴向善,凝聚了人心的冷暖安危。一是精神释放。群众在计划经济体制下温饱与贫困是绕不开的"物质问题",精神与文化以"特色"而又短缺的面貌呈现。文化大院的出现迎来了思想解放、文化解禁的时代,它是解决群众文化饥渴的"精神粮仓"。二是健康向上。群众工作之余或农闲时间较长,无事可做或生活单调是普遍的心理状态,"白天打麻将,晚上看电视"几乎成了广泛的生活习惯。文化大院的形成破解了"无娱乐"或"娱乐至死"的僵局,唤起了群众精神意识的觉醒与健康向上娱乐的需求。三是汇聚"资源"。群众文化需求程度随社会进步逐年提高,演唱形式日渐多样,文体活动愈加丰富,"一套音响""几把二胡""七八个演员"的"蜗居"状况一去不复返,各艺术门类角儿、部分非遗传承人、体育健将等各路"达人"纷纷汇聚,集聚了一批文艺爱好者与设施设备。四是促进和谐。群众内心崇尚文化、爱好艺术,共同的志趣凝聚了人脉,接地气的活动引发了关注。文化大院在党委、政府的因势利导下,践行社会主义核心价值观,弘扬人间正能量,自觉不自觉地与封建低俗活动进行坚决斗争,一定程度上促进了人与人之间的和谐。

三、文化大院的方向与启示

文化大院设立属自发组织,不设"门槛",文化大院成员突出参与,实行"来者欢迎,去者自愿",环境的宽松与"标准"的低下造成了文化大院如雨后春笋般纷纷出现,也产生了很快偃旗息鼓或举步维艰的状况。引导全社会关注文化大院发展,重视文化大院建设,改进文化大院服务方式,才是解决文化大院现实困境的做法。

1. 增加文化活动投入,强化文化体系建设

文化大院要适时增加活动经费投入,自觉融入驻地文化体系,主动承担群众文化的组织参与;要挂靠村/社区管理,寻求乡镇(街道办事处)的支持,力争享受政府及主管部门的扶持,发挥文化大院在文化事业大发展大繁荣的基础作用。

2. 增强文化设施配给，抓好文化阵地建设

文化大院要适时添置活动设施设备，做好财物的接收、造册、登记、管理、使用；要选取适合排练或演出的活动场地，争取村（社区）或公益人士提供，抓好文化阵地的利用与巩固。

3. 鼓励文化骨干加入，提升文艺编排质量

文化大院要不断吸收骨干参与，保证基本的创作、编排、表演与管理骨干，加强擅长特色艺术门类的演职人员的训练储备，提升文艺节目编排的艺术质量与时代气息。

4. 参加文艺活动交流，承揽文艺演出场次

文化大院要抓住文艺主旋律，紧扣地方文化主题，积极组织编排文艺节目，开展文艺交流演出，争取承揽辖区的文艺演出专场或节目，用演出报酬反哺文化大院。

5. 参与展演比赛平台，争取送戏下乡任务

文化大院要关注文艺比赛或展演信息，紧扣活动主题，推荐展示自身，争取承担或参与政府及主管部门的送戏下乡演出任务，用演出补贴提升文化大院硬软件设施。

6. 把握升级改造节奏，审视发展前进方向

文化大院要注重自身定位，审视团队发展方向，自由组合、自娱为主的为自乐班；有固定场地、人员、服装、设备等基本要素的为文化大院；有固定演出场次、受众，拥有文化管理、编排、表演人才，建立管理规章，并有专场巡回演出承担能力的可登记民间组织甚至文化传媒实体，实行"公司化"运作与"法人"管理；形成文化管理、创作、编排、表演等

基本固定的人才队伍，拥有排练厅、服装间、大篷车、演出舞台等设施设备，建立"法人"治理、财会制度、艺术评审委员会等基本健全的网络结构体系，可在前一基础上建歌舞团或演出公司，投身文化创业，进军文化产业。当然，文化大院要始终坚持自身本质属性，坚守文化事业发展规律，竭力盘活社会文化资源，树立地方特色文化品牌，自觉担负社会责任，争取享受文化事业政策支持或文化产业政策扶持。

7. 寻找自我展示舞台，提炼活动经验成果

文化大院要注重节目编排形式与服务群众的方式，活化群众文化的载体和样式，拓展文化艺术知识的受众面。一是借文化交流"出海船"。积极联络文化主管与业务指导单位，承接国家或地区选派的对外交流展演任务，争取参与到国家文化交流品牌活动中，既切磋技艺，又开阔眼界。二是搭送戏下乡"顺风车"。主动联系文化主管等部门、单位，承揽文化专题巡演或文艺专场演出场次，既有演出平台，又能公开展示。三是登商业演出"巡洋舰"。自觉联合各单位尤其行业人士，协助政府、部门、企业、商铺、家庭等，接手参与开工奠基、商业庆典、民俗仪式等的出演工作，既有收入补贴，又能传承民俗。四是打艺术会演"擂台赛"。关注各级赛事评比，参加符合自身条件的活动，力求参与入围或入展，不强求竞技得分排序，既能获得快乐体验，也能积累实战经验。五是夯群众文化"品牌化"。提炼文化团队创办的经验，总结自身阶段性发展实绩，推广发扬群文活动的个性化成果，夯实成群众文化组织的品牌乃至旗帜。六是显社会文化"公益性"。邀请社会力量

资助支持，引导团队及成员适时投入公益演出活动，既有呼吁社会的优越性，又能体现文艺团体的责任与担当。

文化大院"生"在基层，"根"在群众，是社会主义初级阶段主要矛盾的一种现实表现，是文化大发展大繁荣的"底层指标"。只有把支持农村文化建设作为创建文明地区等的统筹指标，支持个人依法兴办民间文艺团体，引导文化大院顺应文化事业前进方向，才能真正培育出植根群众、服务群众的文化载体和文化样式。

"非物质文化遗产进校园"的宝贵实践

为搭建民间精粹项目展示平台，活化代表性项目传承载体，中宁县推动舞狮、钱鞭、书法、剪纸、戏曲（秦腔）、曲艺等非物质文化遗产项目进校园，扶持特色学校建立民族文化展室，探索出一条适合传承的路径，积累了一定的保护经验。

一、基本情况

2006年起，宁夏非物质文化遗产保护中心启动"绿芽计划"，核心内容是用扶持民间传承的方式，激活和修复"自然传承"；用民间艺术进课堂的方式，组织和实施"教育传承"。2010年，宁夏文化厅与教育厅联合下发《宁夏非物质文化遗产教育传承计划实施纲要》，将非遗项目列入中小学音乐美术课程，让更多年轻人亲近、了解、接受"非遗"，同时发现和培养一批热爱民间艺术、有志于民俗文化弘扬的专门人才，让宁夏优秀的民间艺术代代相传。

早在20世纪80年代，中宁县"非遗进校园"活动已开始萌芽：黄羊钱鞭因厚重的群众基础在黄羊完小开展普及。1997年，又引入黄羊村临近的中宁三中，实现了常态化的教学传承，促使钱鞭艺术得到了有效的挖掘与保护。在此基础上，张庄舞狮、秦腔、剪纸等陆续入驻校园，形成了全县民间艺术进校园的氛围，唤起了群众保护非遗项目的自觉意识。

二、做法与成效

非物质文化遗产保护的途径颇多，"非遗进校园"即是有效的做法：文化与教育部门合作共建，借助音乐课、美术课、手工课等形式，推动非遗项目纳入国民教育体系学科内容，并广泛进入中小学与职校教育，以此激发学生对优秀传统文化的热爱，提升学生的艺术品位和文化素养。

1. 选择载体

精选有文化氛围和特色艺术教育需求的学校，选定适宜项目进行沟通，召集民间技艺传承人和教师代表开座谈会，制定活动实施方案，商定适合不同年龄学生的辅导内容，列入课程计划并着手实施。通常要遵循"就近"原则，即项目引入驻地学校，依托驻地学校建立项目传承培训基地。

2. 搭建平台

寻找适合项目展示的平台，组织民间艺术特色活动，让"进校园"项目融入多种平台，形成"一校一品"的特色，促使项目在校园"立地生根"，实现良性传承的生动局面。如民间剪纸在中宁山区乡镇较为常见，有学生受家庭影响会剪纸，将其引入移民文化富集的大战场中学，安排剪纸技艺传承人和学校美术教师合作，借助学校少年宫课外活动，召集有兴趣的学生参与，并适时组织剪纸作品征集比赛，利用学校展墙乃至县宣传文化中心展厅等展示平台选荐参展。同样，少儿钱鞭与舞狮等学校民间舞蹈队都在全县的社火展演中酷炫亮相。

3. 建立机制

促进文化馆与学校、项目传承人与学校教师的有效沟通，建立适合项目开展传承的良性机制，确保传承人能"进得来、驻得下、能立足"，使"送文化"与"种文化"能结合，让学校具备自我培养与开拓创新的能力。如张庄舞狮在中宁八小的结合，即是文化与教育"不谋而合"的表现：八小有让学生强身健体的初衷，文化馆有探索舞狮及配套武术传承载体的愿望，一经碰撞就让自治区级非遗项目张庄舞狮在参加文化部对外文化交流巡游归国后顺利入驻，并在学校筹建起"张庄舞狮陈列室"，成为学生接受传统文化教育的一个窗口。

三、存在的问题

一是资金保障。缺乏专项资金的补贴，致使传承过程推动乏力，学生生活补贴、教师加班工资、拉运学生车费、培训费等无法列入开支，学生的服装和表演道具改进和更新差资金来源，校本课程整理编写出来却受冷搁置，出版经费没有着落。二是培训提升。承担活动任务的辅导人员以民间艺人和专业教师为主，要将一些适合青少年表演的体操糅进去，达到舞蹈的优美、武术的神韵和体操的矫健，需要提升专业人才的指导和排练水平。三是创意排练。引进校园搞传承是要全面地传承它的历史文化，表演时要体现它有别于其他项目的特点特色。我们提倡创新，创新要坚持在传承的基础上加入新的东西。每一个项目的形成都是在借鉴和吸取其他艺术样式精华的基础上，再结合自身的特点和时代的要求所创造出来的新的东西，仅仅依靠纯粹的传承和保护是远远不够的，更重要的在于创新和发展。四是推荐展示。基层的项目及传承艺人参与展演的空间有限，但展示的欲望与热情很高，能推荐选送参加自治区以上的对外交流很有必要，也需要给予信心。

四、对策与建议

在宣传文化部门的组织协调和教育部门的配合保障下，全县"非遗进校园"工作取得了一定进展，也存在诸多问题与困惑，亟待主管部门及业务上级给予指正。

1. 对策

一是吁请社会重视。要适时向各层面反映"非遗进校园"的工作，引起社会力量关注，引起宣传文化教育部门的共同重视，促使民族民间文化成为贴近学生课堂的"新血液"，推动"非遗进校园"成为工作常态。二是深入民间挖掘。要深入项目发源地和传承人、群众艺人座谈交流，促进沟通学习，深化民间传统技艺的挖掘，体现项目原生态的文化特质。三是开发校本教材。要坚持编写完善非遗项目校本教材，鼓励支持印刷出版发行。四是强化申报力度。要继续申报国家级非遗项目、自治区级传承人与传承基地，力争国家级项目代表作名录、代表性传承人有突破，争取跻身自治区级非遗传承基地名单。五是保障设施投入。要及时配发项目活动用的服饰、道具、鼓乐等基础设备，营造传承基地活动氛围，保障传承人的传习所需。

2. 建议

一是推动保护立法。建议立法部门将"非遗进校园"等民族民间文化遗产保护途径写进地方法规，保证项目传承的落实力度。二是拨付专项经费。建议政府有关部门研究"非遗进校园"专项经费，统筹预算拨付到位，切实用于项目的传承。三是资源倾斜基层。建议宣传文化教育等主管部门在项目资金、非遗培训、传承人进修、对外交流展演等方面给予基层支持倾斜。四是鼓励先行先试。建议非遗业务主管单位扶持中宁作为全区"非遗进校园"试点县（区），切实为全县开展工作提供可资利用的背景，为全区"非遗进校园"工作创造先行先试的经验。

基于"从青少年抓起"的战略思考，中宁依托"非物质文化遗产进校园"活动，促使博大精深的文化遗产激发出青少年的民族自豪感和爱国主义情怀，增强了中小学生推进文化传承创新的使命感和责任感。同时，以此平台向全社会宣传和普及非物质文化遗产保护法，为全县文化大发展大繁荣乃至全区非物质文化遗产保护法制建设做出了应有的贡献。

值得关注的是，并非所有民间文化遗产都适合校园传承。非遗的产生和流传，必然与一定的生产生活环境紧密联系，传承传播选择的多是一些推广性较强、有一定群众基础的项目。当部分非遗项目失去其存在的空间以后，就会发生衰退，若要让其进入一个喧嚣的环境中进行传承，只会使其为更多的人所摒弃。因此，有选择地引进适合的项目进入校园尤其重要。

"戏曲(秦腔)进校园"活动的举措

为重拾戏曲艺术精神,传承戏曲文化精粹,培育少儿戏曲素养,推动戏曲遗产保护,在全县部分学校开展"戏曲进校园"活动,成为当代文化工作者的历史使命。

一、概念生成

"戏曲进校园"活动属于戏曲艺术普及教育的一环,以学生为主体,以戏曲为载体,阐释了学生、校园文化、少儿传承与戏剧艺术之间的密切关系。

戏曲记载了国家的历史文化,鉴赏戏曲能提升民族的自豪感和国民的自信心。戏曲科目虽然不是教育的主流,还比较缺乏学理的系统探索,甚至大多仅停留在表面的讨论和活动本身的陈述,但濒临萎缩乃至消亡的现实促使文化人开始了对戏曲传承保护的探索。

二、实施步骤

遵循"一年普及,两年提高,三年见效"的目标,普及戏曲基本知识,促使师生学唱、爱唱、会唱、唱响戏曲,激发学生尊重历史、敬畏文化的核心价值情感,培育戏曲特色培训的教育品牌。

1. 选定学唱内容。召开戏曲专家、戏曲艺术工作者和教师代表座谈会，选定适合学生学唱的经典曲目，推荐给学校进行欣赏学唱。

2. 培训指导教师。举办"戏曲进校园"培训班，选聘戏曲家为顾问，依托戏曲专业技术人员、民间戏曲艺人和学校音乐教师为师资基础，让教师掌握戏曲传授的基本理论与教学方法。

3. 列入课程计划。启动"戏曲进校园"活动，把戏曲课目纳入小学课程，把唱腔板式引入音乐课及课外活动中，并根据学生年龄特点与学段课时计划逐步培养戏曲苗子。

4. 展示教学成果。设立学生戏曲兴趣小组（社团）或开辟教学第二课堂，通过戏曲橱窗展、摄影专题展、知识竞赛、脸谱绘画比赛、名家进校园、送戏进校、学生折子戏专场表演、戏曲鼓乐表演、校园戏曲晚会等活动形式，分阶段组织、实施、呈现"戏曲进校园"的成果。

三、主要措施

1. 分类指导。在普遍学唱的基础上，筛选移民地区学校为重点推进学校，从中确定2～4所学校为戏曲（秦腔）传承培训基地。

2. 夯实学唱。在教学实施过程中，紧扣戏曲教学特点和规律，明确阶段应知应会内容，注重实践体验与兴趣培养，力求掌握说唱基本方法，切实提升"看戏的能力""听戏的热情"与"'演戏'的本领"。

3. 开发教材。在开展传习的基础上，选定1～2所学校开发具有乡土特色的校本教材（学生普及版），供试点学校选用。

4. 充分展示。在教学各个阶段，倡导学校创设戏曲学唱大舞台，鼓励年级创办戏曲沙龙，引导学生走进戏曲剧场观看戏曲艺人表演或影像资料，宣传戏曲剧目中的爱国主义精神和民族传统美德，搭建戏曲学习实践的平台，推进戏曲的传承与发展。

5. 完善考评。在测量考评体系中，把"戏曲进校园"列为学校综合评估与学生音乐或体育技能测试的内容。同时，把戏曲文化列入学校特色创建范畴，把创建学校列入非遗（戏曲）传承申报基地。

四、工作要求

1. 认识到位，思想统一。要充分认识活动的现实意义，统一活动的思想认识。文化部门要积极开展"戏曲进校园"活动，挖掘地方戏曲艺术，精选试点学校作为传承载体；教育部门要深入弘扬传统文化，广泛开展乡土艺术教育；试点学校要探索艺术教育路径，活化学生艺术课堂。

2. 监督到位，职责明确。要分工负责，配合监督。文化部门要对接试点学校，发动戏曲专业技术人员和民间戏曲艺人定期开展教学辅导；教育部门要号召中小学弘扬戏曲艺术，选荐试点学校开展"戏曲进校园"活动，扶持戏曲传承培训基地开展活动；试点学校要制订符合自身的教学计划，组织常规教学活动。

3. 保障到位，树立平台。要互相支持，切实保障，为传承学校提供展演等的活动平台。文化部门要定期开展项目监督，适时配备戏曲专业技术人员必需的教学设备，解决戏曲专业技术人员下乡教学的补贴；教育部门要定期开展教学检查观摩，及时督导学校完成教学任务，及时配备活动所需的人员和物资；试点学校要合理计划教学内容，有序组织教学秩序，切实保障师资的工作与生活。

"非物质文化遗产进校园"的典型案例

非物质文化遗产保护的途径颇多,"非遗进校园"即是有效的做法:文化与教育部门合作共建,借助音乐课、美术课、手工课等形式,推动非遗项目传习纳入国民教育体系,并广泛进入中小学与职校教育,以此激发学生对优秀传统文化的热爱,提升学生的艺术品位和文化素养。

笔者从中宁"非遗进校园"的现状入手,精选"非遗进校园"的典型项目与成功案例,借以探索行之有效的非遗项目传承机制,提炼保护工作者"种非遗"的经验心得。

一、钱鞭练习的普及

黄羊钱鞭发源于宁夏中宁县黄羊村,是第三批宁夏回族自治区级非遗代表作项目,有较为深厚的群众基础与文化内涵。

钱鞭在黄羊流传甚广,"上至九十九,下至刚会走"几乎都会。早期,黄羊村安排钱鞭传承人利用寒假培养传授钱鞭队员,后中宁三中邀请钱鞭艺人驻校教习钱鞭,还派专人到黄羊开展田野调查,挖掘整理校本教材《钱鞭情韵》。时至今日,黄羊钱鞭的传承依然代代延续,但钱鞭队员的构成已发生明显变化:黄羊村队员由原来单纯的男队员演变为大部分为女队员,霸王鞭少了许多威猛与"霸气"。城镇化进程已让成年男子"洗脚上田进厂赚钱",留守的妇女自然占据了钱鞭队的主流乃至全部。同时,学生转学进城热度加快,农村小学的师资与生源明显日减,尤其学生流转更是频繁,黄羊完小在撤校合并的"浪潮"中作为钱鞭传承培训基地的希望愈加渺茫。中宁三中钱鞭队员的构成是少年群体,接受能力与表演活力相对较强。学校利用音乐课堂从新生入校抓起,全员普及了钱鞭艺术,建立了阳光体育健身操与钱鞭神韵表演队,成为黄羊钱鞭重续血脉的重要保障。

二、舞狮技艺的引入

中宁舞狮传承分布较广,代表性的有刘庙舞狮、张庄舞狮、靳崖舞狮等。其中,刘庙舞狮与张庄舞狮分别列入首批(2007年)与第三批(2012年)自治区级非遗代表作名录。

张庄舞狮2014年受邀出访贝宁,受到自治区文化厅有关领导的好评。县文化馆与中宁八小在"舞狮进校园"的问题上不谋而合,共同促成第三批自治区级中宁舞狮代表性传承人张正洪等入驻校园。

中宁八小在县文化部门与教育部门的指导下,利用大课间活动时段,选择三、四年级试点,从舞狮配套武术教学起步,进而传授舞狮套路;县文化馆依托中宁八小布置舞狮陈列室、设置舞狮传习所,建立舞狮传承培训基地。小学生舞狮队员身体柔韧、可塑性强,表演憨态可掬、活灵活现,少儿舞狮不仅是中宁民间舞蹈家族的一个新秀,而且是真正"从娃娃抓起"的。

三、秦腔表演的"移植"

秦腔是汉族流行的一种最古老的戏剧，2006年被批准列入第一批国家级非物质文化遗产名录。20世纪80年代以来，"救救秦腔"的呼声此起彼伏。

中宁历史上曾设立剧团（前身是1954年成立的新民剧团，1970年变为文艺宣传队，1978年恢复成县剧团，2012年9月撤销后整体划转县文化馆），长年活跃在基层，拥有众多戏迷，是老一代中宁人主要的文化生活。但随着市场经济的开放与文化生活的丰富，传统古典戏曲市场日益萎缩，受众只减不增。秦腔在歌舞、器乐等艺术门类面前毫无"对抗能力"，青少年受众寥寥，几乎成为边缘化的濒危剧种。

对此，县文化馆曾多次举办秦腔艺术培训班与秦腔票友大赛，甚至将免费开放公益培训的视角延伸至边远乡镇文艺团队、学校，满足了中老年秦腔戏迷与爱好者的文化需求。但秦腔艺术受到现代文化的巨大冲击，专业演出团体生存艰难，优秀演艺人才出现断层，传承深受制约，保护迫在眉睫，传统表演技艺面临失传的危险。

选择一所有戏曲基础或环境较好的学校，鼓励学校在"一校一品"的特色定位中，采撷民俗的力量与非遗的知识，注重从即将消亡或已近濒危的项目中选择适合学生参与、利于学校发展的活动。协助学校负责人在抓好教育教学工作的同时，腾出余力与资源为民俗文化的弘扬拿出必要或一定的担当。

选取小学中年级学生为学员，安排戏曲专业技术人员利用活动课平台，开展主题讲座，普及戏曲常识，解析剧目内涵，传授基本技法，培养学生兴趣，选择部分易懂易学的戏曲片段或折子戏，适时以校园文化活动少儿秦腔表演或少儿版秦腔专场演出等引领秦腔发展，促使秦腔艺术植入少年儿童的头脑，解决秦腔"人才匮乏，观众老龄"的难题，切实为"秦腔的春天"而奔走呼喊。

四、蒿子面制作的"新生"

蒿子面是中宁汉族群众普遍掌握的制作技艺，是"舌尖上中宁"的代表作，具有一定的民俗文化价值。纵观历史，蒿子面在中宁人心目中是独特的乡思与难忘的记忆。横向对比，蒿子面在国内众多面食中，影响力却仅限于宁夏区内，基本处于"养在深闺人未识"的状况。

目前，蒿子面在传承点的基础上已实现产业破题，蒿子面展演、比赛逐渐规范，民办培训实体趋于常态，但学徒都以创业谋生为目的，且"80后""90后"少有人学，传承保护的理念急需提升。

蒿子面传承保护需要寻找媒介载体，可联合职校（培训中心）共建传承培训基地，力争纳入职业学历实用技术教育，融入食品工程专业课程教学，同时，建立课外兴趣小组，搜集蒿子面歌谣、故事、谚语等，编排蒿子面主题歌曲、舞蹈等，整合地方蒿子面文化资源，鼓励学生在掌握基本技能的基础上进行创意设计，开创传统工艺与现代技术结合的保护思路，引导个体实施开发性保护行为，扶持学生毕业后投身蒿子面创业，使古老质朴的蒿子面制作技艺新发"绿芽"，代代相承。

红枸杞原创音乐会的打磨提升

为丰富中宁群众的文化生活,搭建中宁原创音乐的展示平台,提振杞乡群众的艺术素养,打磨提升红枸杞原创音乐会成为热议话题。

一、面临的现状

中宁县红枸杞原创音乐会于 2011 年启动实施,迄今举办五届,始终以践行社会主义核心价值观为核心,以乡土音乐创作为主旨,以音乐会展示平台培养音乐人才和培育品牌文化活动。

红枸杞原创音乐会采取"乐队+歌手"组合方式,精选脍炙人口的红枸杞原创歌曲,演绎区内外音乐人及业余乡土作者创作的地方音乐作品。乐队成员 35 人,歌手 20 人,成员来自教育、文化、企业等各界;积累原创歌曲 50 首,已印发《杞乡歌曲大家唱——红枸杞原创歌曲作品集》。

红枸杞原创音乐会曾受到全区文化系统"互观互学"观摩,得到自治区、市的肯定和好评。但在组织操作与社会反响上,仍感到有定位不准、人员不足、作品欠佳等问题和困难。

二、采取的措施

1. 提升创作

一是公开征集作品。面向全国征集红枸杞词曲作品,提升原创音乐的专业性和艺术性。

二是重新编配曲目。借鉴现代配器及 RAP 等当下流行音乐符号进行编曲创作，促使原创歌曲更具传唱性。

2. 优化配置

一是精心挑选乐手、歌手，并邀请知名音乐人组织排练；二是逐步解决乐队依赖教育、企业等在职职工排练演出的制约问题。

3. 创意形式

一是演唱采取独唱、重唱、组合等多种唱法相结合的手法，呈现时代发展的风貌，实现演唱形式的突破。二是音乐会要突显音乐的本质，舞美等形式要与音乐会相得益彰，主持等要为音乐会增色。

4. 创设平台

一是在中卫市乃至全区进行红枸杞原创音乐会巡回演出，寻求中阿博览会等区内文艺展示契机，力争迈向国内枸杞产区交流展演，推荐融入国家对外文化的交流活动。二是定期举办个人或组合小型音乐会，推出一批导向明确、特色鲜明、旋律优美、易于传唱的时尚流行音乐作品。三是引导创作向民俗化、流行化、时尚化方向迈进，扶持经典原创曲目制作 MV 单曲，在各旅游景区、学校等地播放推广。四是精选红枸杞原创音乐代表性作品，结集出版《红枸杞原创歌曲作品集》。五是利用媒体资源，加强红枸杞原创音乐会的宣传，扩大红枸杞原创音乐会的知名度和美誉度。

"聚笑堂"相声茶社创立所见

茶社在中卫古来有之,直至今天仍在民间分布,多以戏剧(秦腔)形式存在,曲艺(相声)形式的确是开首例。

一、相声茶社的创立

"聚笑堂"相声茶社创立于2015年6月,创办人邵老五担任班主,演员有陕派相声传人刘阳生、闰土,本土演员薛勇等。演出正式地点在中卫市紫水印酒店,偶尔会出现在邵老五啤酒演艺广场或文化广场。

二、相声茶社的争议

聚笑堂的设立是班主邵老五及同行摸索提议的,经过了慎重的思考和精密的构思,艺术目的很明确,演出思路很清晰,创业心态很端正。

市民开始持怀疑的态度,即便抱着尝试一看的心态,也是草草一去聊聊一看哗哗一笑拂袖而去。抑或持观望态度,不等欣赏胃口吊起来,相声茶社便已倏忽消失,成为"一时绝唱"。

运行近一月的实践证明,相声普及的土壤并未在中卫形成,曲艺基础性普及需要长期的努力,传承呈现无根断代的局面，欣赏习惯没有真正培养起来。

三、相声茶社的去留

中卫餐饮娱乐文化较为发达，物质消费的欲望颇为强烈，精神文化与物质索求的对比始终在较量之中。抢占精神文化的制高点和控制权，聚笑堂的引领和倡导作用是显而易见的。

诚然，相声在中卫的渊源不能说从来没有，也不能单纯说欠缺群众基础，反倒中卫的土壤"生长"出当代著名军旅艺术家张保和、"中卫口歌"青年表演艺术家张强，等等。他们不仅分外活跃，而且声名渐起。另外，中卫演艺市场上现存的秦腔茶社虽惨淡经营，但仍聚集着不少戏迷，不断吸引群众爱好者捧场。这也印证了好的艺术终究是有市场的，艺术消费是需要积极培育的。

"聚笑堂"相声茶社的成立是中卫文艺历史上的"新闻"，有开创破题的意味，也有强行移植的感觉。相声茶社表现出的"水土不服"，反映的是地方观众欣赏口感的不适、艺术项目的"不传统"和相声艺术的"不普及"。可贵的是，中卫文化人和民间艺人对艺术钟爱有加，即使艺术演艺市场的尝试以短暂失败告终，好似"艺术历史夜空划过的流星"，但其创设"文化新意"的启示意义却是不容忽视的。

房车生活文化节的启示

为营造枸杞文化节节庆氛围，激发杞乡经济发展活力，提升中宁城乡文化品位，县委宣传部、文化旅游广播电视局采取"政府主办、市场运作、企业唱戏"的方式，承办了首届"房车生活文化节"。

一、基本情况

房车生活文化节围绕房地产、汽车展示两大内容，重点涉及家用电器、装潢装饰、美妆美发、婚庆摄影等30个行业62家企业，主要开展了品牌车展、房产博览、模特大赛等活动：房产展示有宁夏为民房地产等精品楼盘参展，共订购商品房产50余套；汽车展示有20家销售代理商参展，共销售汽车40余辆、电动车400余辆；家用电器、装饰美妆等市场销量也全线飘红，交易销售额近1000万元。房车节重头戏之一的模特大赛，历经初赛、复赛的严格评选，共有来自社区、企业、高校的30名选手入围决赛，角逐冠、亚、季军各1名，最佳才艺、人气、亲和力、T台表现等10个单项奖及17个优秀奖。经过紧张精彩的晚礼装、生活装与泳装展示后，来自宁夏艺术学校的中宁籍选手李婵玉摘得模特大赛决赛桂冠。

房车生活文化节首次打破了"政府独立主办"或"政府主办、企业赞助"文化活动的格局,成功开辟了群众文化活动"项目社会化、组织专业化"的新模式。

二、成效与经验

房车生活文化节作为迎接2013中阿博览会中国枸杞论坛暨中宁枸杞文化节的庆祝活动,吸引了全县厂商的关注与参与,实现了销售商和客户的共赢,取得了预期的成效。

1. 宣传到位,措施得力。房车生活文化节以宣传国家房·车销售政策及相关法律法规为立足点,邀请宁夏新闻网、《新消息报》、中卫电视台、《中卫日报》、中宁电视台等提供媒体支持;借助都市品牌DM报、生活向导DM报等,制作大版面广告向城乡居民免费发放;组织参展车商开展车辆巡游,提前告知群众活动讯息;利用中国移动中宁分公司向全县人民群发活动短信;安排影视制作中心对活动进行全程录制。同时,依托模特大赛等活动载体,推荐选拔集睿智、亲和、才艺等综合素质较高的选手作为"中宁枸杞形象大使",提升外宣活动的影响力与知名度。

2. 购销两旺,实现双赢。房车生活文化节以房·车商品与群众文化的展示交流为关键点,以优越的展位吸引中宁汽车城品牌代理商、在建地产开发商等布展,以优惠的价位增加了城乡客流消费量,收获了群众参与的人气,提高了参展品牌的知名度,实现了销售商和客户的共赢。

3. 市场运作,企业赞助。房车生活文化节以销售购买为着眼点,选择市场化运作方式,挖掘市场优势及相关会展资源,促使商家展位协议落地。承办公司全面招商,精选有实力的企业冠名赞助,鼓励意向性参展商积极参展,划分出精品楼盘、品牌车、实惠家装等主题展区。车展内容扩展延伸至小客车、摩托车、电动自行车,汽车用品等也在邀请之列。

4. 商业操作,实践首创。房车生活文化节以机制创新为着力点,政府倡导社会力量办节,文化旅游广播电视局发布"英雄帖",承办公司依托项目申办、社会赞助、展位购买等多种形式,广泛吸纳企业、商户等自发参与、集体操办,培育起规范的群众性展会,促进了展会的提质升级。

三、问题与不足

盘点首届房车生活文化节,成绩应当肯定,但问题与不足也不应回避。

1. 专业化程度不够高。房车生活文化节的展示区域划分不够明确,展示的内容延伸不够广泛,展位的规模和档次还不够高,参展商的权责归属及展位费的收缴缺少明确规定,展会的综合性有待全面提高;展会活动的服务保障方面,政府主管部门需进一步强化监督,文化服务单位要认清角色定位,主动协助开展工作。

2. 文化融合程度不突出。房车生活文化节在房车与文化的融合上明显不足,人与房·车的关系,尤其是群众对房子、汽车等产品文化内涵的了解方面欠缺较大,激情面对面交流与综合性交易展示的场面未能凸显。同时,节会期间开展的文化活动仅有模特大赛,相比丰富多彩的房·车展销,文化活动尤其大型互动文化项目融入节会的程度明显匮乏,显得不相映衬。

3. 距离品牌展会有待提升。房车生活文化节要从展示规模、配套活动等多方面全面提升,力邀一批国内知名主流厂商参与,进一步增强参展品牌的观赏性,加大促销力度,把更多的新房、名车引进展会现场,有效展现品牌的文化内蕴及理念,使房·车展成为市民选房、购车不可缺少的去处,使房·车商在展会期间赢得良好的社会效益和经济效益。

房车生活文化节已圆满落幕,"政府主办,部门搭台,市场运作,企业唱戏"的运作模式留下的启示不容小觑,房·车与文化、展示与销售结合点的平衡留下的空间亟待探索,寻求房车文化节的升级改造,让广大群众知道房·车展、了解房·车展、期待房·车展,力争将房车展办成规模更大、层次更高、影响更大的房车界盛会,办成参展场景火爆、成交额喜人、充满文化氛围、富有创新展示的地区性常规展会,办成让群众"经济得实惠、精神得享受"的经贸文化交流品牌活动。

歌曲《西北汉子黄河情》的创作

《西北汉子黄河情》是一首脍炙人口的当代原创歌曲,原名《中宁汉子黄河情》,由中宁县原创音乐会构思创作,经配器连续两次荣登县音乐会舞台与大乐队、合唱队共同完成曲目演奏,得到了观众的一致好评。后在词曲作者和同行专家的建议下,《中宁汉子黄河情》调整更名为《西北汉子黄河情》,并录制了 Media。

一、创作源起

2010 年,中宁县委宣传部、文化旅游广电局研究县"两节(元旦、春节)"文化活动事宜时,县文化馆提出抽调县文化、教育、企业等部门单位的音乐骨干参演创办县新年音乐会,以此提升全县"两节"群众文化活动的品位和格调,带动中宁原创音乐事业发展。后经县委、县政府主管领导研究决定,同意筹备中宁县 2011 年首届红枸杞原创音乐会,列入县"两节"活动盘子。

活动既定,作品创作征集便从县宣传文化系统渠道正式通知出去。《西北汉子黄河情》词作者为县文化馆副馆长刘巍,他虽是音乐词创作的新手,参加工作后有过歌曲词的创作,但仅停留在行业歌曲的创作范围，承担原创歌曲词作的确是一次不小的挑战。

《中宁汉子黄河情》的创作起源于此前刘巍和曲作家高建堂的一次思想碰撞，音乐会筹备过程中，词曲作者相遇聊天，高建堂提出，能否创作一首音乐会"镇场"用的民歌，词作要大气豪迈，旋律要激越高亢。刘巍当场表示回中宁汇报并物色合适人选着手创作。随后，刘巍在邀请创作的同时，自己开始琢磨创作。他选取地方代表性意象，联系人文风物情感，加之咏颂地方的歌曲，歌名初定为《中宁汉子黄河情》，词作为两段体，见物起兴抒怀，表达了黄河汉子建设家园的豪情，其中较为震撼的"灵魂之句"——"捧一捧枸杞让天下尝"实际是时任县文化馆馆长赵闯的妙句，是作者一气呵成词稿后反复推敲词句，并及时跟领导沟通时偶得的好词，后来由原唱青年歌手芮涛进棚录音时，录音师郝建宁在词作者的建议下，现场改为"捧一捧枸杞让天下尝，让天下尝一尝"，加重了"尝"的比重，表现出西北人豪放粗犷好客的神韵。现在看来这一句是全词的"神来之笔"，可惜原句的创作者赵闯没有在歌曲的词作者中出现，这确实是一种遗憾。

二、录制检验

《西北汉子黄河情》录制时，第一版由芮涛（中卫市沙坡头区永康中学）演唱，邀请了4名尾声伴唱歌手，分别是孙国权（宁夏文化馆）、邓新民（宁夏歌舞团）、贾燕（北方民族大学）、苗红（宁夏农行）和一名唢呐伴奏乐手。现场由高建堂和刘巍盯棚，成盘后，词曲作者交由专业歌舞团、民办文艺团队、专业歌手等试唱，广泛听取业内外的评价，普遍认为录音情绪表达不到位，字词艺术处理不够好，建议重新录制。芮涛录后同样感觉录制时留下的遗憾太多，不少细节出现了纰漏，希望由自己完成第二遍录制。词曲作者充分沟通后，一致决定重新录制原唱。

三、传播推广

《西北汉子黄河情》正式录制定稿后，传播推广成了原创歌曲面临的新问题：一是推荐展演。积极争取参加综艺类专场文艺演出，促使新歌融入大的推介平台，迅速在一定范围内得到展示。二是选送参赛。主动选送参加地区以上赛事，力争加入全国"群星奖"的角逐，争取在赛事中获奖，并融入展播的范围。三是媒体传播。安排地方主流媒体制作 MTV，在地方电视台播放，扩大群众的认知度；联系地方影视传媒公司拍摄 MTV，在微信公众平台等新媒体播发，掀起群众传播的热潮；推荐给地方影视剧作为片尾曲使用，伴随影视剧的传播而传播；撰写歌曲创作过程和传播推广的文章在地方主流报纸刊物上刊发；联络国家级媒体或文艺院团，请歌唱家或一线歌手试唱，借助演员知名度和演唱的舞台推动新歌的传播。四是群众推广。交付地方乐队、广场舞队等大众时尚文艺团队使用，在群众感受的氛围中实现作品的创作宗旨，接受人民大众的检验。

四、启示感想

《西北汉子黄河情》的创作历时 3 年，两度亮相地方新年音乐会，参加"全国回族歌曲汇宁夏"歌曲征集，录制后广泛推荐给各文艺团队,有一定的示范作用。

1. 符合创作规律

词曲作者曾是合作默契的音乐创作伙伴,共同创作过近10首反映地方人情风物的咏叹类民歌。《西北汉子黄河情》的词曲作者同为宁夏中宁县人,有着充分的地方生活阅历,都想构思一首讴歌家乡的原创歌曲,起先由曲作者提议选题,词作者围绕主题尝试创作,利用会议间隙仅不到40分钟便草拟歌词初稿,随之立即找同行指正,时任县文化馆馆长校改后正式定稿交付曲作者。看到词作后,曲作者异常兴奋。曲子及配器谱出来后立即交付乐队试奏,旋律极其振奋,获得音乐同行的一致称赞,至今反响较好。回头看,《西北汉子黄河情》的创作正是在作者的交流碰撞中应运而生的,并且历经群众舞台的反复检验,确定较为成熟后才正式录制传播,完全符合作品的创作规律。

2. 符合选题构思

歌曲选定"西北人"与"黄河"的联系,择取卫宁平原的意象,表现了西北汉子战天斗地建设家乡的高亢情怀,抒发了西北汉子生在黄河边的豪迈,隐喻了西北人和黄河气概的共通性,的确是一首激越的"西部放歌"。

第三辑
文化遗产保护

文化遗产是地域特有的精神价值、思维方式与想象力、生命力和创造力。

非物质文化遗产保护的回顾

按照国家和自治区非物质文化遗产保护工作的有关要求,中卫市深入发掘非遗项目的文化价值,竭力保护地方非遗资源,科学保护开发,逐步打磨提升,使之发挥应有的社会价值,促进了文化事业的繁荣发展。

一、基本情况

中卫非遗挖掘始于1986年,正式启动于2006年。经过"普遍发动、全面普查;明确重点、精心整理;逐步申报、细致清理"三个阶段,已按期完成项目普查、申报、公布等阶段性工作,形成了较为齐备的非遗保护资料,呈现出灵活多样、个性鲜明的传承保护成果,培育成初具规模的非遗文化产业。

二、主要做法

(一)摸清家底,科学保护

按照"不漏村镇、不漏项目、不漏种类"的工作要求,市非遗普查领导小组办公室坚持深入基层,收集整理民间非遗线索,摸清了全市的民俗家底,建立起国家、自治区、市、县(区)四级名录体系;按照"以特色促申报,以申报促保护"

的工作思路，切实挖掘中卫民间非遗项目，适时申报列入市级以上公布的名录。

（二）突出特色，传承发展

一是激励文艺创作。舞蹈《金鞭飞舞》将民间社火改编成现代舞，使非遗与艺术巧妙融合；舞蹈《钱鞭声声》以钱鞭代代传习为线，原生态呈现了钱鞭艺术的前世今生；秦腔折子戏《小宴》编排选送参加2012年全区群众文艺节目调演，荣获一等奖并受邀在颁奖晚会做汇报演出；民间刺绣作品参加首届全区女职工手工艺制作大赛暨优秀作品展，并荣获三等奖。二是倡导活态传承。中宁县推进黄羊钱鞭、张庄舞狮、戏曲（秦腔）、书法入驻校园，实现教学普及与活态传承；沙坡头区开展"中卫方言讲中卫故事"，延续了"地方土话"的传承。三是组织展演比赛。组织参加第十三届中国西部民歌（花儿）歌会决赛入围总决赛并获奖，枸杞公祭、方棋大赛、蒿子面制作技术大赛、"杞乡绣女"刺绣比赛、碾馔子制作技术摄影大赛，受到群众的青睐与欢迎；舞龙大赛、石空大佛寺"二月二 龙抬头"社火大赛及社火鼓乐大赛引来媒体关注；"啸龙闹春"社火展演受到《中国节日志·我们的节日》课题组走访调研；"杞乡印象——老旧照片和老旧物件展"与"薪火传承——非物质文化遗产展"，让群众看到了地方的历史变迁和发展活力。四是参加非遗申报。积极参评国家级、自治区级项目，推荐国家级、自治区级传承人；申报国家级、自治区级传承点（基地），确保代表性项目、传承人及传承点（基地）在非遗保护层面有地位有荣誉。五是培育非遗产业。建成大麦地文化产业园，兴办沙坡头水镇"非遗一条街"，筹建中卫市非物质文化遗产展示馆，扶持蒿子面、枸杞膏、老豆腐等代表性传承人和社会文化能人兴办经营实体，促其从家庭作坊生产走向专业规模生产，实现了"生产性保护"。六是开展非遗研究。鼓励专技人员潜心钻研非遗项目，编撰出版《中卫市非物质文化遗产名录》《中卫市非物质文化遗产系列丛书》等著作，编选印刷《中卫文化》报、《守望家园》小报，编印校本教材《钱鞭神韵》；撰写发表的《论民间舞蹈黄羊钱鞭与全民健身》入选《宁夏非物质文化遗产保护》一书；《论关于保护黄羊传统村落并建立文艺创作基地的探索与思考》《论蒿子面文化产业如何破题》等论文荣获第十四至十八届宁夏文艺论文研讨会征文奖项。同时，做好非遗成果的开发利用，以理论研究指导保护实践，建立剪纸刺绣手工艺品孵化基地1处、民族文化展室4所、传承培训基地5处。七是推进对外交流。组织海原县代表性非遗项目和部分自治区级以上项目传人参加"江南百工"——首届长三角非物质文化遗产博览会，举办"宁夏海原非物质文化遗产开放日"，主推海原刺绣剪纸等具有鲜明风格的民族项目，借非遗产业成功签约助力贫困地区精准脱贫；组织中宁县民间社火艺人参加全国慈善博览会主题歌MTV拍摄活动；选派蒿子面制作技术传承人赴毛里求斯参加第八届唐人街美食文化节、选送舞狮代表性传承人张正洪等5人赴贝宁参加"欢乐春节"巡游表演，带领枸杞膏制作技艺传承人张伟中参加第三届中国非遗博览会、地毯制作技艺传承人魏海明参加第二届西北非遗博览会和第七届中国

（北京）国际文化创意产业博览会、农具编织技术传承人参加第四届中国（宁夏）国际文化艺术旅游博览会黄河金岸非遗展，受到出访地和主办方的一致认可，得到文化厅的充分肯定。不仅参与了国家的对外文化交流品牌活动，而且让中卫的非遗项目实现了交流争得了荣誉。八是强化宣传推介。邀请CCTV-4《远方的家》《长城内外》等栏目分别拍摄播放纪实短片。新华社宁夏分社以"舌尖上的蒿子面"为题采访报道蒿子面传承技艺；宁夏广电总台《新时空》先后拍摄"隋唐秧歌""刘庙舞狮""新桥高跷""枣园清炖土鸡"等项目。《老王茶馆》节目制作了"一面之缘——中宁蒿子面""一碗鸡血面的百年情缘""巧手塑功德——中宁泥塑彩绘"；《中卫日报》整版刊登了《杞乡特色美食海外飘香》一文。尤其是2015年春节期间，由中央电视台录制的《妈妈的味道》在CCTV-1播放，极大提升了"中宁蒿子面"的知名度和美誉度。

（三）精选载体，构建基地

精选文化遗产富集的传统村落，建立市级文化生态保护区和民俗文化村落（艺术写生基地），使民间文化的基本形态、承载方式、核心内涵得到了有效提升；精选重点项目为文创企业与文化创意区提供专业化服务，协调解决非遗规划项目建设、运营中的难点问题，促使项目建成、投用和产出，提高文创产品的影响力和竞争力；精选可推广的大众项目"进社区"，夯实"非遗进校园"活动，完成花儿剧《回乡婚礼》进全区高校的巡演，确保"种下一个带活一片"，促使学校成为非遗保护"铁打的营盘",促使学生成为非遗技艺"流水的兵"。

(四)科学决策,建立机构

设立"中卫市非物质文化遗产保护中心",成立中卫市非物质文化遗产保护工作专家委员会,广泛吸纳有关企事业单位、社会团体等各方面力量,充分发挥民俗文化专家的作用,促使中卫非遗工作与自治区非物质文化遗产保护中心工作接轨。

三、存在的问题

虽然我市在非物质文化遗产保护方面做了一些工作,也取得了初步的成果,但面临的形势不容乐观,急需在活态传承上多下功夫。我们的工作面临的困难和不足有:

一是受资金、设备、人员等因素制约,中卫非遗工作缺乏整体规划,保护举措较为迟缓,个别濒危项目未能得到抢救性保护,部分现存项目未能及时挖掘。

二是受机构体制、工作机制等因素制约,中卫非遗缺乏名录体系的层级呼应,县(区)项目申报文本、录像资料质量较差,乡(镇)一级缺乏非遗政策认知,乡(镇)政府重视程度不足,基层乡站工作流于形式,个别代表性项目传承人存在应付现象。

三是受认识能力、工作思路等因素制约,中卫非遗对项目的保护开发利用缺乏总体思路,尤其在选准对象、科学规划、走经济效益和社会效益双赢之路等方面,显得力不从心。

四、今后打算

下一步,我市将继续坚持"保护为主、抢救第一、合理利用、传承发展"的工作方针,充分尊重中卫非遗的本真性,全面了解中卫非遗的存续状态,严格落实中卫非遗的属地管理责任,全力争取财政经费和社会资金,大力传承和弘扬民族民间文化,集中力量实施濒危项目抢救性保护和代表性项目传承人口述实录工作。

(1)持之以恒挖掘民间文化资源。全面了解全市非遗文化的蕴藏总量、项目类别、分布状况、保护情况及存在的问题,提炼中卫独具特色的地域文化符号,突出中卫历史文化的多样性。

(2)矢志不移建立活态传承体系。重点强化传统技艺类非遗项目的整理和挖掘,加快适宜生产性保护的项目进行产业开发,防止因保护不力导致非遗文化资源的濒危乃至灭亡。一是开发项目产品和文化服务。把非遗保护与城镇社区建设、社会主义新农村建设结合起来,把具有地方、民族特色和市场潜力结合起来,发挥非遗生产性项目能耗低、无污染的优势,通过生产性保护,提高传承人保护技艺的责任意识。二是推动项目形成产业链条。把非遗保护与当前开展的扶贫开发工作结合起来,促进非遗项目与演艺、会展等结合,鼓励民俗手工技艺形成文化产业链,在生产性保护中实现活态传承。三是完善项目扶持优惠政策。推动非遗产业化项目依法享受国家规定的税收优惠,促进非遗项目与旅游等结合,利用各种传统节日、节庆活动、公益性文化活动和每年的"文化和自然遗产日",开展非遗项目的宣传活动。

(3)精益求精组织非遗展演活动。策划筹办中卫民族民间文化艺术博览会、中卫民间社火精粹调演、中卫"黄河石博会"、中卫民间艺术专题精品展与《中卫市非物质文化遗产保护丛书》。

（4）千方百计发挥项目利用价值。切实增强非遗项目的价值甄别意识：适合"生产性保护"的，扶持项目实现高端策划，鼓励项目突破市场瓶颈，将项目整体包装，融入市场经济，全力打造集"休闲娱乐、观光度假、非遗文化展演、旅游产品研发"于一体的非遗文化产业园区，将非遗项目及传承人纳入园区规划，鼓励展示展演，扶持衍生品生产，形成可持续发展的文化旅游产业链；不宜"生产性保护"的，开辟原产地保护途径，寻找项目技艺传承的良性载体，建立传承保护的常态机制。结合"非物质文化进校园"等活动，将项目引入中小学校，开辟民间技艺的"第二课堂"；不能"生产性保护"的，就地实施整理陈列，借助非物质文化遗产展馆集中呈现项目的活态制作技艺、分类陈列项目的代表性实物。

（5）想方设法搭建项目交流体系。一是搭建展演平台。组织全市非遗展演活动，搭建全市精粹项目集中交流的平台，以"赛"促"传"。二是开展观摩培训。举办全市非遗保护工作观摩与项目传承人培训班，交流分享保护经验。三是策划"非遗风情游"。开展全市"非遗项目一日游"，实地体验民俗风情与技艺魅力，营造社会保护非遗的氛围。四是推进对外交流。推荐代表性项目融入国家对外文化交流品牌活动，报送特色项目参与宣传文化体育系统组织的区内外展演活动；搭上文化旅游发展快车，携非遗项目进驻演出市场。五是总结保护成果。实施非遗数据库建设，运用多媒体方式对非遗项目进行真实、系统、全面的记录，对非遗项目、普查成果进行数字化处理、记录和保存，为代表性传承人建立电子档案，逐步建成市非遗保护信息化管理系统；做好濒危项目、稀缺资料的抢救、整理，对自治区级代表性传承人和70岁以上的市级传承人开展抢救性记录，征集、编辑《传承人口述实录》等具有文化价值的非遗代表性实物文图资料，整理、出版非遗保护系列丛书和专题片等成果研究资料。六是利用自有媒体。办好文化馆（非遗）网站、文化微信公众平台等自有媒体，扎实宣传我市非遗保护成果，让非遗保护成果全民共享。

非物质文化遗产保护的对策

人类文化遗产分为物质文化遗产与非物质文化遗产。物质文化遗产笼统地指文物,非物质文化遗产是文化遗产中除物质文化遗产以外的部分,是指各种以非物质形态存在的与群众生活密切相关、世代传承的传统文化表现形式,包括口头传说、传统表演艺术、民俗活动和礼仪与节庆、有关自然界和宇宙的民间传统知识和实践、传统手工艺技能以及与上述传统文化表现形式相关的文化空间。

直观来看,物质文化遗产是静止的、定型的、固态的,非物质文化遗产是动感的、变形的、活态的。直白地讲,物质文化遗产是"死"的、稳定的、一成不变的,保护理念已基本深入人心;非物质文化遗产是"活"的、不稳定的、传承流变的,保护意识才由"朦胧期"转向"觉醒期"。

非物质文化遗产与人类的日常生活息息相关,中宁县广大妇女普遍掌握自治区非遗代表作项目蒿子面制作技艺,设想源于民间的蒿子面经过艺术提炼还原到现实舞台或原汁原味呈现到文化展会,再辅以蒿子面的乡土歌曲与图文并茂的展板表述,一碗蒿子面散发出来的除了香味,剩下的恐怕就是"文化"了；掌握技艺的人不只是家庭厨妇或擀面工，而是蒿子面制作技术传承艺人或表演者了；经营蒿子面生意的（固定的生产作坊、制作人员与消费场所）能人从事的不仅是餐饮业，而且是文化产业。蒿子面技艺是祖辈父母口传心授、代代相传的，可是我们手中的技艺能传给我们的后人吗？

保护这些民间广为流传，群众基础深厚，且不断发展的文化项目，一定要把握好传承与发展这两个关键点。

一、基本现状

中宁非物质文化遗产众多，整体呈现四个方面的特点：

1. 涉及面广

包含民间文学、民间音乐、民间舞蹈、民间美术、传统戏剧、传统手工技艺、传统医药、曲艺、杂技等几乎全部门类。因此，非遗保护工作面宽，工作量大，工作有一定的难度。

2. 趋向消亡

随着时代变迁和现代化的进程，非遗项目总体正逐步趋于消亡。如这些民间艺人年事已高，后继无人。

3. 生存担忧

部分非遗项目的生存空间和民间艺人的生存状况正出现萎缩与面临困境。

4. 部分濒危

受传承技艺和市场前景等因素制约，部分项目已传承乏力，濒临失传。刘庙舞狮、新桥高跷无力传承；戏剧、曲艺出现断代；枸杞传统栽植技术等已被科技种植取代。

二、存在的问题

1. 紧迫性认识不足

工作的速度赶不上项目消亡的速度，工作的推进挡不住艺人的离世。

2. 机构制度不完善

工作机构不是自上而下的，工作职能由文化馆承担；工作制度有国家大法，缺乏连贯性、长效性。

3. 专技人员不专业

专业技术人员缺少系统学习文化遗产的理论支撑，经历经验几乎完全来自一线实践。

三、建议和思路

1. 建立管理机制，实施科学保护

建立县、镇（乡）、村三级保护体系，实施工作三级联动机制，加大搜集、挖掘、整理、评估、认定力度；发挥县非遗专家委员会的实际作用，加大项目鉴定、评审、命名、申报、推荐力度。

在传承形式上，除了传统表现形式及基础保护工作如记录、建档、研究外，现代手段的利用也是一种创新。如对民间传说作品的动漫改编，中宁枸杞集团主编的《枸杞密码》通过耳熟能详的人物和备受喜爱的漫画形式来弘扬和传承非物质文化遗产，也是一种对非物质文化遗产产业的探索；对传统社火的艺术编排，余丁乡黄羊村采取的保护手段是利用艺术编排手段，把钱鞭舞搬上文艺舞台，以舞台艺术的形式走进人民的生活，加强钱鞭艺术的宣传普及，扩大钱鞭在县内外的影响，努力把钱鞭的传承和发展提高到一个新水平。在各类非物质文化遗产中，地方戏剧算是较冷清的一类。如何让传统戏曲更适合现代人的兴趣、与观众走得更近？如何在舞台表现中把握现代审美观？这些是我们不得不思索的课题。县文化馆排演传统戏剧类项目秦腔剧种折子戏片断或改编戏歌，在继承传统的同时，对剧目、唱腔等进行与时俱进的创新和改革，不仅传递出浓稠的传统韵味，而且散发着新鲜的时代气息，增强了传统艺术的生命力，达到了真正保护的目的。

2. 强化宣传教育，逐步形成制度

利用国家"文化和自然遗产日"等法定节日和春节、清明、端午等"我们的节日"，开展非遗展演等创意性活动，逐步顺延形成活动举办的惯例；拓宽"非遗进校园"路径，督促传承培训基地形成传承常态。

3. 加强开发利用，保护文化生态

扶持有条件的适宜项目开展"生产性保护"，枸杞酒制作在民间炮制技艺的基础上采取科技萃取技术生产枸杞果酒，诞生了以"宁夏红"为代表的品牌，企业发明的制酒工艺已难看到传统泡酒的印记，但肯定受传统制酒的影响；动员项目集中地区实施"整体性保护"，鼓励文化遗产丰富、文化生态良好、文化氛围浓郁的地方建设文化生态保护区（村）。

4. 积极推荐参展，深化对外交流

推荐代表性项目尤其是回族民间项目和枸杞衍生项目参展参演，拓展民族地区与地方物产融入非遗博览或文化产业等经济文化类展会；深化"非遗走出去"步伐，自觉融入国家文化对外交流品牌活动,争取列入自治区中阿博览交流行列。

5. 重视专家指导,注重队伍建设

虚心向国内非遗专家请教,把握非遗发展前沿动向,适时推荐项目传承人和非遗产业骨干参加非遗交流研讨会;注重县内非遗人才队伍建设,强化基础性工作,推动长效性工作,琢磨创新性工作,力争非遗骨干出外参加学习培训,坚持在保护实践中充分锤炼队伍。

苏联文学家高尔基曾说:"一个民间艺人的逝世,相当于一座小型博物馆的毁灭。"非物质文化遗产要贴近时代的文化元素,契合群众的审美情趣,把握每一项非遗项目的基本特征和发展规律,最大限度地保持、还原、发扬非遗的传统特质,才能保持非遗长久的生命力。

非物质文化遗产的保护与传承是一项与时间赛跑、与市场接轨的长期工程,需要政府与社会团体等的共同努力,需要将传承和发展两个问题一并纳入保护规划,才能真正让传统文化精粹重放异彩,历久弥新。

非物质文化遗产保护刍议

自2005年开始,按照国务院《关于加强我国非物质文化遗产保护工作的意见》等要求,地方文化主管部门对非遗资源开展普查、建档、申报、挖掘等工作,基本形成市、县(区)、镇(乡)三级非遗名录的保护体系,初步夯实了非遗保护的基础。但是,随着现代化浪潮和城市化步伐的加快,中卫古代的民间习俗已渐行渐远,传统技艺正后继乏人。为此,急需从机制、手段等方面加强我市非物质文化遗产的保护工作。

一、科学保护,按类管理

今后一个时期,非遗保护要突出特色,分类保护,强化制度,注重规范。

1. 充分尊重非遗的本真性。遵循非遗自身传承和演化规律,完善非遗评价和保护体系,处理好非遗传承保护与创新利用、非遗保护与民族宗教的关系。

2. 全面了解非遗的存续状态。区分轻重缓急,集中力量将处于濒危状态并具有历史、文化和科学价值的非遗项目及时有效地实施抢救性保护。

3. 严格落实非遗的属地管理。明确市、县（区）、镇（乡）三级政府非遗名录项目的管理职责，依法指导督促做好市辖区非遗的保护工作。

二、扎实工作，构建体系

制定市级非遗保护政策法规，提高市级非遗保护专项经费投入，发挥市级非遗传承基地的引导作用，恢复建立全市非遗文化保护的"生态"，形成中卫非遗保护的工作体系。

1. 健全项目名录保护体系

完善市、县（区）、镇（乡）三级非遗保护职能，制定分类保护标准和规划，加强非遗传承人队伍建设，做好市、县（区）、镇（乡）三级非遗名录项目代表性传承人认定与命名工作。加强传承人管理，积极组织传承人开展宣传展演和传习活动，进一步落实对非遗名录项目代表性传承人的保护措施，建立市级非遗名录项目代表性传承人经费补助制度，实现保护制度化、规范化。

2. 完善项目整体保护体系

对于濒危的项目进行抢救性保护，着力记录非物质文化遗产的核心内容。对于技艺类非遗项目鼓励开展生产性保护，运用市场的手段，借助文化产业的推力，开拓保护空间，使传统技艺在保护中发扬光大。对于群众基础好、传播范围广、社会关注度高的项目，实施整体性保护，探索性地建立传习所和展览馆，全面展示我市优秀传统文化，培养全社会保护非遗的意识。开展全市第二次非遗普查，做好普查资料的整理与重点调查工作。对"十二五"前非遗普查工作中产生的文字、图片、音像资料进行系统梳理、归类、编目、建档和存储，为非遗普查资料的研究利用创造条件。对第二次普查工作中发现的具有重要历史文化价值、能够填补该门类空缺、具有重要作用的线索、项目进行专项调查和深入研究，完成研究报告。

3. 形成传承基地联动体系

提升传承基地申报效能，培植区域代表性传承点，优化传承机制，借助活动载体普及非遗文化，逐步形成符合我市特色、群众喜闻乐见的非遗展演比赛品牌活动。一是设立陈列馆（室）。精选优秀项目设立陈列馆（室），鼓励代表性传承人授徒传艺，并运用多种手段宣传项目保护及技艺传承的工作。二是授予传习所与传承培训基地。精选传承载体，推进项目传承步伐，选择可推广性大众项目"进社区、进校园"，尤其要夯实"非遗进校园"活动，确保"种下一个带活一片（编写校本教材，打造一校一品等）"。三是命名示范基地与示范户。精选生产性保护项目授予示范基地与示范户，扶持代表性项目发挥引领作用。四是打造民俗文化村落（艺术写生基地）。精选文化遗产、生态人文富集的传统村落，布局建立市级文化生态保护区和民俗文化村落（艺术写生基地），使民间民俗文化的基本形态、承载方式、核心内涵得到有效传承发展。

三、建立机制，保障到位

根据我市实际和参照兄弟地市做法，统筹全市的非物质文化遗产保护工作，促使中卫非物质文化遗产保护工作进入"快车道"。

1. 建立保护机构。申请设立"中卫市非物质文化遗产保护中心",建议为科级建制,性质为财政事业性全额拨款单位,增加事业编制2名,暂挂靠市文化馆并加挂市非物质文化遗产保护中心牌子。同时,成立中卫市非物质文化遗产保护工作专家委员会,广泛吸纳有关企事业单位、社会团体等各方面力量共同开展非遗保护工作。充分发挥专家的作用,完善专家咨询机制和检查监督制度,调动社会各方面的力量,共同推进非遗保护工作。

2. 增加专项资金。制定市级非遗名录项目保护规划,向市财政申报非遗保护专项资金。市辖县(区)政府建立本地非遗专项资金,将非遗保护经费纳入本级财政预算,并每年向自治区宣传部和文化厅上报经费列支计划和使用情况。市财政设立非遗保护专项资金,用于市级非物质文化遗产名录项目保护;各县(区)非遗保护资金列入本级政府财政预算,逐步加大投入。

3. 发动社会力量。一是充分发挥地方人大职能作用,努力营造非遗保护工作的法律环境和舆论氛围。对非遗保护工作中急需解决的热点、难点、重点问题,及时制定地方性法规和规章,研究制定非遗名录项目分类保护规划。二是把社会效益放在首位,把非遗保护纳入公共文化服务体系,纳入各级财政预算,丰富人民群众的精神文化生活,让人民群众享受保护成果。三是拓宽资金投入渠道,研究制定鼓励社会资金投入非遗保护事业的优惠政策,建立多渠道、多形式的非遗资金创新投入机制。四是建立人才保障机制,市财政每年投入专项资金用于非遗保护人才培养,通过与院校密切合作,利用5年时间,对全市的非遗保护人才进行轮训，全面提高保护人才素质，推动保护事业深入发展。五是建立科学保护机制。开展非遗保护工作绩效评估，每两年对非遗名录项目和代表性传承人进行一次评估，对工作突出的进行表彰，对工作不力的予以警告并限期整改，对整改不力、问题严重的实行退出。六是建立有序传承机制。充分尊重非遗本真性、不可再生性特征，切实加强项目传承人认定、管理和保护工作，按照濒危、重点、一般三个层次对项目传承人进行分类管理，重视活态传承，深入挖掘整理非遗项目的文化内涵，力争把优秀的非遗资源保存下来，传承下去，使非遗在保护中传承，在传承中发扬光大。

非物质文化遗产展馆的设计

为充分展示中卫优秀民间民俗文化，集中呈现中卫传统文化精粹项目，拟计划建设中卫市非物质文化遗产展览馆。可就市非遗展馆场景设计做如下策划。

一、展馆设计的概况

中卫市非物质文化遗产展览馆拟设定于中卫市文化馆东南面沙坡头水镇东侧二楼，分置紧连的展室，合计近 $1500m^2$，展示中卫市级以上非遗名录项目、项目传承人与传承基地。主要介绍我市入选国家级非遗名录项目、第一批以来自治区级非遗名录项目、国家级及自治区级项目传承人、自治区级非遗保护传承基地、非遗进校园活动、非遗特色品牌文化活动、非遗对外交流、非遗项目主题博物馆、非遗文化产业园建设等内容。

二、布展内容

采用现代传媒手段，运用声光电技术，通过图片、实物、模型、史料及文字等手段，全面、生动、形象、立体式地展示全市非遗保护工作的现状。

三、布展形式

根据我市非遗项目的内容特点,采取不同的布展方法。

1. 民俗等综合性项目运用场景再现的手段进行复原,让人有身临其境之感。

2. 传统技艺和传统美术类项目采用泥塑、蜡像、图片、实物、模型等仿真手段,展现项目的技艺特点,展示项目的艺术价值。这两类项目要领略项目传承人的高超智慧及其代表性作品。

3. 音乐、舞蹈、戏剧、曲艺类项目要有清晰的音像呈现,突出地域风格和民族特色。

4. 民间文学类项目要求有各类不同时期收集整理的作品资料、流传故事主人翁的史料、讲解故事传承人情况的介绍资料等。

5. 设立便于设计操作的高品质影像播放区,不间断播放介绍有特点的非遗项目和代表性传承人。

四、布展细则

(一)序厅

左上角标明中国非遗标识,四周图片以黄河为底调,以连绵的沙丘群和悠闲的驼群为衬托,以传统村落、寺庙、民居中的木雕、砖雕、石雕、泥塑为背景,展示山花儿、枸杞传统栽培技术、羊皮筏子制作技艺、香山水会、黄羊钱鞭、中卫泥塑、砖雕等代表性项目的画面。

入口是一个由数码柱和标题、前言墙围合的空间,动态多媒体及静止的前言标题板构成动静结合的序厅空间,运用3D

投影形式展示恢宏、厚重、独特的中卫历史、自然和人文风貌，凸显黄河文化与农耕文化的形态特征，追溯中卫非遗产生的源头和基础。观众进入展厅便被浓郁的中卫文化包围。序厅以精练简明的展示语言、动静结合的表现形式，揭示出展览主题。动态多媒体展墙生动表现我市非物质文化遗产鲜明的地域特色，做到先声夺人，气势撼人。

1. 序言

为全面贯彻实施《中华人民共和国非物质文化遗产法》，使非遗保护工作更加深入人心，得到广泛传播、科学保护和传承发展，我们将全市非物质文化遗产项目进行梳理整合，创建中卫市非物质文化遗产展览馆进行集中展示。

……………

守望岁月的珍藏，体味历史的馈赠，让我们穿越中卫深邃斑斓的历史天空，徜徉民俗风情的绚丽画卷，去倾听乡音俚语的韵味悠长，去感悟奇珍异宝的巧夺天工。

2. 中卫市非物质文化遗产项目分布图

3. 中卫市非物质文化遗产一览表

（二）展厅

按照民俗、民间文学、传统技艺、传统音乐、传统舞蹈、传统美术、传统戏剧、曲艺分类别依次进行展示。国家级和自治区级项目重点介绍；各项目各级别的代表性传承人可在项目中介绍。

1. 文化展区

汇集全市项目分类中最突出的门类，设置文化展区：

民俗礼仪展区——观众穿过一座乡村院门就进入民俗礼仪展区，庭院内中卫传统民居内分别设置"汉族水会（含祭河神、放河灯等）""回乡婚礼"和"枸杞祭祖"三个场景，以此展示中卫传统的民俗礼仪。

艺术技艺展区——再现中卫民歌、中卫道情、中卫泥塑、回族砖雕、羊皮筏子制作、水车制作、手工地毯编制技艺的表演制作现场。为了让参观者更好地参与互动，设立一个特定场景，观众可以"学说中卫话　当回中卫人"，既了解中卫地方文化又增加了参观的趣味。

饮食文化展区——通过复原一个民间厨房的形式来展示饮食文化，厨房用品如锅、碗、瓢、勺、酱缸、酒坛等，应有尽有，让参观者有一种身临其境的真实感受。打开锅盖、缸盖就会有多媒体（含民间故事）与参观者互动来展示菜品佳肴、特色小吃，如枸杞宴、中宁蒿子面、中卫酸汤等。

2. 活动展演

（1）历届"文化和自然遗产日"宣传活动；

（2）非遗项目展演、非遗舞台剧表演、民俗摄影展、民歌、民舞、民乐调演等活动；

（3）老行当活动展示图片。

3. 书籍资料

（1）《中卫非物质文化遗产名录》及《中卫民间故事集》《中卫文化》等书报刊；

（2）《中宁县非物质文化遗产系列丛书》《海原县非物质文化遗产系列丛书》《中宁红枸杞历史文化丛书》等市辖各县

区不同时期出版编印的非遗书籍与普查资料汇编；

（3）全市曾公开出版、编印的民俗风情类书籍资料。

（三）结束语

（四）传承人现场展示及互动场所体验

1. 现场展示

提供单独展柜、实体模型、场景还原等多种展示方式，要求美观大方且具有民俗风格和地域特点，邀请非遗名录项目代表性传承人展出各类艺术经典作品的同时，由传承人展演舞台艺术或用实物模型演示各类艺术品的制作过程。

2. 实地体验

在展示馆开辟空隙场地，设计可移动的传承人和观众互动体验区，定期不定期举办非遗项目的互动活动，提高群众对非遗的兴趣，认识非遗传承的重要性。

"中国民间文化艺术之乡"申报的必要性

中宁是中国枸杞之乡,同时是中国枸杞文化之乡,既是枸杞的原产地,也是枸杞文化的发祥地,还是枸杞传统栽植技术的传承地,更是红枸杞文艺品牌的诞生地。

为确保中宁文化艺术的多样性与"一县一格"的独特性,提升"中华杞乡"对外文化交流知名度,申报"中国民间文化艺术之乡"的构思应运而生。

一、文艺独特多样,申报理所应当

近年来,中宁县持续开展以红枸杞主题为品牌的系列群众文化艺术活动,拥有一批开展民间文艺活动的代表人物和骨干队伍,能经常性开展民间文艺的创作、演出、展示、培训、交流等活动,建立了规范完备的民间文艺设施场地与活动档案,推动了地方优秀民间文化艺术事业的繁荣发展,丰富了全县广大群众的精神文化生活,促进了全市经济、政治、文化、社会全面发展,对本县乃至全区群众文化生活及经济发展产生了较大的影响。

早在2005年11月,中宁因文化艺术工作特色鲜明、成效突出,入围"全国文化先进县"行列,2009年9月,又顺利通过文化部复查验收。2011年,中宁荣获宁夏首批"文化建设先进县"称号。2014年,中宁县正式启动枸杞栽植文化遗产发掘工作,着手申报并成功获批"中国重要农业文化遗产"。

二、文艺枝繁叶茂,申报名副其实

中宁群众文化与文化遗产保护并重,常年开展"两节文化"与"广场文艺"活动,始终注重文物保护与非遗传承工作:一是构建公共文化服务体系。依托文化馆、图书馆等4家公益性文化事业单位和影剧院、电影公司等3家经营性文化企业,免费开放公益培训,对口帮扶文艺(含非遗传承点)团队,初步建立"金字塔式"公共文化"三员"人才队伍,基本构建起较为完善的公共文化服务体系。二是兴办公共文化事业。"红枸杞新春音乐会"连续举办,鼓舞了一批红枸杞原创音乐人,积累了近百首红枸杞原创歌曲,形成了以群众为主体的红枸杞乐队与合唱队;"百姓健康舞"培训接连举办,带动了城乡健身舞队的活跃;秦腔票友大赛连年举办,培训班延伸拓展至乡镇文艺团队;小戏小品创作表演拥有较深厚的群众基础,现代题材作品层出不穷,创作队伍相对固定,并创办《杞乡文化》小戏小品专刊,推出了一批充满乡土气息的作品;美术书法佳作新人不断涌现,民办培训学校如雨后春笋。同时,有以全国重点文物保护单位鸣沙安庆塔为代表的31处文物保护单位,其中有16处为重点文物保护单位;有以"中宁枸杞传统栽植技术"为代表的16类61项非物质文化遗产项目,其中有18项代表作已列入首批县级公布名录,有8项获批自治区级代表作名录,"隋唐秧歌"与"黄羊钱鞭"正在申报国家级非物质文化遗产项目。"黄羊钱鞭"与"中宁舞狮"成功进驻中宁三中与中宁八小,开启了"非遗进校园"的先河。"中宁蒿子面"制作技术大赛每年一届,并于2012年代表宁夏出访毛里求斯共和国参加唐人街美食文化节,"中宁舞狮"一行5人于2014年2月应邀赴贝宁共和国参加春节巡游展演,受到驻国外中国文化中心的高度赞誉和一致好评。三是新办文化产业。中宁枸杞酒突破枸杞果汁萃取技术,实现了产业规模经营,培育出"宁夏红""杞皇"等国内知名果酒名牌;枸杞膏在民间制作技术的基础上,引入县中医院药剂实验室,研制成口服枸杞膏体;蒿子面走出家庭作坊式生产窠臼,扶持建成集制作、展示、餐饮于一体的经营实体。

三、文艺花繁果硕,申报志在必得

中宁利用"枸杞之乡"的宝贵文化资源,扛起"红枸杞文化的大旗",有效推动中宁民间文化艺术的繁荣与发展。启动"中国民间文化艺术之乡"申报工作,正是建立在红枸杞文艺发展现状的基础之上,既是对红枸杞文化的肯定与总结,也是红枸杞文艺发展新的契机。

1. 保证投入,实现跨越

要重视文艺事业发展,持续增加基础经费投入,同时,活化市场引入机制,鼓励扶持社会力量投资文化领域,借势活跃城乡文化,完善文化服务体系。

2. 强化引导,实现突破

要梳理文艺事业思路,弘扬民间文化艺术,注重文化遗产传承,保护民俗文化品牌,创编文艺力作,撰印文本教材,引导支持代表性艺术门类与非遗项目先走一步,优先突破。

3. 采取措施,实现质"变"

要采取积极有力措施,树立"红枸杞"文艺品牌。一是紧抓民俗节会与赛事展演。摈弃民间文艺活动单纯追求数量,突出活动宣传覆盖面、群众参与范围与规模效果影响等决定艺术质量的因素。二是夯实现有品牌活动。摈弃民间文艺活动"顺延""换届"的单纯做法,突出活动原创本体、地方特色、艺术品位等决定艺术档次的因素。三是引领新潮创意活动。摈弃政府及相关部门"包打天下"的"计划文化"体制,能交给市场承办的放手让社会力量来办,弥补"公办活动"统揽而新潮或创意滞后的不足,同时,社会团队兴办的活动,政府及主管部门要主动牵头,担负主办角色,督促活动经办过程与进展情况,突出活动时代创意、民俗炫酷与时尚动感等决定艺术潮向的元素。四是凸显"高端"艺术。鼓励组织原生态的民俗节庆,尝试挖掘"相对高端"的民间文艺,突出活动文化内涵、艺术特色、民间技艺等决定艺术本质的因素。

中宁民间文化艺术植根枸杞传统栽植技术的土壤,吮吸群众施予的"水分",正向文化强县、特色立县茁壮"成长","中国民间文化艺术之乡"申报恰如"阳光雨露"的润泽,既能增强中宁人民对自身民间文化的自豪感,也能唤起民俗艺人乃至广大群众传承弘扬民间文化的热情,还能为红枸杞文化的传播奠定坚实的基础,更能成为影响人类健康进程的"红色文明"。

"花儿"唱响中卫大地热议

"花儿"是流传在中国西北部甘、青、宁三省(区)的汉、回、藏等民族中共创共享的民歌。2006年,"花儿"被列入第一批国家级非物质文化遗产代表性项目;2009年9月,"花儿"入选人类非物质文化遗产代表作名录。

宁夏是"花儿"之乡,尤其中卫市海原县的"花儿"很出名,唱起来高亢、激昂、委婉细腻,是广大群众特别是回族民众喜闻乐见的艺术形式,是我国民族音乐的重要组成部分。

中卫市开展的"'花儿'唱响中卫大地"活动,对于促进"花儿"展示时代勃勃英姿与非物质文化遗产传承保护具有引领作用与启示意义,必将促使"花儿"成为中卫乃至宁夏鲜活的文化标志。

一、活动缘起

中卫"花儿"是宁夏具有代表性的文学艺术,诸多学者和民间艺人对"花儿"进行了搜集整理与理论研究,曾出版发行了《"花儿"专辑》等。

宁夏的"花儿"多出自海原。海原的群众多会唱"花儿",且是现编现唱、见啥唱啥。海原县有一大批"花儿"传人：马生林（海原县海城镇下庙沟村人，2014年3月获"国家级非物质文化遗产代表性传承人"称号）、马汉东（海原县文化馆馆员，2017年12月入选国家级代表性传承人推荐名单）是蜚声全国的"花儿"歌手，妥燕、李海军等是土生土长的农民"花儿"歌手，撒丽娜、黄亚等是演唱"花儿"的后起之秀。他们除了能唱传统的"花儿"，还传习了海原人独创的"花儿"经典曲目《吆骡子》《山里的野鸡娃红冠子》《园子里长的是绿韭菜》，并频频在舞台、影视剧中亮相；海原县被文化部命名为"中国民间艺术之乡"，海原县九彩乡九彩村被命名为"国家级'花儿'传承基地"；海原县举小宁夏（海原）"花儿"文化艺术节，创排出"花儿"歌舞剧《大山的女儿》《回乡婚礼》等社会反响强烈的舞台艺术作品。从事民间音乐研究的刘同生先生由衷地感叹"海原是'花儿'的故乡"。

2017年9月，按照《关于印发〈"'花儿'唱响中卫大地"工作实施方案〉的通知》精神，中卫市召开"花儿"传承座谈会，筹办"花儿"传承人培训班、"花儿"演唱比赛等活动，在全市掀起了全面落实"花儿"唱响中卫的工作。

二、活动意义

"花儿"是一个汉语名词。学术界一般认定产生于明代，主要因明代回族大量移民西北边疆，甘、青、宁等地普及了汉语，再有西北回族大多居住在自然条件较为艰苦的山乡，通常选择高歌来传递信息。久而久之，"花儿"内容逐渐丰富，曲调逐渐多样。在历史的长河中，"花儿"广泛展现着各个时期的社会生活，侧面反映着群众的思想感情和社会愿望，不但在艺术上达到了较高的表现水平，而且具有深刻的思想性和珍贵的史料性。

海原人民在特定的环境中创造了具有浓郁乡土气和鲜明民族特征的"花儿"，成为宁夏"花儿"发祥地与传承地。中卫设市后将"花儿杞乡"作为城市文化形象定位，认为中卫是"花儿"最主要的传唱地，要将"花儿"这一罕见的文化现象树立好，要让"'花儿'唱响中卫大地"成为城市精神的象征。

三、活动举措

搜集、挖掘、整理"花儿"是民间音乐的一项重要工作。随着经济社会的发展，原生态的"花儿"几乎只能在民间寻觅，多流传在老艺人口中，一旦"生存土壤"消失，原汁原味必然丧失殆尽。虽然，全市在组织举办"花儿"传承活动与挖掘培养"花儿"歌手方面做了一些工作，涌现了一些"花儿"新人新作，但相比还是远远不够。

1. 充分发挥各级文明单位、村镇、学校的示范引领作用。各级文明单位：一是有独立办公楼、电子屏的文明单位，安排专人固定时间播放"花儿"歌曲，并将单位固定电话彩铃更换为"花儿"曲目。二是合署办公的文明单位，及时协调对接办公楼管理单位，制作楼内各单位播放"花儿"歌曲值班表，主动带头值班，确保播放工作轮流有序，并将单位固定电话彩铃更换为"花儿"曲目。各级文明村镇：充分利用村部广播、"村村响"等设施，固定时间播放"花儿"歌曲。结合

"我们的节日"活动,组织群众开展"花儿"学唱、演唱、合唱、旧曲新唱等活动,有条件的村镇应组织"花儿"演唱比赛,在文化长廊喷绘"花儿"题材的宣传画,充分调动和激发广大群众传唱积极性,在基层营造传唱共鸣良好氛围。各级文明学校:通过开展"花儿"知识讲座、教唱"花儿"歌曲(歌曲曲目要有选择、杜绝低俗)等方式,引导学生领略民族音乐魅力,开阔学生视野,培养学生民族自尊心、自豪感,增强凝聚力,不断加强少数民族音乐文化在青少年学生群体中的保护和传承工作,培养广大未成年人"知家乡、爱家乡"的情怀。

2. 积极采取现代传媒和高科技方式,运用录音录像等采录手段进行口述实录;通过举办传承培训、"花儿"歌舞编排、"花儿"歌会举办、"花儿"进校园等开展真正意义上的传承、保护与发展。如海原县文工团改制为海原花儿艺术团,并与海原县文化馆联合开展"花儿绕梁一家亲"等"花儿"进校园活动。

3. 切实通过"花儿"传承基地建设,精选"'花儿'考察采录地",培育群众对歌集会的"花儿会"习俗,还原群众农事劳动和山野嬉游等场合的歌唱场景,开展田野"花儿歌会"等文化活动,促使"花儿"得到进一步的传承和弘扬。

四、活动要求

1. 高度重视,迅速行动。让"花儿"唱响中卫大地,是市委、市政府确定的重点工作之一,对传承和保护"花儿"非物质文化遗产具有重要的意义。各级文明单位、村镇、学校要主动对标看齐，发挥示范引领作用，迅速安排行动，切实抓好工作落实。

2. 把握节点，按时唱响。各级文明单位在工作日期间的早晨、中午上班前半小时及下午下班后半小时播放"花儿"歌曲。各级文明村镇要根据实际情况，安排专人做好播放工作，早中晚不少于3次，每次不少于30分钟。

3. 加强督导，严格考核。各县（区）文明办要加强安排落实，形成工作合力和行动共识，确保"花儿"歌曲在各级文明单位、村镇唱起，迅速让"花儿""响"起来、"兴"起来，带动全社会逐步形成全域传唱、遍地"开花"的浓厚氛围。

民间美术精品展的策划

为发掘我市民间美术创作的最新成果,提升中卫民间艺术的社会影响,彰显中卫民间美术家的自觉和自信,筹办"根深叶茂"——中卫市民间美术精品展系列活动成为中卫文化人心中的夙愿,此举既可彰显地方传统文化特色、宣传城市经典魅力艺术,也可让社会各界认知我市的文化底蕴和艺术底色。

一、民间美术办展的意义

作为"草根艺术"的民间文艺长期游弋于艺术的至高与极低两个层面,有的"酒香不怕巷子深",或是洛阳纸贵或成百年老号;有的"藏在深巷人未知",默默无闻终其一生;有的"墙里开花墙外红",风骚一时湮灭一世,不一而足。

挖掘弘扬传统文化经典,提携重振民间特色艺术精粹,已是社会的共识与人心的所向。中卫在国内的定位与在全区的位置理应包含"文化"的部分,而"文化"更成为"中卫城"特有的禀赋。民间美术展正是见证"文化城"魅力的一扇"艺术窗口"。

二、民间美术办展的途径

遵循"贴近实际、贴近生活、贴近群众"的办展原则,按照"专业化、精品化、规范化"的办展要求,选定中卫民间美术泥塑、彩画、木版水印、剪纸等非物质文化遗产代表性项目组织参加。

1. 办展渠道

市文化馆(非物质文化遗产保护中心)对接自治区内文化馆、美术馆、博物馆等文化系统展陈场馆,申请地方单独或联合自治区文化主管部门共同办展,甚至列入自治区文化部门(单位)的年度展览计划与经费预算。

2. 办展形式

采用连续展览的形式,将艺术作品展示、文物文献呈现、现场表演、群众参与等相结合,使民众在"观"与"学"中体会到传统民俗的乐趣,为中卫民间工艺乃至非遗文化产业"树名"和"探路"。

例如,举办"根深叶茂"——中卫市民间美术精品展,包含有:

(1)"泥是传奇"——中卫泥塑艺术精品展

展览展出市级传承人的150件代表性泥塑作品,呈现民间艺术家独特的原生态题材和神奇的"黄泥土语言"。

(2)"匠心营造"——中卫古建彩画作品展

展出自治区级非遗项目中卫古建彩画传承人彩画代表性作品100件(幅),赏析中卫高庙等经典古建筑的独特魅力,感知"匠人营造"的艺术力量。

(3)"精工独运"——中卫木版水印作品展

展出中卫市级非遗项目木版水印及衍生项目木画、炭画、玻璃画等代表性作品百余件，再现民间古老印艺的传承。

（4）"手舞雅致"——中卫剪纸艺术展

展出自治区级非遗项目剪纸的代表性作品 180 件，体验民间剪艺的生活灵动与艺术创想。

三、民间美术办展的步骤

1. 选题准备阶段

各县（区）按照选题积极发动、组织代表性传承人开展创作，要求参展作品注重思想性与艺术性的统一；鼓励原创、鼓励传承、鼓励具有艺术个性的作品。同时，文化部门组织专业美术干部进行点评辅导，力争创作推出一批优秀作品，发现推荐一批民间艺术能人，并集中展示代表性工艺美术大师及传承人的美术精品。

2. 评选预展阶段

在各县（区）组织创作的基础上，选拔确定优秀作品进入预展，荟萃全市民间美术界最具实力和文化代表性的传承艺人和展品资源，征选展览项目的老旧实物，审定展览项目的书影画册，并组织有关人员进行观摩交流。

3. 亮相展览阶段

印刷出版《根深叶茂——中卫民间美术项目作品集》并举行首发式；组织举办由泥塑艺术精品展、古建彩画展、木版水印展、剪纸艺术展构成的中卫市民间美术精品大展，展厅分设民间美术精品展区、创意衍生品区与现场制作体验区。

同时，邀请有关单位及人员参加展览仪式并研讨交流，让观众了解并亲身体验手工艺制作的乐趣，增加活动的现场氛围。

《中宁非物质文化遗产名录》的期待

文化遗产是不可再生的珍贵资源。非物质文化遗产是文化遗产的重要组成部分,它是一种鲜活的文化,被誉为历史文化的"活化石"和"民族记忆的背影",对其的传承和利用是推动社会发展的不竭动力。

中宁是一座因枸杞闻名的历史文化名城,拥有两千多年的建县史,始称眴卷,西魏称鸣沙县,北周设会州,隋初立丰安县,后改环州,唐置威州,明筑宁安堡城。传统典型的农耕文明,厚重深远的黄河文明,多姿多彩的人文资源,孕育了中宁独具特色的非物质文化遗产。这是先民文明与智慧的结晶,是社会前行与发展的魂脉印记,也是中宁人民生生不息的力量源泉之所在。至今,非物质文化遗产在人们的劳动生产、日常生活中,仍然散发着独特的光彩和魅力,依旧具备极高的科学价值、艺术价值、实用价值和历史价值。

近年来,中宁县非物质文化遗产的保护得到各级党委、政府的高度重视和社会各界的广泛关注,保护工作呈现积极健康、稳步发展的良好态势。非物质文化遗产保护工作机制逐步完善,并从完备制度、健全组织、加大投入、强化宣传等方面入手,形成系统有效的保障措施,取得了阶段性成果:一是初步形成了"一报一刊一厅一节"(《守望家园报》《杞乡文化》刊物、"中宁县非物质文化展厅""中宁'非遗'节")的立体宣教框架;二是出版了《中宁县非物质文化遗产丛书》《中宁县非物质文化遗产名录手册》《杞乡文化》季刊、《守望家园——中宁县非物质文化遗产知识报》等书刊报;三是成功迈出了项目"走出去"的实质性步伐。中宁民间蒿子面制作技术传承人应邀赴毛里求斯参加第八届唐人街美食文化节备受好评、农具编织技术艺人受邀在第四届中国(宁夏)国际文化艺术旅游博览会黄河金岸非物质文化遗产展览活动中一展技艺。

非物质文化遗产是民众口传心授、世代相传的文化。编写非物质文化遗产名录,并将项目资料收集、整理、编辑成册,是一项重要的保护措施,也是推动非物质文化遗产以"第二生命"继续传播的有效方式。《守望家园——中宁县非物质文化遗产名录手册》要以凝练的文字、精彩的图片,系统介绍中宁县24项非物质文化遗产项目的传承区域、历史渊源、表现形态、文化价值以及濒危状况,将成为中宁县迄今介绍全县非物质文化遗产代表作名录的书籍,兼具学术性、知识性与文献性。

非物质文化遗产保护工程是一项涉及面广、工作量大、时间跨度长的系统工程,是历史积淀深厚、多学科文化、人文色彩鲜明的领域。

期望借《中宁非物质文化遗产名录》早日编印之契机,能进一步弘扬中宁的优秀文化传统,不断提高社会公众对文化遗产的保护意识,大力激发全社会关注、支持文化建设的热情,有效提升城市文化软实力和竞争力,从而实现物质文明、政治文明和精神文明的和谐发展。

枸杞传统栽植技术的传承

中宁枸杞原为野生，人工栽植始见于唐宋，后经父授子传，精心培育，加之得益土壤条件，枸杞早在明代就被列为朝廷贡果，享有"中宁枸杞甲天下"之美誉。

中宁枸杞传统栽植技术，历经七百多年嬗变，开创了枸杞从"野生"走向"家种"的史话，培育了枸杞种植加工的传统产业。

一、传承中宁枸杞传统栽植技术的历史脉络

《诗经》曾对枸杞有过记载，如"涉彼北山，言采其杞""南山有枸，北山有李""湛湛露斯，在彼枸棘"等诗句，表明枸杞在当时已受到上流社会的青睐，被视为美好与高贵的象征。

中宁枸杞早期以采集野生产品为主，后因药用价值被人发现，到明代尝试人工种植，逐渐从洪积区野生看管发展为黄灌区移植栽培，并开始小规模家种，逐渐形成了不同的品种。在漫长的更替过程中，中宁枸杞经历一代代的传承。1949年前，全县栽植区域主要分布在宁安堡、聂湾（今新堡镇）、东乡（今恩和镇等地）、西乡（今舟塔乡一带），其他乡镇零星栽植，面积在3000~4000亩，亩均单产在60~100公斤，主要由商户经营。1949年以后，中宁枸杞受到农林政策、价格等的扶持，面积发展到1950年的3200亩，总产134吨。随后，种植面积逐年上升，到1958年，发展到7678亩，并作为重点分布区集体经济的主要来源一直延续至今。其间，涌现出被后人称为"枸杞神"的乡土枸杞栽培专家张佐汉。1961年，中宁县设立了主管技术推广利用的"枸杞生产管理站"，各人民公社都开辟出枸杞园，成立了专门的管理小组，拥有了自己的枸杞生产"土专家"，如舟塔的严进忠、潘成祥，新堡的刘汉明、王俊秀，宁安的王金国等。枸杞育苗早期以籽育（有性）为主，后辅之以根蘖苗（无性），变异较大，呈现了繁殖的多样性。枸杞修剪上有"三层楼""一把伞""圆锥形""自然半圆形"等树形。枸杞病虫用药和防治方法也起了变化，中华人民共和国成立初期用"水浇泼冲洗"蚜虫、木虱或用旱烟泡水泼洒过渡为用"666""滴滴涕"喷防，又发展到用有机磷农药等喷防，工具由水锹子、盆子更新为手压式喷雾器、机动喷雾车，使防效大大提高，产量也随之上升。枸杞干果主要由中宁药材公司收购经营。同年，宁夏农科所秦国锋到中宁开展枸杞研究，通过四年努力，全面系统地总结了张佐汉栽培、管理、施肥、病虫防治等经验，量身打造了一套完整的栽培管理技术系统，使中宁枸杞产量和质量得到了大幅提高。1965年，张佐汉受邀赴宁夏农科所试验农场传授枸杞栽植技术大获成功。1984年，自治区科委对枸杞病虫害综合防治新技术开展研究，钟定琪带课题组对数十种农药进行试验，筛选出适合中宁枸杞种植生产的"敌杀死""克螨特""溴螨脂"等高效低毒的杀虫杀螨剂及多菌灵广谱杀菌剂,有效解决了枸杞害虫抗药性增加的问题,使枸杞产业进入较快的发展期。1985年,中宁枸杞种植面积发展到8100亩,总产达到41.4万公斤,亩产平均59公斤,总产值221.39万元。通过锲而不舍地探索总结,中宁人积累了先进的枸杞栽培经验,本土专家张佐汉、胡忠庆等培育出"大麻叶""宁杞1号"等优良枸杞品种,主要传承人舟塔乡果农张维忠仍苦心钻研传统栽植技术。中宁果农不断走出去传经送宝,甚至在青海、甘肃等地承包枸杞园。2007年,中宁枸杞传统栽植技术列入自治区首批非物质文化遗产代表作名录项目。

二、传承中宁枸杞传统栽植技术的现实意义

明代,医药家李时珍将宁夏枸杞列为上品,《本草纲目》称"全国入药杞子,皆宁(宁安堡,今宁安镇、舟塔乡一带)产也"。宋朝诗人苏东坡在《小圃五咏·枸杞》中称其"根茎与花实,收拾无弃物"。中宁枸杞之所以与众不同,是因为土壤、气候、河水等特定条件。

在传承发展的过程中,中宁枸杞优良的品质日渐闻名全国,并以名优中药材和滋补佳品在国内各地市场交易乃至出口外国。尤其在中华人民共和国成立后,党和国家高度重视中宁枸杞产业的发展,传统栽植技术得到了较好的传承与保护。挖掘和传承中宁枸杞传统栽植技术,确保中宁枸杞"甘美异于他处者",具有如下现实意义:

1. 因地制宜的选择,优胜劣汰的结果。枸杞传统栽植技术能促使枸杞选择在地势平坦、土地丰腴、冬非严寒、夏无酷暑、光热资源多、昼夜温差大的中宁生根，是天时地利的自然禀赋。枸杞能利用黄河与清水河两水掺灌区域生长发育、开花结果，并充分发挥植物性能，积累有机营养成分，吸收充足光合作用，是适者生存的自然法则。可以说，中宁枸杞传统栽植技术是地理风光优越性和植物进化必然性的生动结合。

2. 栽培种植的经验，生产实践的智慧。枸杞传统栽植技术属于典型的非物质文化遗产，在宁夏枸杞产业诞生的过程中发挥了重要的作用，奠定了枸杞——世界"红宝"的独特地位，成就了中宁——世界枸杞原产地的中心区域。中宁枸杞从清水河与黄河交汇形成的洪积土壤中发源，自当地野生品种中引种，在民间精心选育得人工栽培品种，生长出优质枸杞，以中宁自然分布区域为栽植核心区，辐射宁夏全区乃至西北、华北和南方省区。可以说，中宁枸杞传统栽植技术作为民间农业智慧长期积累的结晶，应全方位立体式地记录、保存、展示，昭示宾客，以飨后人。

3. 抚育生计的"经济"，无法替代的"科技"。枸杞传统栽植技术难以为现代农业技术所替代，是一份极其宝贵的历史遗产。在枸杞产量不多且不稳定的年代，栽植枸杞是生活陷入困境的农户的一条新生计，是家庭种植的经济作物；在枸杞价值得到市场认可且扩大种植的时期，栽植技术是果农"对外开放"的"法宝"；在枸杞养生地位与日俱增的当下，利用枸杞根干虬曲多姿，枸杞花期长，入秋红果缀枝、点点诱人的特点，布置于坡地、水边或假山缝隙处或制成树桩盆景，作为园林观果花木。可以说，中宁枸杞传统栽植技术是"养人"的经济，是现代手段无法复制的"科技"。

4. 文艺创作的源泉，文化价值的典范。枸杞传统栽植技术历史悠久，科研成果显著，遥遥领先于其他地区。中宁是古丝绸之路东段北道的中转要冲，又是连接西北的交通枢纽，吸引杜甫、白居易、苏轼、陆游等唐宋大诗人留下过咏叹枸杞的诗文；中宁是沟通宁夏山川、东进西出、通南达北的桥梁纽带，流传于世有关枸杞的传说、戏曲、音乐、书法、美术、摄影等佳作大量涌现；中宁是枸杞的"故乡"，因其药食两用、保健功能等经济生态价值，形成了独具特色的中国枸杞文化；中宁是历届中国（宁夏）枸杞节的举办地，枸杞上市期间，各地戏班、乐团纷纷到中宁演出，各地客商远道慕名洽谈协商，"果月"是中宁特有的文化旺季，"杞乡文化"是个色彩斑斓的收获季节。可以说，中宁枸杞传统栽植技术堪称农作物与文学结合的典范，是枸杞文化核心内容的重要组成部分。

三、传承中宁枸杞传统栽植技术的必要途径

清末民初，地处洪泛区七星渠上游的宁安堡成为枸杞"贡果"的主要产地，中宁枸杞箱贴单上赫然写着"自聂湾（今新堡镇聂湾）拣选上等贡果"的说明。

中宁枸杞传统栽植技术是一份极其宝贵的历史遗产，蕴含着丰富质朴的科学技术基因，影响着枸杞产业的"昨天与今天"。随着新兴的现代农业科技的进步，传统栽植技术逐渐退出历史舞台，传承面临后继乏人的困境。因此，传承中宁枸杞传统栽植技术有现实的紧迫性。

1. 挖掘技艺，重拾记忆。中宁枸杞传统栽植技术逐渐为人所淡忘，但其独特的历史、文化、科技价值值得进一步挖掘整理。

2. 保护种质，创新工艺。中宁枸杞传统栽植技术曾使枸杞从山野河滩飞入寻常田园，经长期不懈精心培育，产业迅速扩大，已形成一定规模，取得阶段性成果。借助宁夏农科院枸杞研究所、宁夏大学枸杞职业技术学院等广泛收集、悉心采集中宁枸杞的原始种质资源及不同品类的枸杞种子，改良、创新中宁枸杞栽培的新工艺、新品种，种植、研究中宁枸杞不同的品种特性，保持中宁枸杞原生的多样化，为进一步研究枸杞育种奠定物源基础。

3. 利用资源，传承技艺。中宁枸杞传统栽植技术在世代相传的过程中积累了一整套传统种植、栽培和管理方法。而今，掌握传统栽培管理技法的人已不多，必须加强对第三、第四代传承人的教育和技术培训，使之更进一步传承和发展。支持、鼓励群众开展文学、音乐、歌曲、电视、书画等文化活动，不断扩大新人的培养教育面，使中宁枸杞栽培种植技术后继有人。

4. 整理档案，展览实物。中宁枸杞传统栽植技术是自治区级非物质文化遗产代表作名录项目，急需搜集、整理传统枸杞栽培技术文字、实物、音像。一是借助中宁枸杞博物馆、国际枸杞交易中心枸杞博物馆（筹建）等展出设施，搜集中宁枸杞生产传统工具、工艺及相关生产、加工材料，整理有关枸杞的民间传说、诗词歌曲、说唱话本及各种文艺形式的素材。

二是借助中宁县非物质文化遗产展厅（筹建）等展览设施，修复枸杞传统生产工具，仿制枸杞传统栽植技术工艺，再现枸杞技术流程，传承枸杞种植文化，通过建立档案、分类陈列、集中展示、充实展览等形式，为丰富枸杞文化保存实物遗产。三是编辑出版以枸杞传统栽植技术为成果的书籍，扩大枸杞传统栽植文化的影响力。

中宁枸杞传统栽植技术是中宁人民因地制宜，适时引导枸杞生长发育的成果，难以为现代农业技术所替代。经过长期的生产实践，中宁枸杞传统栽植技术趋于成熟，已积累下较丰富的经验。

随着现代农业尤其是高新农业技术推广的迅速普及，作为典型非物质文化遗产的中宁枸杞传统栽植技术已超越了地域特征，成为属于全人类的共同遗产。

因此，在枸杞产业健康发展的现实背景下，加大对中宁枸杞传统栽植技术的挖掘、提升力度，加强对中宁枸杞传统栽植技术的交流、研究力量，加快对中宁枸杞传统栽植技术传承人的培养速度，促使中宁枸杞传统栽植文化既保持古老的历史风貌又不失现代气息，并得以承上启下地良性发展，仍具有颇为重要的现实意义。

保护黄羊民俗文化村并建立文艺创作基地的探索

为保护黄羊民俗文化村，盘活黄羊文化遗产资源，推进黄羊生态民居建设，按照《关于切实加强中国传统村落保护的指导意见》的精神，依托传承保护和挖掘抢救的形式，采取以点带面开发性保护的方式，进行保护黄羊民俗文化村并建立文艺创作基地的尝试，成为今后中宁文化遗产保护的重要工作。

黄羊西处中卫中宁间201省道分界段、北接内蒙古阿拉善左旗沙漠荒原带，位于银川至沙坡头旅游北线，是贯通西北的人流、物流集散地。境内有丰富的文化遗产与自然景观：胜金关、直隶墩（含烽火台）、明长城、黄羊湾岩画、双龙山石窟等历史遗迹星罗棋布；黄羊钱鞭、中宁舞龙、中宁蒿子面、中宁碾馍子、大佛寺庙会等民俗遗产分布其中；余丁早春、石空灯火、黄河古渡等中宁名景汇聚一身；黄河首进中宁与贺兰山余脉南北并立中间尽是沃野，古戏台（剧场）、老水车、古树、观光园、经果林罗列其间，自然、历史、文化、景观不可替代，千百年的沉淀叠加无法复制。

一、概念的提出

保护黄羊民俗文化村是以发掘中宁历史文化与群众精神遗产为目的,以挖掘黄羊村史与"钱鞭"精神为手段,以抢救性保护黄羊村落风貌、建筑环境、民俗民风等文化景观为主旨,突出传统村落的生产生活方式,展示文化遗产的传承发展,呈现特定地域文明价值的蕴藏。

建立黄羊文艺创作基地是指选取黄羊及其周边地区为核心地带,划定历史文化遗产区、建筑民居生活区、传统农耕生产区、沙漠冲浪休闲区、野外拓展训练区、百年经果林区等专题活动区,吸纳社会力量筹资"开发",组织艺术院校或艺术专业师生亲身体验,吸引美术、摄影等专业人员前来采风、写生,鼓励游客、驴友等开展游玩、探险等户外活动,以此筹建黄羊田野风光文艺创作基地。

保护黄羊民俗文化村并建立文艺创作基地出于中宁历史文化资源的整体考量。文化村和文艺创作基地不单是非物质文化遗产的传承基地,也不单是乡土建筑和历史景观的"文保单位",而是黄羊生产生活的民间遗产,属于农耕文明的历史再现;它不同于政府出资新建的项目,也不是新农村建设的民生工程,而是政府主导,文化部门牵头,社会力量融资,地方与群众得利的规划行为,既能盘活地方生产生活的遗产,又能重拾村落精神文化的内涵。

二、实施的必要

传统村落是地方的宝贵遗产,也是不可再生的潜在旅游资源,体现着当地的传统文化、建筑艺术和乡村空间格局,反映了人与自然和谐相处的文化精髓和空间记忆。保护黄羊民俗文化村并建立文艺创作基地的价值不仅在于传承黄羊历史文化，更不限于建筑本身，而是让文化遗产"活起来"，实现"活态传承"，是对历史记忆的珍视与现实文明的沉淀，是推进农业现代化进程与建设生态文明的必要前提。

（一）现实背景

1. 民族历史因素

作为民族历史最厚重的文化载体，黄羊民俗文化村有鲜明的时代与地域特色，是中宁县文化多样性最具资格、最具品位、最为富足的呈现地，是中宁物质和非物质文化遗产资源的最大富集地和综合阐释者。它虽历经岁月洗磨，铅华褪尽，却留下了淳美的文化禀赋。

黄羊是地域性和民族性融合交织的土壤，不同的生态环境和民族群体在此打上了深深的文化印记。战国及秦汉时期，黄羊是丝绸之路的陆路中转要冲；唐宋之世，黄羊是中原与草原文明的边疆地界缓冲；明清时期，黄羊是中央与少数民族政权军事斗争的烽火要塞，也是各民族文化交融互通的集散地。随着人类的繁衍、生息、迁徙、融合，黄羊地区曾经经历和建立了各种政权组织，孕育了独特的生产方式、民风习俗与宗教信仰。

2. 地域文化背景

作为农耕社会最基础的文化单元，黄羊民俗文化村有独特的地理与风俗特点，是中卫辖区卫宁分界、宁夏与内蒙古毗邻的边界村，是历史上中原农耕与西北游牧文化的接壤处。

一是生态环境良好。黄羊地处内蒙古高原和卫宁平原的过渡带。境内依山傍河,中部为低平盆地。黄河支流跃进渠从中部自西向东横穿流过,从历史文献和研究史料看,黄羊自古就草木茂盛,土壤肥沃,具有适宜先民繁衍居住、耕牧生息的自然环境,是真正意义的"塞上江南"。

二是地理环境宜居。黄羊受山地气流影响,春天比周围地区来得早,且四季分明。村落周围土地平缓肥沃,近处有山坡草地,远处有河水溪流,既利于开垦种植,又利于渔樵采集;既靠近水源,又能避水患灾害;既能阻挡风沙侵袭,又能远离沙化、盐碱化,形成了优越的生产条件、生活习惯和文化形态,构筑起适宜居住的独特村落。

3. 国家政策因素

作为历史先民遗留的文化创造,黄羊民俗文化村有党的十八届三中全会提出的"加强传统村落保护,改善人居环境,实现传统村落的可持续发展"的政策背景,也有文化部提出的"民族民间文化保护"、住房和城乡建设部提出的"传统村落保护"、中国民间文艺家协会提出的"文化遗产抢救"等现实依据,正逐渐受到业界以文化遗产为对象的古村落游的追捧,是中宁县乃至中卫市文化旅游产业融入国内传统乡村游的代表项目。

(二)建立实体

黄羊民俗文化村适宜发展乡村旅游,新农村建设未破坏村落整体面貌,完整保留了村落的格局、建筑、民俗等,完好保持了遗留的文化资源,这些与山清水秀的田园风光一经结合,便形成农村旅游及农家乐开办的先决条件，成为能吸引游客前来游玩，促进当地群众持续增收的有力保证。同时，发展乡村旅游可带动黄羊地区物产的栽培和生产，促进第一产业发展，走出一条农村经济社会创新发展的道路。

（三）留住文脉

黄羊民俗文化村是地域文化传承的重要载体，是历史上驻守移民、戍兵屯垦的归属地，是历代边地的要塞与关隘，也是古代各民族经济贸易与文化交流的繁盛之地，是见证中华民族塞上凝聚力的所在。另外，黄羊以刘姓为主，家族血脉兴旺，村人民风质朴，传统村落的保护成为保留祖传家底与连接地方文脉的前提。

三、措施的采取

保护黄羊民俗文化村并建立文艺创作基地要坚持科学保护与合理开发的原则，要视文化遗产资源为"命脉"，将民族文化的特有内涵与地域文化的独特式样以精神文化的方式进行传承、延续和保存，才能确保传统村落不被瓦解，唯此，才能实现"看得见山，望得见水，守得住农耕，记得住乡愁"。

1. 立项规划。选定"中宁传统村落保护与文艺创作基地建设"项目，全力融入中卫市旅游优先发展战略，详细规划黄羊民俗文化村布局，全面展现古村落历史风貌，充分融汇黄羊村落与民居的特征与元素，全力渗透中宁的历史地理与文化内涵，为中宁经济社会的发展注入文化实力，促进旅游文化产业与生态文化产业的协同发展。

2. 分期实施。尊重黄羊群众的文化心理和民俗习惯，激发黄羊村民参与保护的积极性，按照项目建设客观规律分期实施，掌握整体规划、长远建设与近期改造的关系，促使保护与建设同步进行。"开发性"项目重在保护、引导，禁止大拆大建，抢救性恢复驻地农民原有的生活区域，把一些非物质文化遗产保护项目打包靠拢，同旅游产业（农家乐、民宿等）结合，边发展边经营。同时，建立写生基地与文学创作基地等，引导村民接待游客（含艺术爱好者）增加收入。

3. 理清权责。推介黄羊民俗文化村与文艺创作基地建设项目，采取招商引资、统一管理的方式，本着谁投资谁受益的原则，吸纳投资资金加快建设步伐。争取到国家项目资金的，可迅速加快建设速度；运作到社会资金的，明确投资方与黄羊村两方的权责关系，签订投资意向与协议等；扶持到文化能人的，鼓励从兴办民宿、农家乐开始，以点带面铺展实施，力争为黄羊经济社会发展注入文化实力。

4. 创建申报。参照中国传统村落申报条件，推荐黄羊村申报"中国传统村落"与"宁夏第二批文化产业示范园区"，推荐以黄羊村民间民俗文化资源为特色主题申报余丁乡为"中国民间文化艺术之乡"。

5. 引导宣传。营造黄羊地域文化的氛围，夯实中宁原生态村落的主题，将村落内及周边文化资源统筹考虑，分区（片）打造，促进生态文化产业与旅游文化产业的协同发展，引导县内外群众逐渐认知黄羊，提升"文化余丁 生态黄羊 旅游名村"的地位。

综上，黄羊民俗文化村保护与文艺创作基地建设，符合改革开放和经济社会发展的要求。建设中宁原生态村落和民居文化产业，符合地域文化产业品牌培植的思路，黄羊民俗文化村保护和文艺创作基地建设项目是具体可行、前景广阔、影响深远的民心工程。只有认识到黄羊原生态村落的价值和发展前景，传承、利用好黄羊地区丰厚的文化遗产，把握、处理好黄羊传统村落保护与开发的关系，争取及早立项，启动投资建设，吸引社会关注，才能将这笔以"遗产"为龙头的文化产业培育成中宁社会发展的增长点，才能构造出符合地方实际和群众需求的"诗意栖息地"。

"中国钱鞭村"构建的可行性

黄羊钱鞭,又名"霸王鞭",起源于明后期游牧民族的鞭舞,发源于今宁夏中宁县黄羊村,是一种集体育和健身为一体的民间特色舞蹈,是"全国亿万学生阳光体育运动"自选项目,是国家级非物质文化遗产申报项目,是"非遗进校园"探索的典型案例。

当前,探索钱鞭保护新机制,开辟钱鞭传承新途径,促使钱鞭展演常态化,是黄羊钱鞭保护的核心内容,而建设"中国钱鞭村"构想正是实现钱鞭传承保护发展的题中之义。

一、"中国钱鞭村"概念的提出

黄羊村地处中宁县余丁乡辖区,北靠双龙山,南临黄河,东邻大佛寺石窟,包兰铁路、中太铁路和201省道横穿全境,岩画、长城、烽火台、渡口星罗棋布,在古代既是水草丰美的游牧民族的苑囿,又是金戈铁马的军事战略要地,还是源远流长的丝路文化的中转站,更是孕育历代"钱鞭艺人"的热土。

钱鞭艺术经民间传人改进创新与发展推广,由火热大地搬上璀璨舞台,由民间舞蹈衍生成现代流行舞,由群众文化扩展进校园,由百姓自娱自乐到舞进庆典赛会,始终保持了原生态的艺术本色，受到了国内业界的关注与好评。黄羊村在发展村级经济的同时，始终注重文化建设尤其是钱鞭队伍的培养，基本普及了钱鞭技艺。

鉴于黄羊钱鞭传承的现实，考虑钱鞭艺术保护的阶段成果，对比同类民间舞蹈的发展现状，结合黄羊钱鞭发源地黄羊村无可比拟的历史地理与自然风貌，凭借黄羊群众对钱鞭根深蒂固的血脉情感与义不容辞的传承责任，县非物质文化遗产保护领导小组鼓励黄羊村两委制定《黄羊钱鞭传承保护发展规划》，建议余丁乡人民政府召开"黄羊钱鞭传承保护发展座谈会"，正式提出扶持黄羊村依托历史文化遗存、集合传统民俗村落、凝固淳朴民风，合力构建"中国钱鞭村"的宏伟构想。

值得说明的是，"中国钱鞭村"名称仅仅是黄羊人民对自身区域文化建设的定位，既非官方授予，也不是群团组织颁发，更不在"中国自然生态环境、生物多样性、历史文化遗产保护暨旅游资源开发列表"内容里。

二、"中国钱鞭村"建设的必要性

黄羊钱鞭作为民间传统文化的奇葩，是黄羊村独具一格的特色名片，是国内迄今可查"鞭舞"的源头，具有民间钱鞭舞的"母本"意义。它与河北承德"霸王鞭"（2013年10月入选第五批河北省级保护名录）、广西桂东南"钱鞭"（2011年6月列入广西玉林市级保护名录）有相似性，却又最具原生态、最富民俗价值，保护成果最显著。

1. 群众基础是不竭的动力源泉

钱鞭是中原农耕与西北游牧文化结合的产物，一经与黄羊村结合，便深受黄羊人民的喜爱，得到历代传承艺人的宠爱，找到了"落地生根"的良性土壤。早在20世纪七八十年代，黄羊村就着手从娃娃抓起，安排传承人到黄羊完小教授钱鞭，基本普及了祖宗传下的"独门绝技"，逐渐发展成黄羊村老人健身与儿童游艺的项目。2009年，黄羊钱鞭代表性传承人刘佳祥、刘秉国又把钱鞭教学延伸到邻近的中宁三中，从七年级学生抓起，开辟大课间活动，实施"阳光体育"训练，分层选拔成立钱鞭健身队与表演队，且在普及传统套路的基础上，融入现代舞蹈技法和流行音乐风格，表演时节奏感更强，样式更丰富，且展演规模可达千人以上。同时，中宁三中成立钱鞭教研课题组，选派专职教师夏天禄挖掘整理，编印出校本教材《钱鞭情韵》。

"黄羊钱鞭进校园"的成功试点，促使钱鞭艺术得以活态广泛传承，实现了钱鞭传承载体的常态化，确保了钱鞭保护代不乏人，为构建"中国钱鞭村"增加了人气。

2. 艺术个性是可塑的发展空间

钱鞭是西北汉族民众在长期劳作与生活实践中形成的民间艺术，集舞蹈、武术、体育、健身为一体。时至今日，钱鞭既可单打，也可双打；既可行进跳跃，也可翻绕甩摆；既可快收猛放单列，也可群而不乱组合。钱鞭既是阳光体育活动，又是民间舞蹈项目，还是现代舞台表演节目。钱鞭表演既有震撼人心的雄壮声势，又有强健豪放的夺人气势；既有欢快无言的历史故事，也有缠绵悱恻的侠骨柔情。钱鞭威武豪迈不弱安塞腰鼓，气贯长虹不逊兰州太平鼓，甚至还多了几分气势磅礴的硬汉气息。另外，钱鞭道具简单易做，动作明快易学，不受场地与人数限制，便于普及推广，为构建"中国钱鞭村"提供了展演的可操作性。

3. 保护成效是构建的现实基础

钱鞭经挖掘整理和艺术加工，已形成自身独特的艺术风格和浓郁的地方特色，并在传承保护的基础上取得了长足的发展。2007年，黄羊钱鞭申报首批宁夏回族自治区级非物质文化遗产名录项目，未获批复。2012年，黄羊钱鞭正式列入自治区级第三批非遗名录项目，2013年，传承人刘秉国被命名为第三批自治区级非遗项目代表性传承人。2009年，黄羊钱鞭在黄羊完小传承的基础上成功进驻中宁三中，实现了真正意义上的"非遗进校园"。同时，县非遗保护专家委员会在普查基础上着手深入挖掘钱鞭艺术，中宁三中成立"黄羊钱鞭课题组"，整理编印校本教材《钱鞭情韵》。2013年，黄羊村与中宁三中同时申报自治区级非遗代表性项目传承点（基地）。多年来，黄羊钱鞭应邀代表中宁先后参加中国宁夏大漠·黄河国际旅游节、中国第十三届西部商品交易会、全国（宁夏）慈善论坛主题歌MTV拍摄、宁夏第一届经贸论坛、宁夏第五届少数民族体育运动会暨第十一届运动会等展演活动，受到《中国节日志·我们的节日》课题组调研关注，得到CCTV – 7《乡土》栏目的录制报道，获得国家体育总局与宁夏党委宣传部有关领导的高度好评。

综观国内历史文化名村和传统村落，民间文化遗产的占有与分布是衡量评价标准的不二选择；对比中国民间舞蹈与传统体育项目，非物质文化遗产得到活态传承的，才是发展后劲最足，发展潜力巨大的。黄羊钱鞭作为黄河文明遗留的民族遗产与健康向上的民俗文化，理应取得与其历史文化价值相匹配的艺术地位，而构建"中国钱鞭村"恰是提升钱鞭影响力的有力举措。

三、"中国钱鞭村"建设的努力方向

黄羊钱鞭经过长期的努力发展，虽然得到了有效的保护，但在存续和发展的过程中仍出现了不少问题。探索黄羊钱鞭如何顺应时代发展并得以继续传承，促使黄羊村传统文化得到更好保护和发展有如下构想。

1. 表演套路的推陈出新

黄羊钱鞭传承的过程是不断创新的过程，表演形式与内容始终与时代同步，需要借鉴的元素复杂多元。表演动作与套路造型只有加强融合创编，才能不断适应不同场地（景）与人群的需要。

2. 鼓乐节奏的张弛有度

黄羊钱鞭配套音乐以民间鼓乐为主，间或有现代音乐伴奏，整体套路编排需要融入民间的音乐元素（可用唢呐吹奏或民歌演唱开场，进而舞动钱鞭呼喊），表演中随鼓点节奏有张有弛（有缓有急，缓中突出急），才能紧扣人心。

3. 原创故事的巧妙植入

黄羊钱鞭民间传说纷纭，起源有战争、娱神、爱情等，其中的"呼娃说"故事性颇强，可结合"中国梦·小康梦·富裕梦"主题，在适当艺术形式中巧妙植入钱鞭故事传说，增

强钱鞭艺术的历史厚度与文化内涵。

4. 表演形式的开拓创新

黄羊钱鞭的表演形式不拘一格，原有民间舞蹈的形式已不能全面综合地展示钱鞭艺术，后起的现代舞《金鞭飞舞》《摇滚钱鞭》与现代社火《钱鞭梦》仅是形式上的探索，流行音乐、民族舞蹈或歌舞剧、电视剧等的创意尝试才能丰富钱鞭的艺术形式。

5. 道具装饰的设计研发

黄羊钱鞭的服饰、鼓乐、道具等经数代更新，得到了政府及主管部门的财力支持，但针对钱鞭个性化的设计装饰（含音乐）却未能落实，尤其钱鞭道具的研发始终处在传承点与传承艺人的摸索中，几乎停留于低成本材质的更迭选择，需要请专家或专业设计公司根据钱鞭特点设计符合"钱鞭文化"的配饰。

6. 展示展演的平台搭建

黄羊钱鞭的展示展演已达到常态化，但自治区、市、县级社火大赛、运动会表演的平台还不能满足群众对钱鞭艺术的需求，需要争取群众文化对外交流巡演的机遇，搭建让钱鞭名扬国内外的"高端平台"，真正让钱鞭摆脱"养在深闺人未识"的尴尬处境，实现"金鞭飞舞的梦"。

7. 陈列展室的规划兴建

黄羊钱鞭的实物、资料已积累不少，需要有陈列室（博物馆）来承载，以便集中呈现钱鞭的历史发展进程，搜集展示钱鞭的非遗物件等。

8. 理论成果的编印出版

黄羊钱鞭艺人与研究者搜集整理的文字、道具，挖掘制作的教材、影像等珍贵素材，已经形成一定的成果，需要以书籍、音像等形式及时编印出版。

9. 传统村落的投资规划

黄羊钱鞭来自黄羊人民的创造，需要以钱鞭为基础拓展黄羊村民间民俗文化的活动空间，整合黄羊村乃至余丁乡内丰富的文化遗产，并通过技艺的传承，完善老中青人才传承的梯队，从而保证钱鞭文化脉络的生生不息，促使越来越多的中宁百姓熟悉并喜爱上传统文化。一是丰富文化内容。推动黄羊物质与非物质文化遗产资源聚合，强化地域文化的多样性，提升构建"中国钱鞭村"的资源禀赋。二是盘活文化品牌。搭建钱鞭场馆与队伍平台，强化"一村一品"的独特性，提升构建"中国钱鞭村"的艺术水平。三是开发活动载体。寻找活动载体，推出制度化的钱鞭艺术活动，尝试举办"黄羊钱鞭节"。四是引入景区表演。对接旅游景点，签订"钱鞭进景区"协议，保障黄羊钱鞭的文化版权与黄羊群众的文化权益。五是保留传统村落。保持黄羊村北传统村落风貌，开辟部分民居与果园等原住民区域，规划建设"钱鞭文化园"。六是悬挂文化标识。注重在村道与民居修建时融入钱鞭标识，促使钱鞭成为群众文化引以为荣的身份象征。

"中国钱鞭村"建设是保护性开发钱鞭文化的举措，是构建公共文化服务体系的推手，是实施文化惠民的民心工程，是基层群众文化大发展大繁荣的引擎。只有立足整体，抓住重点，分步实施，注重群众的参与性和覆盖面，形成完善的投入保障机制，促使钱鞭艺术深入百姓心中，才能体现黄羊人民群体艺术情感与文化心理认同的表达，才能促使黄羊钱鞭凝聚成表达民族精神的民间舞蹈，也才能打开让外界了解黄羊这一方水土的窗口。

黄羊钱鞭与全民健身运动

为满足人民群众日益增长的健身运动需求,国务院决定从2009年起,将每年8月8日设置为"全民健身日",旨在传达健康向上的大众体育精神,推广强身健体的乐观生活理念。同年,教育部宣布在北京等10省、市中小学开展"京剧进课堂"试点,标志着非物质文化遗产传统教育开始被纳入正规教育。

自治区级非物质文化遗产项目黄羊钱鞭作为中宁县保护传承的独特民间舞蹈,在已成功实施"进校园"试点的基础上,如何更好地发挥自身优势,进一步在全民健身活动中实现推广?笔者进行了思考和探索。

一、"黄羊钱鞭"在当前全民健身活动中推广的意义

根据联合国教科文组织通过的《保护非物质文化遗产公约》中的定义,非物质文化遗产是指被各群体、团体,有时为个人所视为其文化遗产的各种实践、表演、表现形式、知识体系、技能及其有关的工具、实物、工艺品和文化场所。

黄羊钱鞭是流传于中宁县余丁乡黄羊村的一种集舞蹈、健身、体育和防身为一体的民间文艺表演形式,表现了人民追求

幸福、积极向上、粗犷豪放的欢快之情。2008年，黄羊钱鞭被中宁县列入首批非物质文化遗产项目公布名录，后又连续参加了第二批、第三批自治区级非物质文化遗产名录项目的申报。1989年，中宁县余丁乡黄羊村将黄羊钱鞭在"黄羊村钱鞭队"的基础上"引进"黄羊完小，开"非物质文化遗产进校园"的先河。1998年，中宁县教育体育局将黄羊钱鞭引入中宁三中"阳光体育"活动课堂。2010年，中宁县教育系统组织编写校本教材。

当前，文化生态已发生较大变化，非物质文化遗产受到越来越多的冲击，民族文化艺术传播能力存在普遍降低的问题。笔者认为黄羊钱鞭在全民健身活动中推广，可使群众近距离感受和了解优秀的非物质传统文化遗产，有利于增强其对文化遗产的感情，有利于传承、弘扬优秀的民族文化，是中国非物质文化遗产民间舞蹈保持可持续发展的重要举措。

二、"黄羊钱鞭"在当前全民健身活动中推广的作用

1. 为壮大群众体育队伍奠定基础

黄羊钱鞭一开始是在农民中兴起的，是"土生土长"的运动形式，具有相当稳定的民众基础，是一种涵盖各个年龄阶段的富有魅力的民间舞蹈。通过对黄羊钱鞭的编排、改良，使其更加符合现代气息，更加适宜在学校和农村进行推广，不仅能快速增加体育人口，促进"全民健身计划"顺利实施，而且为壮大群众体育队伍奠定坚实的基础。

2. 为非物质文化遗产项目与社会体育融合先行试点

民间体育是国民体育的基础，是把我国建成世界体育强国的基础要点。促进非物质文化遗产项目与社会体育的融合,既丰富了体育课程的内容,又有利于社会体育的发展,既使民族传统得以传承和保护,又发挥了其在全民健身活动中应有的作用。

青少年是黄羊钱鞭未来的希望,广大群众是黄羊钱鞭推广的基础保障。为使这项具有地方特色的民间艺术能代代相传,为提高公民的健美水平、培养群众的精神气质,文化体育主管部门应积极组织、大力倡导钱鞭"进校园""进社区""进企业",借此充分调动群众锻炼身体的积极性,培养群众终身锻炼的意识、态度,养成终身体育的习惯,推动黄羊钱鞭在全社会蓬勃开展。

三、"黄羊钱鞭"在当前全民健身活动中推广的难点

"黄羊钱鞭"在全民健身活动中推广是一项系统而复杂的工程。在素质教育尚未占据主导地位的大环境下,如何为"黄羊钱鞭"普及提供师资、教材保障及培养学习兴趣,是制约钱鞭这一民间舞蹈项目"进军"全面健身活动的关键所在。

1. 教学师资

"不用说孩子了,就是现在的老师也不一定都会。"这是学生家长的话。中宁三中负责人也有同感:"'黄羊钱鞭'作为区内'独舞'的非物质文化遗产代表作,对教师的基本功要求很高,学校目前的师资力量仅有从外校借调的教师及后期培养的本校教师,难以承担推广的重任。若简单地把'黄羊钱鞭'当作体育课目放在体育课上教,仅能满足小范围的普及。"

对中宁县中小学不完全统计，现有专兼职教师中平时接触黄羊钱鞭的仅有6%，甚至县文化馆及民办艺校的舞蹈专业教师也少有人会钱鞭的套路。"隔行如隔山"，绝大部分教师只能简单地讲些"黄羊钱鞭"的皮毛知识，其教学效果可想而知。

2. 教学教材

目前，"黄羊钱鞭"在全民健身活动中推广的教材极度缺乏。编写教材应因地制宜，把传承优秀传统文化和促使群众健身多元化发展结合起来，设置符合群众年龄特点、认知需求和兴趣爱好的校本课程，让群众在学习中开拓视野，增长见识。2019年上半年，中宁三中集中力量编写的校本教材《钱鞭神韵》有望编印，此举将弥补"黄羊钱鞭"在校园教练与社会推广方面参考文本缺乏的空白。

3. 学习兴趣

"只有了解，才能热爱。"眼下，由于不少群众热衷流行舞，特别是广大青少年从出生开始接触的就是现代文化，崇尚的是现代舞蹈，他们大多对非物质文化遗产接触少，对"黄羊钱鞭"兴趣不高，觉得"土气"，对自己的民族传统文化逐渐淡漠。在群众传统思想和现代意识交融碰撞的过程中，我们应倡导以兴趣培养的方式让群众自愿接受，而不能以教学任务的方式强制其吸收。

四、"黄羊钱鞭"在当前全民健身活动中推广的必要性

1. 示范性

"黄羊钱鞭"已成功入选自治区级非物质文化遗产公布保

护目录,仍通过送社火下乡、参加节日庆典、"阳光体育"展演、现场指导教学等示范形式存在,需要结合民俗节日和风俗礼仪活动,才能始终活跃在城乡最前沿。中宁三中建立"黄羊钱鞭传承基地"后,钱鞭韵律操队在舞打套路、鼓乐曲谱及服饰等方面不断创新,技能表演水平得到明显提高,却依旧保留了最原始、最质朴的舞蹈势态,保持了传承教育的规范性和民族民间歌舞的正宗性。广大群众也通过了解黄羊钱鞭的历史故事、人文内涵和文化渊源,培养了热爱家乡非物质文化遗产的兴趣,拓宽了"乡土劲舞"健身娱乐的渠道。特别是城乡居民看到黄羊钱鞭在打造"全国文化先进县"道路上发挥的"名片"作用时,更会由"要我学"变成"我要学"。

2. 带动性

为保护"黄羊钱鞭"艺术之"根",黄羊村钱鞭队常年组织排练,却因各种原因,演出队员竟不足30人(绝大多数是女性)。黄羊钱鞭传承人刘佳祥重拾祖辈遗风,对传统鞭法进行强化改进;中宁三中聘请黄羊钱鞭传承人刘秉国老师授课,确保了传授的质量。由于教学相长,加之传承人的"名人效应",现今中宁三中的钱鞭韵律操队已扩大到300余人。两支队伍都适时地组织队员参加县内外演出实践活动。

3. 传承性

"黄羊钱鞭"如何传承?这是保护最为核心和根本性的问题。对学校而言,其不仅拥有丰富的智力资源,且已形成了人才培育的生产机制。在继承传统黄羊钱鞭的基础上,再融汇吸收当地民间体育和歌舞的艺术精华,不仅突破了传统钱鞭的模式,还能极大地增强其艺术的表现力和感染力,构建起新的民间艺术风格,实在具有传承与传播无可比拟的优势。

由此,文化、教育主管部门通过组织编排、开展培训等方式精心培养、勇于实践,才能促使"黄羊钱鞭"在全民健身活动中实现推广,才能更好地肩负起民间舞蹈教化育人的重任,才能承担其具备健身价值、宜于身心发展的使命,也才能从根本上解决非物质文化遗产民间舞蹈乃至传统艺术后继乏人的难题。

第四辑
文化产业探索

文化产业是以生产和提供精神产品、以满足人们文化需要作为目标的活动。

文化产业发展创意

《国家"十一五"时期文化发展规划纲要》明确提出了国家发展文化创意产业的主要任务,全国各大城市也都推出了相关政策支持和推动发展的举措。

中卫是文化名市,有享誉西北的文化积淀,但文化产业很不发达,或者说还很落后,文化产业与创意相结合更是呈现"两张皮"的状态,甚至存在"文化是文化、产业是产业、创意沾不上边"的境况。目前,中卫市文化产业发展正在起步,文化创意产业的基础正在形成,但总体仍呈现分布散、规模小、力量弱、龙头引领缺乏的特点,急需把握文创产业发展的规律,解决制约文创产业发展的瓶颈。

一、梳理政策,建立体系

要在中卫文化创意产业政策的基础上,搜集整理中央、自治区文化产业的相关政策,联系对接文化产业的有关单位,切实建立文创产业的发展规划。

1. 完善配套政策。争取设立市文化创意产业专项资金,以奖励、贴息、资助等方式扶持重大文化创意产业项目及企业;明确扶持优势文化核心行业,加大强势文化企业的引进和培育力度，对重点项目引进实行"一企一策"；协调给予创意设计、影视广电、演艺会展等现有文创企业税收方面的适度优惠。

2. 建立投融资体系。编制印发《中卫市文化创意产业项目投资指南》，加大文创产业项目"招大引强选优"的力度，畅通社会资本进入文创产业的渠道，引导金融机构为中小文化创意企业融资提供担保。

3. 健全统计体系。认真开展文化产业法人单位核查认定等基础工作，探索建立文化产业统计调查机制，建立完善文化产业统计名录库，及时统计公布文化产业监测数据，定期发布文化产业分析报告，为科学制定文创产业发展政策提供依据。

二、整合项目，建设园区

要在中卫文化产业特色优势的基础上，统筹规划市文化（创意）产业园区建设，吸引社会力量和优质资源，启动公共服务创研平台，营造产业发展的市场环境和文化氛围。

1. 做好面上政策和园区政策的统筹。要把项目、园区基础建设纳入设施建设的专项规划，科学定位文化创意产业园的功能，做到高起点规划、高标准建设。

2. 做好与重点项目（企业）的对接。要完善重点项目联系服务机制，积极为文创企业提供专业化服务；继续做好枸杞文化产业园等文化创意区的规划，协调解决项目建设、运营中的难点问题，促使项目建成、投用和产出。

三、培育中介，成立协会

要在中卫文化创意产业市场雏形的基础上，择机成立市文化创意产业协会，吸纳骨干企业成为会员单位，引进金融机构入驻，培育文化经营中介，建立运营管理、人才培养等服务平台。

1. 建立产品和产权交易平台。要规范文创产业市场交易，有效扩大和提升文创产业的增加值，提高文创产业的市场份额和成熟度，促使文创产业工艺产品走进大众生活。

2. 建立宣传和推介服务平台。要整合文创产业资源力量，借助文化创意产业博览会等区域活动，提高文创产业发展影响力，推进文创产业引资工作。同时，组织文创企业代表参加深圳文博会、非物质文化遗产博览会等专业展会，提高文创产品的市场竞争力。

3. 建立信息交流互动服务平台。要发挥文创产业协会等组织的作用，依托产业沙龙、文创论坛等活动，为文创企业提供各类政策、行业信息。

四、打造队伍，形成品牌

要在中卫文化创意产业发展不足的基础上，正视人才匮乏的突出问题，逐步解决知识产权保护的问题，真正实现文创产业的健康快速发展。

队伍建设方面，要努力将文化创意人才纳入市人才工作重点和计划，制定文创产业人才开发专项政策，加大文创人才培育宣传力度，增进文创人才互动交流频次。一是建立文创人才工作机制。推进文化名家工作室和企业研发机构建设，实施人力资源中介机构对接，推进文化企业与高校、文化科研机构的人才合作，招聘设计制作、动漫游戏、传媒制作、新媒体应用、网络服务等文创专业人才及复合型文化经营管理人才，柔性引进高尖端文化创意人才。二是设立文创人才成长渠道。推进文创人才培养体系建设，引导宁夏大学中卫校区、中卫职业技术学校等设立文化创意相关专业或建立培训机构。另外，鼓励文化创意单位选送优秀技工参加高等院校和创意培训机构组织的学习与培训。三是营造人才成长环境。制订"文化创意人才引进和激励办法"，加大对从事文创作品研发、市场推广和品牌打造等人员的奖励，营造优秀文创人才脱颖而出的良好环境。

品牌建设方面，一是要打造知名文创品牌。立足中卫历史文化资源，推出正在形成品牌的文化精品：支持中卫市歌舞团、红宝民族艺术团创编精品剧目，带动全市演艺业提档升级；扶持老茶梗文化传媒、凡客杰瑞传媒制作微电影、动漫（画）等影视新品，填补科幻少儿时尚剧的空白；引导秦腔茶社等文艺团体编排雅俗共赏的传统节目，签约入驻文化专业剧场；鼓励中卫大麦地文化产业园等收藏实体研发书画、奇石、黄河玉等文化创意产品，联合建立规范的文玩旅游品市场。二是举办系列文创节庆活动。策划宁蒙甘毗邻地区非物质文化遗产（技艺和产品）博览会，吸引业界的广泛关注；筹备以"欢乐中卫"为主题的艺术节，办成史上规模最大、形式最为丰富、参与人数最多的大型节庆活动，成为各界充分认可的城市文化品牌。

今后，中卫市要在产业转型升级和经济结构调整的大环境中，为发展文化创意产业提供充足的政策保证，文创产业必将迎来发展新契机。

宁夏凡客杰瑞等文化产业的发展

党的十七大明确提出,要积极发展公益性文化事业,大力发展文化产业,激发全民族文化创造活力,更加自觉、更加主动地推动文化大发展大繁荣。为贯彻落实中央精神,在重视发展公益性文化事业的同时,加快振兴文化产业,充分发挥文化产业在调整结构、扩大内需、增加就业、推动发展中的重要作用,为"保增长、扩内需、调结构、促改革、惠民生"做出贡献。

我市文化产业的发展水平不高、活力还不强,与人民群众日益增长的精神文化需求还不相适应,与科技迅猛发展及广泛应用还不相适应。困难和挑战中蕴含着新的机遇和有利条件,文化产业要逆势而上,宁夏凡客杰瑞影视文化艺术传媒公司即是其中较有代表性的一家。

一、凡客杰瑞的由来

宁夏凡客杰瑞影视文化艺术传媒有限公司以文化创意、影视制作、出版发行、数字内容等产业为发展方向,重点从事艺术创作、影视制作、发行播映及后产品开发等方面的生产,是宁夏地区互联网第五媒体O2O模式下的新生代。宁夏凡客杰瑞影视文化艺术传媒有限公司创立于2013年10月,由中卫导演郭强创办,2014年5月郭强与刘兴国、李雪辉开始合作,共同经营影视制作、项目策划、活动组织、互联网营销。公司主要经营互联网信息服务、网络商品现货交易、信息技术咨询服务、软件开发、信息系统集成服务、数字内容服务,企业形象策划服务、影视策划服务、公司礼仪服务,各类项目策划服务,大型活动组织服务,会议及会展服务,广告设计、制作、发布服务等业务,拥有专业的技术团队和技术设备,具备专业影视拍摄、后期制作、音乐制作、录音配音等方面的丰富经验和技巧,已拍摄制作《中卫版〈小苹果〉》(2014.06)、《枸杞红了》(2014.08)、《中卫吃嘴那点事》(2014.09)、《金沙清风》(2014.10)、《闹尼嗷》(2014.10)、《橙色闪耀宁夏川》(2014.10)、《方言版唐伯虎戒毒记》(2014.11)等电影、短片作品60余部。

二、凡客杰瑞的产业启示

2016年1月13日,市委常委陶雨芳带领市委宣传部、市文化体育新闻出版广电局、人事劳动保障局、文联等相关单位负责人在宁夏凡客杰瑞影视文化艺术传媒有限公司调研文化中小微企业发展情况并召开支持文化产业发展座谈会。会议听取了凡客杰瑞公司负责人关于文化产业发展情况的介绍及今后的发展设想,就凡客杰瑞重点建设项目有关问题进行了专题研究。

1. 全市文化产业得到了长足发展。近年来,涌现出以宁夏凡客杰瑞影视文化艺术传媒有限公司为代表的文化骨干企业,推出了歌曲"中卫版《小苹果》"、微电影《金沙清风》、纪录片《飞越中卫》等一批在全区有影响力的精品,形成了电影、网络等多媒体联动和无线、有线等多技术覆盖的宣传格局，为全市经济社会发展营造了良好的舆论氛围。目前，全市文化产业共涉足15个门类、20个行业，有1200余家、3.5万从业人员，收入连年递增，GDP占比2.2%以上，呈现出导向越来越好、前景越来越大、路子越来越宽、品牌越来越响、贡献越来越大、产业发展越来越快、群众越来越喜欢的良性态势。

2. 要做大做强全市文化产业。文化产业是朝阳产业，是环保产业，也是民生产业。在现代社会中，影视传媒与人民群众的生活息息相关，最直观、最直接、最能迅速渗透到群众的生活中，因此极具生命力。当前，国家鼓励文化产业领域发展，强化文化产业政策保障，增大文化产业扶持力度，拓展了经济发展新的空间、挖掘了文化市场新的需求。在这种大背景下，发展文化产业，特别是发展与广电网络文化产业相关的重要项目，无疑具有十分重要的意义。市直有关部门要用全局的观念、发展的眼光，在各个方面加强配合，全力支持凡客杰瑞等中小微文化企业发展。

三、凡客杰瑞的理想构建

1. 支持凡客杰瑞公司文化产业做大做强。宁夏凡客杰瑞影视文化艺术传媒有限公司要对产业发展进行科学布局，围绕中卫经济社会发展大局，自我加压，加快发展，做有社会责任、敢于担当的文化企业。

2. 支持凡客杰瑞融入主流媒体。开通中卫广播电视台"微剧场""公益广告"等社会自办剧场栏（节）目，保障凡客杰瑞公司拍摄的影视作品在符合播放条件的前提下能正常播放。

3. 支持凡客杰瑞带动艺术市场。邀请凡客杰瑞公司负责人和技术骨干加入市电视艺术家协会等群团组织,搭建起影视作品剧(底)本撰写、美术编辑、录制剪辑等的合作渠道,培育文化艺术的合作市场。

4. 支持凡客杰瑞打造旅游文化项目。对接宁夏沙坡头旅游产业集团有限公司,合作提升"黄河宫"景区"数字提升"项目;对接港中旅(宁夏)沙坡头公司,合作开拓沙坡头"真人纪实片拍摄基地"。

5. 支持凡客杰瑞建设文化创业孵化中心。借助宁夏大学中卫校区青年大学生的集聚优势,利用腾退办公用房设计建设风格独特、体量庞大、色彩鲜明的文化创孵中心,开辟"文化创客空间",开展影视制作人才培训。

6. 支持凡客杰瑞申报文化产业基地。编印《文化产业发展政策手册》,发挥文化产业示范户的引领作用,积极争取"黄河数字博物馆项目"立项,协助申报"宁夏文化产业示范基地",协调税务部门、银行等召开"银企座谈会",按政策减税免息,搭建与宁夏盛天彩数字科技股份有限公司的合作平台,组织人员赴青海等文化产业起步较快的省市参观学习。

7. 支持凡客杰瑞走专业化、规模化发展路子。根据文化体制改革要求和进度,鼓励凡客杰瑞等关注文化新业态,进一步做大规模,增加产量,拓展市场,努力提升中卫全域旅游城市形象,把握中卫特色文化宣传方向,提高中卫文化产业在全国同行业的地位。

书画古玩花鸟市场的新建

为满足群众生活志趣的精神追求，撬动文化情趣的消费动力，整合花鸟鱼石等市场资源，培植赏玩类休闲文化产业，现就书画古玩花鸟鱼犬石市场的投资规划做如下思考：

一、项目的概念

书画古玩花鸟鱼犬石市场（以下简称市场）是书画花鸟等文化休闲物（产）品集中在选定地点进行制作交流、陈列展览、消费交易等活动的场所，主要规划建设展销大厅、产业基地等基础设施。

市场项目建设实施社会化运作，鼓励园林企业及文化能人筹措资金，集聚整合书、画、花、鸟、鱼、石等文化产业户，依托市场的示范、辐射和带动作用，吸纳周边劳动力投身花卉等生产营销，促进中宁产业结构调整，增加中宁文化产业比重，引导市场向规模化、产业化、集群化方向发展。

二、项目的意义

近年来，中宁农业产业化发展步伐渐快，特色与高效农业发展迅猛，土地流转逐年扩大，种植结构日趋优化，农民收入渠道更加多元，但赏玩性书画古玩与休闲类种养殖经济却未能形成气候。因此，建设书画古玩花鸟鱼犬石市场顺应发展需要，符合民生所求。

一是资源优势。中宁属温带季风半湿润气候，地势平坦，土地肥沃，耕地以灌溉水田为主，光热水电条件充裕，农业综合生产条件较好，是传统的农林业大县。发挥区域优势，是培育花卉优势特色产业的需要。二是市场优势。中宁属宁夏工业经济的先驱，非公有制经济已成"气候"，伴随出现的是对书画、花鸟、鱼犬等赏玩类物品的消费需求。中宁休闲赏玩类文化产业发展起步晚，生产规模一直停留在作坊生产与小店门面的状态，而省会银川的市场已趋向专业化，吸引了周边市县群众的目光。特别是宁夏成为中阿博览会永久会址与银川建成综合保税区后，为文化产业产品走向国际市场提供了良好机遇。在此条件下，中宁作为承接宁夏南北中转站的交通优势与开发书画花鸟鱼犬石产业的市场潜力便显现出来。三是人才优势。中宁县属全国文化先进地区，活跃着一批文艺工作者和社会文化能人，已在业内崭露头角，并具备"文化商人"的思维，积累了一定的文化经营能力。四是结构优势。中宁县第三产业力量薄弱，行业零散，与第一、二产业相比明显落后。同时，作为发展后劲不足的农业也需要调整优化结构，促使增长方式由数量型向质量型转变，以此提高产业的生产水平和经济效益，提升行业的整体服务，带动书画古玩花鸟鱼犬石产业实现集约化、规模化，为群众增收致富发挥重要的示范与带动作用。五是政策优势。中宁县属文化产业欠发达地区，经营性产业集中在演艺、印刷等零星行业，休闲文化类门市呈零星分布,与红火的文化事业完全不能相比。依据国家加快发展现代农业与扶持文化产业的有关政策,按照"生产集约化、经营一体化、产业商品化、技术与管理现代化"的要求,借助项目区科技与资源环境优势实施产业基地建设正是特色文化产业发展的切入点。

三、项目的实施

1. 项目计划

书画古玩花鸟鱼犬石市场拟选取县城原枸杞市场,产业(苗木)孵化示范基地拟选取城郊乡村,计划分两期实施:(1)建设交易厅,分设书画、古玩、盆花、观赏鱼、宠物、景观石等六个展销厅,配建恒温培养室、养料调配室等辅助用房,年销售额预计达到1000万元以上;(2)建设产业孵化示范基地,采取土地流转承包的形式,运用现代生物技术、农林设施栽培技术与无公害生产技术,提高花卉等生产水平及产品附加值的科技含量,建成高新技术成果转化的现代花卉苗木产业孵化展示园。

2. 项目技术

书画古玩花鸟鱼犬石市场拟吸收有文化艺术品相或品位的种类入驻,主要选择名优品种展销,重点发展较高档次作(产)品或物种,精心采取高新技术及组装配套技术,如花卉产业培育的高新技术包括组织培养脱毒快繁技术,配套技术包括根蘖繁殖技术、容器育苗技术、喷雾扦插繁育技术、花卉栽培组装与嫁接栽培技术、花卉栽培保鲜与病虫害防治技术等;花卉孵化基地的栽培方式采用连栋自控温室、节能日光温室设施等进行生产，选用双层充气薄膜，配备喷灌施肥设施与增温补充气肥系统，配置保温帘及卷帘系统，开启天窗自动及机械通风换气系统。通过技术实现人为控制，达到管理方便、易于生产等目的。

3. 项目管理

一是建立运营管理机构。提请社会力量成立县书画古玩花鸟鱼犬石市场管理公司，各行业经营户成立市场商会，实行各负其责、协同作战的运行管理模式。二是完善物流网络渠道。构建产供销物流渠道，搭建银北银南展销平台，先期供应区内，进而覆盖内蒙古、甘肃等接壤地区。三是启动市场运营程序。实施规范化、立体化运营程序，持续开展文化商贸活动，增强产品竞争优势，打通市场交通网络与进货渠道，提供快捷仓储运输服务，完善市场运营及配套（物业等）服务，建立统一的客户服务中心，组织集中的广告推介宣传。

4. 项目宣传

书画古玩花鸟鱼犬石市场宣传以"服务经营户与消费者"为出发点，通过全方位的广告宣传攻势在短期内建立起市场的知晓度，后续运营中需持续进行广告宣传，并将根据市场运营及经营户的要求统一对外实施广告宣传。

四、存在问题与建议

书画古玩花鸟鱼犬石市场建设是现代时尚产业，集科学性、生产性、知识性、艺术性和商品性于一体，深受消费者的喜爱，有着极旺盛的市场需求，也有现实性的问题：

1. 技术瓶颈

书画古玩花鸟鱼犬石市场需要聘请或引进掌握"高端技术"或文化鉴赏能力的专家，组建过硬的生产营销专业技术队伍，才能解决行业或项目规范发展的问题。

2. 市场制约

书画古玩花鸟鱼犬石市场在区内外有广阔的市场前景，但中宁起步较晚，基础较弱，需要架构起营销体系，才能打通销售渠道并扩大销售范围。

3. 政策导向

书画古玩花鸟鱼犬石市场受季节性、结构性影响的矛盾日益存在，以"大生产、大市场、大流通"为特征的产业化开发格局远未形成，栽培制作规模小、生产技术水平低、物（产）品质量不高等问题影响产业的培植，需要利好政策引导扶持。

随着人们生活水平的提高和闲暇时间的增多，利用书画古玩花鸟鱼犬石美化生活与工作环境，已成为现代社会生活中的一种时尚和乐趣。特别是随着人们认识水平与文化素质的提高，书画古玩花鸟鱼犬石作为一种有价值的商品已被人们普遍接受，使用、欣赏的范围迅速扩大，消费需求不断增长，质量要求越来越高，急需实现书画古玩花鸟鱼犬石的商品化与产业化，才能满足群众日益增长的消费需求。

文化小剧场的管理和使用

近年来,小剧场发展迅速,各地专业和业余的文艺团队纷纷登场,外来艺术也闪亮入驻,培养了观众的欣赏趣味和审美习惯。可就在全国小剧场蓬勃发展的今天,中卫的专业小剧场却一直没有启用,群众舞台艺术(剧场)市场处于低迷状态。

中卫文化馆小剧场始设于市五馆一中心文化馆新址,形制为下嵌式两层空间,场地面积450平方米,最多可容纳200余人。文化馆建成使用后,剧场因经费问题一直没有装修,长时间处于毛坯状态。场地的闲置造成了文化资源的无形浪费,管理和使用无从谈起。如何建设并盘活文化馆小剧场,成为全市文化艺术工作面临的一个新考验。

一、定位与作用

文化馆小剧场是政府投建的公益性文化演艺场所,是全市文化艺术展演交流的重要阵地,是地方主流文化集聚的时尚平台。它既能迎合社会文艺追求的时代特点,培育市民精神消费的驱动力,又能引领地方文艺团队及个人推动文艺作品上升至舞台艺术。

二、责任与担当

文化馆内设专业小剧场，体现了地方党委、政府及宣传文化界领导的远见。管理使用好小剧场，是对文化系统干部职工的考验。

中卫缺乏小剧场艺术的传统，但历史上中卫的剧场并不是没有，相反秦腔剧场、文化宫、电影院等红极一时。直到时下，中卫民办的秦腔茶社依然在高庙广场周边活跃，曲艺演艺也曾在沙坡头水镇一度上演。

文化剧场建设不是单纯的文化事业，应和旅游市场等统筹构思。中卫要精编细排文艺剧目，把文化馆小剧场和沙坡头新镇《沙坡头盛典》专业剧场统合起来，将高庙、黄河宫、沙坡头水镇、中卫市博物馆、水上运动中心等市区（景）点一并考虑，确保市区有演艺看点并能满足游客夜文化生活的需求，促使旅游"沙坡归来要进城"，吸纳游客"游玩在沙坡、赏玩在市区"。

三、展望与付出

鉴于此，中卫文化馆专业小剧场装修已是迫在眉睫的工作。活化剧场装修形式，明确剧场使用主体，落实剧场安全制度，实施剧场高效运营成为当务之急。

1. 政府补贴，社会众筹

文化馆小剧场的运营单纯依赖政府及主管部门财政拨款是远远不够的。理应学习国内专业小剧场的先进经验，探索符合中卫实际的剧场发展路子，发挥市场的撬动力量，汇聚各界贤达智能，采取社会众筹的思路，运用社会资源的优势，提交方案呈请政府及主管部门同意尝试，并予以财政适量经费补贴，其他经费由主管部门及文化馆推动社会力量筹集。

2. 关系理顺，权责明确

文化馆小剧场交付使用时，文化主管部门要与参与企业签署小剧场使用协议，明确双方管理权责，理清相互关系，共同维护使用好剧场设施（音响、灯光、舞美设施）等国有文化资产。

3. 协议管理，配合使用

文化馆小剧场投用后，按照管理协议落实工作制度，配合发挥好剧场的效应，合理安排好演出场次，构思谋划好引入场次，确保剧场社会效益和经济效益实现双赢。

中卫市文化馆小剧场既是连接中卫市区城南城北的文化休闲站，又和中卫博物馆动静相宜彼此呼应，不仅能充实全域旅游示范市及中卫旅游优先发展战略的内涵，更能让游客在市区欣赏剧场艺术，感悟中卫历史文化。

蒿子面文化产业如何破题

党的十七届六中全会精神明确指出：发展文化产业是社会主义市场经济下满足人民多样精神文化需求的途径，必须坚持社会效益和经济效益相统一，推动文化产业跨越式发展，形成文化产业格局，扩大文化消费。

蒿子面已列入自治区级非物质文化遗产代表作项目，长期依靠口传心授和手手相传，具有重要的传统民俗意义。

蒿子面制作处在家庭作坊式生产阶段，不能满足群众日益增长的物质和精神文化需求，急需通过培养传承人，建立传承基地，通过保鲜储运、打造包装上市等手段，实现蒿子面商品化、市场化，促使蒿子面制作形成产业雏形，进而实现"一把面产业"，并带动其他非物质文化遗产项目形成文化产业园。

一、蒿子面形成文化产业的前瞻性

宋代，曾巩在《隆平集·西夏传》中记载："其民春食鼓子蔓、酸蓬子；夏食苁蓉苗、小芜（荑）；秋食席鸡子、地黄叶、登厢草；冬则蓄沙葱、野韭、拒霜、灰条子、白蒿、碱松子，以为岁计。"可见，蒿籽约在宋代和西夏时就以"一种天然、绿色、营养的食品添加剂"进入了人们的生活。

蒿子面因蒿籽得名,主要流行于宁夏卫宁平原的汉族中,距今已360多年,民间习惯称之为"手工长面"。蒿子面制作技艺独特,用料讲究,具有健胃清热功效,被赋予"寄托""祈福"等文化内涵。

目前,中卫、中宁普遍保留着制作蒿子面的饮食习俗。即使工序复杂,在婚丧嫁娶、年节宴会等场合中也必不可少,而且各个节日的寓意不同、称呼不一。譬如,为老人祝寿时吃的蒿子面称为"长寿面",喻意老人健康长寿;在新婚第二天吃的蒿子面叫"喜面",喻意新人情丝不断;在孩子出生百天或满月时吃的蒿子面叫"吉利面",喻意孩子长命百岁;在大年初七吃的蒿子面叫"拉魂面",喻意幸福长久;在宴请贵宾或朋友相聚时吃的蒿子面叫"贵宾面",喻意友谊长存;在结婚时,母亲给出门女儿做一碗蒿子面,既可唤起女儿对母亲的依恋,又能代表母亲对女儿未来生活的祝福;到婆家过两三天,婆婆给儿媳做的蒿子面,是希望小两口日子过得恩爱长久;现在,大人、小孩过生日都吃一碗蒿子面,喻意健康长寿;老公出远门,老婆做一碗蒿子面,是表达对丈夫的爱恋,同时也祝福丈夫出门平安。不光吃面有讲究,做面也离不开伦理纲常:新媳妇在婆家,头锅面要亲手敬给公婆,祝福双亲福如东海,寿比南山;第二锅面须敬给兄嫂,愿妯娌和睦,互相帮助;接着再端给新郎,愿情长如丝,白头偕老;最后一碗自己吃,象征勤俭持家,细水长流。吃蒿子面的过程,实际传递着孝顺、和睦等家庭传统美德。

早年，民间娶媳妇首要考虑的是姑娘蒿子面"会不会擀、做得好不好"的问题，以此试图考验女性是否心灵手巧、能否勤俭持家以及检验女性厨艺水平的高低。同样，对女性而言，"蒿子面做得好"是一件很光彩的事。男性也为能娶个"蒿子面做得好"的女人而感到自豪。为让女儿嫁个好人家，母亲会尽早将蒿子面制作技术传给女儿，女孩也将"从小学擀蒿子面"作为一门必修课程。因为，一个女人不会做蒿子面等同于不会过日子。

蒿子面作为饮食风俗沿袭至今，并深受群众喜爱，有其历史的偶然性和现实的必然性，培植蒿子面产业具有一定的前瞻性。

二、蒿子面形成文化产业的必要性

旧时，中宁有一首歌咏蒿子面的童谣："长脖子雁，扯红线，一扯扯到中宁县。中宁丫头擀的好长面，擀得薄，切得细，提起来，一根线，下到锅里骨碌碌转，捞到碗里赛丝线。"传唱过一首夸新媳妇做面的民谣："新媳妇儿会做饭，切的长面真好看，下在锅里团团转，盛到碗里莲花瓣。"民间还有"明庆王朱㭎御厨传授蒿子面"的传说……这些流传久了，便有了"中宁丫头会擀面"的说法。中宁县已连续举办多届"'巧媳妇'杯蒿子面厨艺大赛"，涌现出一批项目传承人。其中，有的已尝试创办过蒿子面店和蒿子面馆，市场几乎呈供不应求状，但利润不大；有的被请到县城宾馆甚至银川酒楼专门擀制蒿子面，以满足餐桌宾客对"一碗面"的渴求。可见，蒿子面不仅以风味面食的物质形态存在，更以特有的精神品质深入人心,得到广大消费人群的青睐和钟爱。

先前,中卫、中宁家家户户都会做蒿子面,并日渐形成了独具地方特色的"蒿子面情结"。但追求现代时尚和注重生活快节奏的人们已不愿费劲费时地亲手擀面。贪图经济利益和营业收入的宾馆、饭店也将蒿子面制作的传统工序丢弃。时下的年轻女性"安心"于读书、打工……大多已不愿练习蒿子面制作技术。时兴的机子压面、包装挂面、方便面、手工擀面等在身边"遍地开花",倡导了群体的面食消费趋向。蒿子面因此成了群众餐桌饮食的"稀罕物""奢侈品",会有"拿钱买不上"或"不知哪有卖"的情况出现,即使有售,也是以不包装或牛奶纸箱装的"礼品面"形式在市面上自发粗放流通,从未堂而皇之地进入超市摆上柜台。若在臊子配料上再不严格讲究,做出的蒿子面必定形似而味差。

反观蒿子面的现实窘境,扶持蒿子面技术传承人开展传习活动,培植开发实现蒿子面文化产业"零突破"是必要的。

三、蒿子面形成文化产业的可行性

数百年前,蒿子面从宫廷中流传而来,帮助人们度过了粮食短缺年代的饥荒。其本身有健胃清热的功效,再加上辅料枸杞的护肝明目、延年益寿的疗效,蒿子面已不只是民间的一种特色小吃,更是具备了较高的食疗价值。

据了解,卫宁周边市县乃至全国其他地方没有吃蒿子面的习俗,唯独在中卫市、中宁县广泛流传,且已深深融入人们的生活中。可见,蒿子面有望走进千家万户的饭桌,有巨大的潜在消费市场。

当然，蒿子面制作之所以停留在"纯手工、小作坊、粗包装、难运输、无市场"的艰难处境，与其自身"易风干、霉变快、难储运、身价低"有关。但我们可以通过科研技术手段，实现"保鲜时间延长、不碎易运输、无菌处理臊子、精细分类包装"的目标，解决保质期短（夏季3~7天，冬季15天，冷藏30天）等制约因素，再运用集约化经营等方式，实施生产性保护措施，加快蒿子面商品化步伐，促使蒿子面加工制作融入市场经济，将蒿子面打造成宁夏乃至全国的主流饮食文化品牌。

鉴于此，做以下探索性尝试：

一是挖掘历史文化，传承擀制技艺。蒿子面的内涵不能受"一碗面"所局限，应视为一个地方饮食文化精华的凝练。传承擀制技术也不是简单地保存"技术"，而是保护民间特色面食的"文化脉络"，留下人民苦难生活记忆的"根"。

二是打造地方特色，树立饮食品牌。蒿子面的特性在"风味独特、技艺一绝"。要发挥蒿子面原产地的区位优势，利用蒿子面厚重的群众基础，树立蒿子面地方品牌。

三是实施生产保护，开发市场潜能。推荐蒿子面传承人"走出去"参展参赛，鼓励传承人注重蒿子面擀制品位，提升蒿子面擀制技艺，尤其在臊子的配料上深研细究，促使蒿子面店扩大规模，形成生产、加工、包装等的"生产性保护"实体经济，打开市场销路，扩大消费人群，培育市场潜能，促使蒿子面"走出深闺"。

1. 打破蒿子面运输瓶颈

借助高校科研院所，成立蒿子面保鲜与臊子料配制课题组，通过科技手段延长手工面的保鲜保质期，达到臊子的科学营养配比，实现包装运输上市。

2. 成立蒿子面专业合作社

借助市县非物质文化遗产保护中心等区域文化保护机构，选择蒿子面技艺精湛的集中区域，联合蒿子面制作传承人，建立蒿子面技术传习所或传承基地，成立蒿子面专业合作社，带领妇女用"巧手土技能"创业兴业，从而夯实一乡（村）一品。

3. 开通蒿子面生产销路

借助自治区级首批非物质文化遗产代表作名录项目等无形品牌，选择蒿籽种植优越地带，推出符合评价标准的"一清、二白、三红、四绿、五滑、六爽、七香、八长"纯正蒿子面。积极推荐手工蒿子面制作技艺展示，尝试利用超市、商场等代销代售，聘请厨师推出经典面食——宴席蒿子面。借鉴蒿子面馆的创办经验，精心包装蒿子特色面馆，悉心开发系列蒿子面。鼓励农超对接，设置蒿子面零售专柜，方便市民及时选购，形成固定的"消费群"。

4. 申请蒿子面保护商标

借助蒿子面原产地的资源优势，坚守蒿子面手工制作技艺和臊子料配方，确保蒿子面"健胃养生、护肝明目"的科学功效。加快蒿子面商标注册保护，形成和提升蒿子面的品牌效应与附加值，让蒿子面成为家喻户晓的国内知名面食，并跻身名优面食行列,成为地方对外宣传推介的一张名片。

5. 培植蒿子面文化产业

借助文化政策扶持,大力招商兴办蒿子面文化产业,吸纳社会资本投资运作蒿子面公司,建立"公司+基地+传承人+订单"的产业化经营模式,形成"小农户大基地、小规模大群体"的生产关系。支持龙头企业为基地传承人开展蒿籽种植供应、擀制技术规范、市场信息中介、产品营销对接等各类服务,解除传承人发展蒿子面文化产业的后顾之忧,辐射带动传承人改变传统种植观念,形成蒿子面产业市场竞争力,走出一条"依靠独特非遗资源培育特色文化产业"的富民新路。

6. 整合蒿子面社会力量

借助蒿子面制作在卫宁民间具有广泛性、普遍性的传统,积极联合非物质文化遗产保护、卫生防疫、劳动就业及饮食协会等,举办蒿子面制作技术培训班。寻觅蒿子面制作传承人与产业投资方,统筹蒿子面制作技术和资本力量,整合民间的探索经验和实践智慧。

经过长年的民间实践,蒿子面制作已成为中卫、中宁人的"独门绝技",吃蒿子面也已成为卫宁地区独特的饮食风俗。尽管依然"委身民间",但在中卫、中宁地区仍会"现身大雅之堂",早已超越了"普通面食"的心理地位。蒿子面面临"压面机取代手工制作,绞肉机解放切臊子劳动,化学物质替代蒿面子,蒿子面形似而味差"的现状,严格"按照传统工序、细究配料技术、纯粹手工擀制"与"传承食疗价值、丰富民俗食谱、提高经济和社会效益"显得愈加重要。

可见，宣传弘扬蒿子面的历史和文化价值已迫在眉睫，挖掘传承蒿子面的制作技术已刻不容缓，保护蒿子面传统饮食习俗、开发蒿子面文化富民产业已成为摆在眼前的一道命题。

蒿子面产业培植的可行性

为弘扬杞乡传统饮食文化，振兴蒿子面制作地方品牌，培植中卫非遗文化产业，打造"中国蒿子面之乡"，笔者就发展蒿子面文化产业的可行性进行了深入思考：

一、历史地位与文化内涵

蒿子面是宁夏卫宁平原已经流传了近400年的一种民间特色传统风味面食。中宁蒿子面制作技艺独特，用料讲究，工序复杂，具有健胃、清热等保健功效，并蕴含着"寄托情思""祈福安康"等文化内涵。蒿子面不但做法讲究，在吃法上也有颇多讲究。

二、发展前景与市场规划

1. 成立食品公司。注册成立食品有限公司，选址兴办厂房，营造生产环境，吸纳妇女劳力，延伸民间饮食经济链条，破解地方产业制约瓶颈，走出一条"依靠独特非物质文化遗产资源培育特色文化产业"的富民新路。

2. 设立专业合作社。选择蒿子面制作基础扎实、技艺精湛的地区，集中联合蒿子面制作传承（艺）人，鼓励牵头设立蒿子面专业合作社，带领妇女用"巧手土技能"创业兴业，以此夯实一乡一牌与一村一品。

3. 建立传承基地。依照自治区、市、县非物质文化遗产保护中心等区域文化保护机构的指导，积极填报自治区级非物质文化遗产传承点（保护基地）任务书，争取宁夏非物质文化遗产保护中心批复挂牌，早日发挥基地的龙头带动作用。同时，联系劳动就业部门举办蒿子面制作技术培训班，联系职业技术培训中心设立蒿子面制作技术实习（培训）基地，联系妇联带动妇女学习蒿子面制作，真正将蒿子面产业打造成"妇女产业"。

4. 规范生产流程。设立鲜面生产部，聘用蒿子面制作技术传承艺人，研发原辅料技术配方，制定技术标准规程。联系农科院所做蒿子面成分分析和保质、保鲜、制干、冷藏、贮运等实验，设计品牌产品包装，严格出口质量把关。同时，着手研究"蒿子面风味臊子""蒿子面调制酸汤""油炸蒿子面食品"等鲜、熟系列产品。

5. 拓宽市场营销。设立市场营销部，聘用蒿子面市场销售能手，发展群众固定消费群，拓展城乡消费市场，统一配送，力争入驻超市，早日实施农超对接，加快市场化进程；同时，设计蒿子店面形象包装，建立直销点，开发手工艺品，参与民俗节庆展会，投身农家乐经营，实现与旅游业的结合。

6. 突破保鲜瓶颈。设立产品研发部，聘用高校或科研院所研发力量，建立"蒿子面辅料配比与臊子料配制"课题组，以科技手段延长手工面的保鲜保质期，达到臊子的科学营养配比，实现无障碍包装运输上市。

7. 选育种植产地。设立原料供应部，聘用民间种植采摘能手，选育优质野生蒿籽种子尝试进行田野播种或在原产地（山区荒滩坡地）进行规模种植，并实施优质原产地绿色保护认证，确保蒿籽口味的清鲜纯正，保证蒿籽的市场供应和自身的生产所需。

8. 培植文化产业。借助文化产业和中小微企业政策扶持，建立"公司+基地+传承艺人+订单"的产业化经营模式，形成"小农户大基地、小规模大群体"的生产关系与"小产业大文化"市场效应。

9. 创办专题博物馆。利用文献和田野材料，鼓励民间创办蒿子面专题博物馆，客观录制和保存蒿子面及其传承地的遗产状况，陈列和演示蒿子面制作技术发展演变的过程，邀请非遗传承人传授技艺，鼓励遗产持有者捐赠与蒿子面相关的民俗生活器件，扩大收藏和保护的范围，将焦点投向民族民间文化群体和资源。

10. 建立文化产业园。依托食品公司的基地辐射效应，结合旅游开发、黄河金岸农家乐等商业文化体，吸引演艺、饮食、工艺等文化企业注资入园，鼓励文化能人回乡在家创业，并统一为企业提供市场信息中介、产品营销对接、发布市场动态等服务，辐射带动传承艺人改变传统种植观念，解除中小微企业及个体工商户发展文化产业的后顾之忧，形成园区产业市场的整体竞争力，建成全区乃至全国知名的"文化市场高地"。

三、生产环节与形象包装

蒿子面利用小麦粉或荞麦粉掺加磨碎的野生蒿草果实——蒿子粉加碱水和面，面团经手工揉匀擀成圆形，再用力推开擀制成大张，晾干后，切成面张薄透、形状细长、色泽黄亮的面条。

1. 生产环节

一是和、擀、切面。将定量面粉、蒿面子、碱水、精盐科学配比，并利用和面机充分搅拌，再由专人揉匀，进行擀制。

二是烘干、包装、标识。将擀制的鲜面精心叠、折，经设备烘干，按质量分类包装、封口，并打印生产时间和保质期。

三是验货、配送、登记。将检验后的合格产品登记入库，统一配发、供应市场，并做好出入销售台账的登记。

2. 形象包装

（1）商标使用。注册中宁蒿子面商标，逐步提升市场对中宁蒿子面的认知度。

（2）产品包装。包装盒（袋）颜色主体以橘黄色为主，配以绿色（植物色）、红色（枸杞色）等衬托点缀，营构黄土地、绿蒿子草、红枸杞等交织的意象，衬以明长城烽火台、胜金雄关、黄羊湾岩画、双龙石窟等地方物象及黄河古渡、黄羊钱鞭、滨河新韵等八大景观，喻意中宁大地恩赐的人杰地灵、物产丰盈。

（3）文字标识。包装盒面显示蒿子面历史典故、营养功效、食用方法及保质日期等食用信息。突出宁夏回族自治区级首批命名非物质文化遗产项目、自治区非物质文化遗产传承基地生产、宁夏及中宁非物质文化遗产保护中心监制、赴毛里求斯参加第八届唐人街美食文化艺术节展品等量身标签。

（4）厂房选择。厂址选择交通优越、水电便捷宽敞地段，生产车间整洁清新、冬暖夏凉，同时悬挂宁夏回族自治区非物质文化遗产——中宁蒿子面传承基地授牌。应有明显的厂名及各功能室标志，应定制统一的生产器具与工人工作服，尽最大努力为员工、参观者提供好的工作、生活及参观环境。

蒿子面制作是中卫、中宁人的"独家口味"，吃蒿子面早已成为宁夏人的饮食风俗，其蕴含的文化内涵与象征寓意符合群众求美的共性心理。长期以来，广大传承（艺）人坚持遵循"传统风味、秘制配方、手工擀制"的原则，恪守"弘扬饮食文化、传承食疗价值、丰富民俗食谱、提升文化效益"的主旨。但事实上，蒿子面却至今"委身民间"，难登"大雅之堂"，这与蒿子面的历史现实地位无法相称。

可见，利用蒿子面资源扶植开发蒿子面市场，培植发展蒿子面文化产业，具备可行性且势在必然。

民族民间艺术助力脱贫攻坚

——以宁夏中卫市发展优秀传统工艺做法为例

作为宁夏黄河文化的首站与枸杞文化的源头,中卫拥有大批能工巧匠和文化经典,境内文化遗存与非物质遗产分布众多,大量文化记录、文化场所、文化实物、文化活动、文化习俗散落民间。其中,尤以剪纸、刺绣、泥塑、沙画、石画、烙画、农民画、古建彩画、水印木刻、西夏瓷复制、手工地毯制作等传统工艺美术发展最具特色。

作为宁夏脱贫攻坚的核心区与主战场,中卫以"乡村振兴"战略为契机,大力开展"脱贫富民"行动,实施以特色种植业为主的"有土"扶贫和以文化旅游带动为主的"离土"扶贫等多轮驱动方略。其中,中卫市大麦地文化产业园(宁夏文化产业示范基地)、沙坡头水镇、海原县非物质文化遗产孵化创业基地等为代表的民俗文化传承基地颇具社会效益。

中卫虽是文化富集、艺术繁盛、民俗淳朴、旅游兴旺之地,但与"弘扬工匠精神,传承传统技艺,助推全域旅游,助力脱贫攻坚"的时代要求仍相距甚远,亟待在优秀传统文化与民间艺术的土壤中寻求民族艺术的精神力量,发挥传统工艺的先天优势,显现全域旅游城市的资源禀赋,突出"中国民间文化艺术之乡"（2008年 海原县）、"中国枸杞文化之乡"（2013年 中宁县）在脱贫攻坚路上的信心与动力。

一、优秀传统工艺助力脱贫攻坚的现实背景

我市是一座历史文化古城，岁月沉淀了深厚的文化底蕴，形成了独具文化内涵、门类齐全、技艺精湛、特色鲜明的传统工艺美术行业：一是民间美术类剪纸、刺绣、泥塑、雕刻（木雕、石雕、砖雕、浮雕等）、古建彩画、水印木刻、石膏浮雕立体画、烙画、手工地毯等代表性项目较为突出；沙画、西夏瓷复制技艺等文化旅游创意项目发展迅速。二是民间工艺涌现出侯思荣、陈进德、周国霞、伏兆苗、王学义、董福宁等一批代表性传承人，魏海明、段伟等手工产业经营管理人才，民族手工艺有限公司、千珍绣民族手工艺有限公司、滩羊地毯有限公司、微元素文化传媒公司、万绣庄刺绣剪纸专业合作社等文化经营实体，刺绣等产业项目被誉为"绣娘经济"。三是民族民间艺术开拓出富民新渠道，市沙坡头区艺轩古建公司建立保护基地，招收当地28名农民学习彩绘技艺；烙画艺人费磊利用文化产业园工作室招收残疾贫困学员集中免费授艺；海原县与苏绣研究所结对帮扶建立回绣基地和非遗孵化产业创业基地，联姻上海、苏州等地知名公司，探索"公司+合作社+专业户"的发展路子。

二、优秀传统工艺助力脱贫攻坚的现存问题

（一）"四多四少"

1. 分散多，集聚少。全市传统工艺美术行业点多、面广、战线长，90%以上是传承（艺）人兴趣爱好，仅有部分市级以上代表性传承人成立合作社、工作室或加工坊，开展"进景区""进校园"等常态传习活动，大多无法实现"以艺养家"的目的，缺乏行业的影响力和带动力，形不成具有竞争力的"拳头"品牌。

2. 初级产品多，高精产品少。全市传统工艺美术产品中，多数是以纸、布、毛纺、油漆、陶瓷、木器等为主导的初级产品，占据了工艺美术品较大的比例，而有创意、有内涵、有人性、有温度、互融性强的精品相对很少，那些将传统文化与现代审美、需求、技术相结合，突出创新理念和地域特色，更为生活化的手工艺品乃至旅游创意纪念品少之又少。

3. 产品雷同多，自主研发少。全市文化旅游市场的传统工艺产品清一色、同质化现象较为严重，绝大多数是成型技术或引进的产品，缺乏专利自主知识产权，也没有全部实现产业化，技术创新步伐缓慢，制约着民间工艺美术产业化和产品竞争力的提高。

4. 小项目多，大项目少。全市传统工艺美术产品和项目星罗棋布，遍地开花，但多是孤军奋战，单打独斗。一直以来与地方工业、农业、旅游业乃至更宽领域互融性较差，形不成产业链群体，更形不成跨界联合，已成制约民间工艺美术行业发展的一个重要原因。

（二）"一短一难一逝一失"

一是产业链条短。全市传统工艺美术产品虽然基础雄厚，但产品相对单一，形不成多元化的文化创意链，无论是传统产品，还是创新产品，产业分工基本处于价值链末端，产品附加值小,产业链条短,综合竞争力弱是行业发展后劲不足的重要原因。

二是开发产品融资难。全市传统工艺美术企业都是小微企业,较有代表性的企业有市大麦地文化产业园、沙坡头水镇、沙坡头新镇、沙坡头娱岛、微元素文化等,但民俗文化基地定位与打造、生产性流动资金短缺与项目建设资金不足等问题较为明显,"只有投入,难见效益""手里有货,等米下锅"等现实境遇成为困扰民间工艺美术业生存发展的一大难题。

三是人才技艺流逝严重。全市传统工艺美术师仅有自治区级3名(截至2019年底),缺乏大师级的行业人才,现有工艺人才没有好的创意(工作室)环境,没有好的待遇和政策,工艺美术留不住人才,还有不少能工巧匠散落在民间。由于这些原因,有些工艺已经消亡,急需恢复;有些工艺濒临灭绝,有断代失传危险,急需抢救;有些工艺后继无人,急需传承。

四是文化消费缺失。全市文化市场处在"优胜劣汰"的阵痛期,文化消费普遍不高,年轻群体普遍不爱好传统工艺美术文化,代表性原创作品市场认知度、认可度远远不够,"墙里开花墙外红"时有发生,成为值得深思的现象。

三、优秀传统工艺助力脱贫攻坚的经验做法

(一)挖掘资源,突出特色

深入挖掘特色文化资源,扶持建立非遗传承基地,支持开展特色非遗文化富民产业,鼓励文化能人和民间艺人带动农民赚"文化钱",促进贫困群众学习传统手艺制作"富口袋",逐步把民间文化资源转化为经济资源。例如,中卫市注重将传

统手艺同开展脱贫攻坚工作相结合，持续挖掘剪纸、刺绣等地方民间传统文化，努力将传统民间手艺同时代发展相结合，在保护民间传统手艺传承与发展的基础上，增强传统民间手工艺品的市场竞争力，努力实现传统手工艺的产业化发展。

（二）选树项目，培育产业

精准选定帮扶渠道与示范点或示范项目，定期开展文艺采风、下乡慰问演出等活动，加大送志气、送信心、送知识、送技术、送服务的力度，用文化艺术激发贫困群众脱贫攻坚的内生动力，让贫困群众在思想上实现从"要我脱贫"到"我要脱贫"的转变。例如，中卫社会力量（含民营企业）建立沙坡头娱岛、非遗（刺绣）展示馆等阵地，让更多的群众知晓并参与其中，为传统手工艺发展注入了新活力，更推动了扶贫工作的开展。中卫还开展了"文化名人"与"中卫名匠"的评选活动，并提出向民间传统工艺创作人才与经营管理人才等予以倾斜的办法。

（三）推进交流，扩大影响

积极开展对外交流合作，探索形成非遗保护的"中卫经验"，促使非物质文化遗产成为讲述中卫故事、促进相互认同的"文化使者"，切实帮助传统工艺企业和从业者树立自信，自觉提高作（产）品品质，力争解决工艺难题，真心培育民间品牌。例如，中卫市组织主办全区"文化和自然遗产日"非物质文化遗产展演、剪纸创意大赛、"杞乡绣娘"刺绣大赛；选派民间舞狮、蒿子面传承人赴贝宁、毛里求斯共和国参加巡演，泥塑等项目传承人参加 2016 年中国文化馆年会、

2018年第14~15届深圳文博会展示,剪纸传承人到南京旅游职业学院参加传统工艺与旅游纪念品设计培训,雕刻等传承艺人到宁夏艺术职业学院参加贺兰砚制作技艺;推荐剪纸传承人赴上海参加中国传统工艺剪纸大赛获"剪纸达人"奖,中宁县枸杞传统栽植技术传承人参加中国非物质文化遗产博览会,海原县代表性非遗项目和部分自治区级以上项目传人参加"江南百工"——首届长三角非物质文化遗产博览会,带领地毯制作技艺传承人参加第二届西北非遗博览会和第七届中国(北京)国际文化创意产业博览会,受到出访地和主办方的一致认可。不仅参与了国家的对外文化交流品牌活动,而且让中卫的非遗项目实现了交流争得了荣誉。

可以说,我市民间工艺发展正处在起步阶段,存在一些突出的问题,诸如企业大的不大,强的不多,创意设计人才缺少,形不成优势品牌及完整产业链条等。只要正确处理好社会经济发展与文化遗产保护的关系,坚持创造性转化、创新性发展与服务当今时代,不断赋予优秀传统文化新的时代内涵和现代表达形式,真正做到在保护中发展、在发展中保护,让群众通过文化遗产承载的历史信息,记得起历史沧桑,看得见岁月流痕,留得住文化根脉。

四、优秀传统工艺助力脱贫攻坚的意见建议

(一)抓住传统工艺发展良好的政策机遇,营造加快传统工美行业发展的客观环境

依据中办、国办印发《关于实施中华优秀传统文化传承发展工程的意见》、文化部等印发《中国传统工艺振兴计划》

《轻工业发展规划（2016—2020年）》以及李克强总理在2017年3月5日《政府工作报告》中指出，要大力弘扬工匠精神，厚植工匠文化，恪尽职业操守，崇尚精益求精，培育工匠精神，主推手工地毯、刺绣剪纸、沙画石画等鲜明风格的传统项目，借非遗产业良性发展助力贫困地区脱贫。

（二）有效发挥非物质文化遗产保护与民间协会的协调引领作用，全面振兴传统工美行业持续健康发展

一是明确传统工艺美术行业的发展方向，赋予其相应的时代元素和责任使命，统筹规划，有效推进。

二是将传统工美行业发展与脱贫攻坚规划纳入地方经济社会发展大局，制定具体鼓励传统工美行业发展的地方性政策、法规，从资金、项目、技术、税收、人才等多方面多角度为民间工美行业健康发展提供有力保障。

三是开辟专门的传统工美产品技艺展示平台，促进其由普通产品到商品再到艺术（工艺）品的转换，促使其既具生活实用性又兼有艺术审美性。

（三）着眼传统工美行业自身，着力在创新发展，提升内涵，提高品质，增加效益上下功夫

一是传承与创新共进。传统工艺美术的保护和发展相辅相成，发展就要解决好传承与创新的关系，要支持民间工美行业与中卫市制造业、消费品工业、文化体育业、旅游业、建筑业和特色农业等产业融合发展，不能让传承束缚创新的手脚，同时也不能鼓励毁掉传承的创新。

二是物质与非物质共荣。传统工艺美术的表现有制作技艺

展示场所与实物呈现两种形式，既要保护遗迹饰物也要传承工匠技法，最关键是要"增品种，提品质，创品牌"。评价产品的好坏，不是以机械化生产程度的高低来评判，而是要看产品的设计、产品的创意、产品的文化内涵，看产品的人性、产品的温度，看产品活着的灵魂，这些都有了，产品才能有"品质"，有市场，有效益，有持续发展的物质保障，才能使我市民间工艺美术产业不断壮大。

三是集中与分散共赢。传统工艺美术行业比较分散，但各县（区）有自身文化创意产品的特点，各个区域也有自己的优势产品。要统合全市文化旅游工作规划与思路，统揽市、县（区）文化事业和文化产业发展，充分展示市沙坡头区丝路边陲的文化广度、中宁县枸杞之乡的文化深度、海原县民间文化艺术之乡的文化厚度，力争凸显好全市民间工艺美术的共性与个性。中卫市非遗在宁夏乃至国内占有一定的"分量"，要打好"花儿杞乡·沙漠水城"品牌：1. 以沙坡头新镇为龙头，以《沙坡头盛典》剧目为契机，大力宣传弘扬民俗艺术，把看点、唱点、卖点、吃点等集于一身，努力做到物质与非物质文化产业的共同呈现；2. 以沙坡头水镇、宁夏大麦地文化产业园为依托，建立非遗传承基地，扶持发展特色非遗文化富民产业，鼓励文化能人、民间艺人带动农民学习传统手工艺制作赚上"文化钱"，逐步把民间文化资源转化为经济资源；3. 以非遗孵化产业创业基地为基础，深入实施东西部扶贫协作，支持建立海原县苏绣研究所结对帮扶海原回绣基地，联姻上海、苏州等地知名公司，探索"公司+合作社+专业户"的发展路子，培训建档立卡贫困户实现足不出户就能创收。

四是品牌与品质共享。传统工艺美术行业要尽快出台《振兴中卫传统民间工艺产业发展的相关意见》，文化等主管部门应建立传统民间工艺保护基金"每年从各级文化事业费预算科目"和"工业发展资金"及其他渠道安排专项资金充实传统工美行业。同时，加大对传统工美企业的扶持力度，加大招商引资力度，促使传统工艺美术企业做强做大，积极推动品牌战略，放大名牌效应，实现快速增长，力求成为全区的一个文化闪亮点，城市的一张新名片，发展的一个高引擎。实施传统工艺美术品牌战略应以挖掘中卫文化内涵为基础，以提升产品附加值和增强市场竞争力为核心，打造一批具有影响力的"中卫文化新标识"，带动传统手工行业的整体发展。

五是传承与保护同步。传统工艺美术行业正面临千载难逢的发展机遇，要进一步与中卫文化战略、供给侧结构性改革战略有机结合，积极对接政府、服务行业、面向市场，铺设多元平台，借非遗产业成功签约助力贫困地区脱贫，为中卫文化旅游业的强势融合与跨越发展注入新的生机和活力。

党的十九大召开后，民族地区要聚力聚焦脱贫攻坚的新目标、新任务，持续加大文化脱贫工作力度，精准对接贫困地区群众文化需求，健全完善文化脱贫政策体系，不断筑牢文化小康供给基础，持续开辟增收富民新渠道，精准配备文化骨干，有效增强文化小康人才支撑，不断提升文化惠民的水平和质量，让贫困群众的脑袋和口袋都"富"起来。

中卫虽拥有厚重的人文历史和丰富的自然景观资源，传统民间工艺曾创造了不朽的辉煌。但客观清醒地审视现状,中卫文化资源带来文化产业集群发展存在的问题刻不容缓,公益性文化事业与经营性文化产业齐抓面临的困难会长期存在。

只有加快构建覆盖城乡的基本公共文化服务体系,全面提升文化事业软实力,将文化产业发展与群众脱贫致富紧密结合,引导贫困群众发展具有地域、民族优势的特色文化产业,适应市场革新工艺的需求,凸显传统工艺等民族民间艺术在脱贫攻坚中的作用,以文化产业引领"文化中卫"崛起,才能确保如期完成脱贫攻坚目标任务,才能真正合力消除文化贫困"死角"。

第五辑
文化工作反思

文化反思是以工作实践为基础,进而上升至审美后形成的心理震撼。

改革开放以来中卫文化工作的发展

文化是城市的精神和灵魂,是城市发展的内动力和软实力,是地区综合实力的重要构成和内在显现,更是社会发展与民生幸福的关键指标。中卫正是这样一方充满精、气、神的文化热土。

一、发展历程

改革开放后,中卫开启了文艺事业欣欣向荣的新局面,也经历了"文化下海"的尴尬时期。21世纪以来,中卫文化迈入了繁荣发展的"黄金时期",形成了文艺创作硕果累累与文艺活动异彩纷呈的生动氛围。

当然,这是一个"矫枉过正"的过程,在贯彻落实科学发展观、建设和谐社会的今天,文化早已被公认为是与政治、经济、社会并列的"四位一体"发展的重要组成。

(一)百废待兴恢复重整阶段(1978.12—1982.08)

1978年12月,十一届三中全会的召开,实现了我国工作重点由"以阶级斗争为纲"向"以经济建设为中心"的历史转变,文化事业随之开始"解冻"。改革初期,在经历"文革"的极大破坏后,文化体制改革呼之欲出。

1979年10月，邓小平同志代表党中央在中国文学艺术工作者第四次代表大会上发言，提出新时期我国文学艺术事业发展的指导方针，为划清政治问题与文艺问题的界限提供了体制改革的方向和保障。

1980年2月，全国文化局长会议提出"坚决地有步骤地改革文化事业体制，改革经营管理制度"的要求。随着国门的打开，新文化、新知识、新思想不断冲击国人的视听，一些"传统"的文化禁锢开始被打破，个体主义和理想主义开始觉醒，精神需求开始释放，中卫人民的思想意识和精神追求面临解冻与复苏，中卫文化逐步脱离"文艺为政治服务"的时代禁锢，开始进入百家争鸣、百花齐放的蓬勃时期。在此过程中，不同的价值观念、价值体系相互交织、相互碰撞，传统的集体主义、国家意识和价值观念开始松动，"个人""自我""自由""尊严"等价值诉求开始兴起，文化开始"为经济建设和市场经济发展服务"，群众日益增长的物质文化的需求同落后的社会生产之间的矛盾逐步凸显，这为20世纪90年代以个体理性为基础的市场经济的兴起奠定了价值基础。

公共文化方面：1978年，中宁县文化馆馆舍扩建砖木结构平房540平方米。同年底，文化馆馆藏图书达到10000多册，图书借阅工作从文化馆分离，正式成立中宁县图书馆。1979年，中卫县15个乡镇先后建立文化站或文化中心。1981年，中卫县宣传文化工作会议强调加强农村文化的重要性。同年，全区民歌（花儿）第一次文艺会演在吴忠举行，中宁县组织12人的代表队参加，回族歌手马俊德、周麻乃，汉族歌手马文秀、贾永宁、宋福、尤金霞（女）、孙志春（女）获"歌手奖"，中宁演出队获先进单位。另外，中宁县开办"青少年之家"，利用政府旧大礼堂开展阵地活动。其中，青少年航模学习班举办3期，并于1983年、1984年两次参加全区航模竞赛，获精神文明队与团体第二名。1981年4月，中卫县创办业余艺校，开设舞蹈、戏剧两个专业班，招收学员20名，学制两年。1982年，第二次全区民歌（花儿）文艺会演在固原举行，中宁县组织20人的代表队参加，《塞上湖》获三等奖，歌手张萍（女）、张桂珍（女）、刘国宁三人获优秀演员奖。文化遗产方面：1980年，中卫县文物管理所成立。1978年至1984年，自治区财政投资36万元，对高庙保安寺进行了全面维修。

（二）迎来春天全面改革阶段（1982.09—1992.10）

1982年9月，党的十二大顺利召开，开启了文化界的思想解放运动，直到20世纪90年代出现"文化发展战略热"。文化领域逐渐从与政治领域"合一"的状况走向相对独立，公共文化政策在新的历史条件下迎来"文化艺术的春天"，其直接标志表现为一些文化发展规划的制定和出台。随着邓小平南方谈话的发表以及市场经济体制建设目标的明确，思想理论界的困惑逐渐"冰释"，文化体制改革的探索悄然发生了转向。1983年，国务院《政府工作报告》提出，文艺体制需要有领导、有步骤地进行改革。1992年，党的十四大召开标志着我国改革开放和现代化建设进入新阶段。"坚持走改革开放之路，积极推进文化事业改革"成为文化发展的基本方针。

公共文化方面：按照宁夏"固原会议""工作有进展，但不是一帆风顺，前途有困难，但不是山穷水尽"的认识，基层公共文化单位着力优化服务，扭转了"关门"的被动局面。1983年，中宁县创办群众文化刊物《鸣雁》，后因中央整顿地方刊物有关精神而停刊。1984年，中宁县在县城宁安北街口建成文化馆（馆舍1898m^2，内设展厅、舞厅、放映厅、游艺室、画室、教室、摄影暗房、资料室等）、图书馆两栋大楼，成为与县大十字商场并处的城市地标。海原县文化馆也搬入到新馆舍。同年，中宁县主办大型展览"中宁在前进"，接待观众达5万多人次；创作歌舞《我的红枸杞》（张月娥）在全区少儿歌舞会演中获"优秀节目奖"，后又获全国三等奖。摄影作品《红宝》（高士龙）被新华社征用，并在《中日季刊》上发表。1985年，中宁县书法作品小楷《无题》（李保全）与摄影作品《高原渡槽》（高学祥）分获全区第四次文学艺术作品优秀奖。1984年至1988年，国家重点艺术科研项目——音乐、舞蹈集成和戏曲志等6个项目铺开，三县对民间文化遗产进行搜集、整理、抢救工作，共完成报送《中国民间舞蹈集成》《中国民族民间歌曲集成》等。1988年，庆祝宁夏回族自治区成立30周年中央慰问团来卫演出。1991年，中卫县组织"党在我身边"革命歌曲演唱会，有27个党组织、1200名党员干部组队参加。同年，组建"小燕子少儿艺术团"，组织第二届中卫县"青年歌手和交谊舞有奖大赛"。文化遗产方面：按照自治区文物局转发文化部《关于贯彻国务院〈关于打击盗掘和走私文物活动的通告〉的通知》精神

（宁文物字〔1987〕第134号），中卫县文物普查有60多处古遗址、10余处墓葬群被发现。同年，征集各类历史文物500余件；1987年，中卫县在原西台乡狼窝子坑挖掘春秋战国墓葬，出土文物500余件，文物主管单位全部予以回收。同年，中卫县博物馆成立，并在位于红太阳广场西北角的博物馆展厅举办了中卫历史文物展览。1992年展厅关闭。1984年，中宁文物管理工作从文化馆分出，正式成立县文物管理所。1991年，中卫县对北山岩画进行系统调查，新发现四个岩画区，新增文物159件，突破馆藏文物1000件、古铜币100种的"双一"大关。同年，重新彩绘了鼓楼。文化体制改革方面：按照文化部、财政部《关于颁发〈文化事业单位开展有偿服务和经营活动的暂行办法〉的通知》（文计字〔1987〕94号）精神，中卫县着手制定文化改革方案，县委决定撤销中卫县秦腔剧团，职工分别采取退休、解聘、定向安排等分流措施；县文化科印发《关于成立"广告装潢服务部"和"彩色摄影服务部"的批复》（卫文发〔1988〕17号）和《关于成立"中卫县城镇文化娱乐中心"的请示报告的批复》（卫文发〔1988〕20号），开展县文化馆小剧场改造装修"以文补文"实体创办与多种经营工作。文化交流方面：1988年，中卫邀请外来艺术团体22个，接待大型魔术杂技马戏团1个、民间戏班6个、皮影队7个。同年，舞蹈《燎街》、二重唱《河水哗哗上山台》入选并赴兰州参加全国艺术节西北区观摩演出；1989年，中卫县职业画家黄若愚在银川举办"黄若愚花鸟画展览"；1992年，国际岩画研讨会在银川召开，中卫北山岩画区被列为参观考察分会场。文化事业改革方面：1988年，自治区文化厅印发《北京人文函授大学招收群众文化管理系88级新生简章》，首次开通文化系统群文管理专业"低门槛招生"；1990年，中卫、中宁两县陆续开创广场文化演出活动。出版业方面：1992年，《中卫岩画》一书出版。

（三）理性回归结构调整阶段（1992.11—2002.11）

1996年，党的十四届六中全会通过《中共中央关于加强社会主义精神文明建设若干重要问题的决议》，提出"改革文化体制是文化事业繁荣和发展的根本出路"，改革要"遵循文化发展的内在规律，发挥市场机制的积极作用"，"改革要区别情况、分类指导，理顺国家、单位、个人之间的关系，逐步形成国家保证重点、鼓励社会兴办的发展格局"。市场机制在文化体制改革中的作用开始被重视。1997年9月，中共十五大召开，江泽民在十五大报告中指出，有中国特色社会主义的文化，就其主要内容来说，同改革开放以来我们一贯倡导的社会主义精神文明是一致的。文化相对于经济、政治而言，精神文明相对于物质文明而言，建设有中国特色社会主义的文化，就是以马克思主义为主导，以培育有理想、有道德、有文化、有纪律的公民为目标，发展面向现代化、面向世界、面向未来的、民族的科学的大众的社会主义文化，就是要坚持用邓小平理论武装全党，教育全民；努力提高全民族的思想道德素质和教育科学文化水平；坚持为人民服务、为社会主义服务的方向和百花齐放、百家争鸣的方针，重在建设，繁荣学术和文艺。建立立足于中国现实、继承历史优秀文化传统、吸取外国文化有益成果的社会主义精神文明。报告延续了《中共中央关于社会主义精神文明建设指导方针的决议》,拿出大量篇幅专门论述文化建设,为当代中国文化政策的转型与重构做了"定调"——既要开放改革,又要坚持主流意识形态;既要继承和发扬优秀民族文化传统,又要吸纳外国优秀文化,走中国式的文化现代化之路。无疑,《决议》为社会主义市场经济条件下的文化发展道路确立了基本原则,也从中央政府的层面认可、确定了文化领域独立发展的重要意义。20世纪90年代后期,文化发展战略热和新一轮的文化建设高潮先后在全国兴起,几乎每个省市都在制定自己的文化发展战略,有识之士纷纷指出要尽快展开国家文化战略的研究,首次提出"文化产业"这一概念,反映出中国在不断融入世界经济发展潮流的过程中对文化发展规律的认知更加深入。2000年10月,党的十五届五中全会通过的《中共中央关于制定国民经济和社会发展第十个五年计划的建议》,第一次在中央正式文件里提出"文化产业",要求完善文化产业政策,加强文化市场建设和管理,推动有关文化产业发展。2001年12月,中国正式加入世界贸易组织,在其框架下文化体制的改革提出了新的要求:一是对民营资本开放;二是对国有经营性文化事业单位实行转企改制,组建出版、发行等各类文化集团;三是加强法治建设,制定、修订和颁发一批法律法规和部门规章,如《中华人民共和国著作权法》等。这个时期,在政府与市场、权力与资本的双重夹击下,启蒙主义、理想主义戛然而止,功利的世俗理性与工具主义开始占据主导,"雷锋精神"受到来自方方方面面的质疑和挑战,从国家、单位中分离出来的个体,开始将自己与社会、群体的关系理解为交换乃至索取关系,而不再是单纯的奉献关系;一切向钱看的思潮开始兴起,为了金钱利益,什么诚信、什么礼义都可以不讲;社会心理压力上升,对社会不公不正的不满情绪越来越强,消极言行和极端行为开始增多,未从根本上处理好个体逐利与感恩奉献之间的边界及其辩证关系。2002年11月,党的十六大江泽民做题为《全面建设小康社会,开创中国特色社会主义事业新局面》的报告指出,"要积极发展文化事业和文化产业""国家支持和保障文化公益事业,并鼓励它们增强自身的发展活力""完善文化产业政策,支持文化产业发展,增强我国文化产业的整体实力和竞争力",首次将文化分成文化事业和文化产业,强调要积极发展文化事业和文化产业。随着党的十六大高度评价文化的战略意义,全国文化体制改革在国内全面铺开,各省(自治区、市)的文化发展战略各显特色。宁夏提"建设文化强省""小省区建大文化",中卫、中宁、海原相继提出"文化强县"战略定位,实在蔚为壮观。此后,文化产业热迅速升温,宁夏各地市纷纷制定文化产业发展规划,各种有关文化产业的文章、书刊如雨后春笋般出现,文化产业被提升到国家战略的高度,中卫的文化建设开始了文化事业与文化产业并进的新格局。

这一时期,宁夏文化事业在改革中迅速发展,实力不断增强,焕发出蓬勃活力。20世纪末,覆盖中卫县与中宁县(隶属银南地区,今吴忠市)、海原县(隶属固原地区,今固原市)的城乡公共文化体系初步形成,但公共文化领域未能准确把握政府与市场的关系，一度将公共文化推向市场实行"以文养文"，一度又将公共文化领域视为市场力量的禁区，致使文化事业独立于市场经济体制。直到 21 世纪之初，中卫地区的文化工作才正式步入常态发展轨道。

公共文化方面：继续把"以文养文"作为一项重点工作，巩固文化领域原有经营项目，狠抓文化系统经营意识，开拓新的经营服务项目，仅中卫县 1996 年"补文"毛收入就达 6.4 万元；提出"5151"阵地建设方案，夯实乡镇文化站、村文化室、家庭文化室等"抓点带面"工作；中卫县举办县啤酒厂赞助的首届卡拉 OK 大奖赛（1992 年），取得"文化搭台，经济唱戏，经文结合，共同受益"的好效果。

文化遗产方面：抢救保护中宝铁路施工发掘汉墓 5 座；及时上报新发现中卫县长流水和张家山被毁文物；勘察发现红泉乡小柳树、碾子沟古村落及堡子峁遗址，中卫文物再添新内容。

文化产业方面：按照自治区政府《关于文化市场管理的暂行规定》精神，1993—1994 年成立了县级文化市场管委会，成立了县文化市场稽查队，明确了"五证齐全方准经营"的规定。至 1998 年 12 月，《宁夏回族自治区文化市场管理条例》公布。

文化交流方面：1992 年，选送部分中卫岩画实物及拓片随同赴日本、意大利等国家和香港地区参展；同年，联合国教科文组织专家一行 20 多人来中卫考察岩画。

出版业方面：1997 年，中卫县创办群众文化刊物《中卫文苑》；出版《塞上明珠——中卫》（续集）一书，出版长篇报告文学《沙坡头世界奇迹》等。

（四）重焕生机整合创新阶段（2002.12—2012.11）

党的十六届三中全会通过的《完善社会主义市场经济体制若干问题的决定》指出，文化体制改革要求按照社会主义精神文明建设的特点和规律，适应社会主义市场经济发展的要求，逐步建立"党委领导、政府管理、行业自律、企事业单位依法运营"的文化管理体制，并分别明确了文化事业和文化产业的改革方向和目标。

2004年，党的十六届四中全会通过的《中共中央关于加强党的执政能力建设的决定》提出"深化文化体制改革，解放和发展文化生产力"这一重要命题。2007年，党的十七大把文化建设确立为"四位一体"总体布局的重要内容。2008年，文化部、国家文物局联合下发《关于贯彻落实〈国务院关于进一步促进宁夏经济社会发展的若干意见〉精神支持宁夏文化建设的实施意见的通知》；同年，自治区党委、政府出台《关于推动文化大发展大繁荣的意见》。次年，自治区政府出台《关于加快文化产业发展的若干政策意见》。2009年，中国第一部文化产业专业规划《文化产业振兴计划》由国务院常务会议审议通过，文化产业被上升到国家战略性产业。2011年，党的十七届六中全会审议通过了《中共中央关于深化文化体制改革推动社会主义文化大发展大繁荣若干重大问题的决定》。同年，自治区党委十届十四次全体（扩大）会议通过了《自治区党委贯彻落实〈中共中央关于深化文化体制改革推动社会主义文化大发展大繁荣若干重大问题的决定〉的实施意见》和《关于做强做大文化旅游产业的决定》，对全区文化建设做出了新的部署。这一时期，各地文化法制建设得到加强，《宁夏回族自治区非物质文化遗产保护条例》《宁夏回族自治区实施〈中华人民共和国文物保护法〉办法》《宁夏回族自治区岩画保护条例》3部文化领域的地方性法规公布施行。同年4月，文化部颁布了《关于促进文化产品和服务"走出去"2011—2015年总体规划》，明确了一条基本原则，即"坚持政府为引导、企业为主体、市场运作为主要方式"，在文化产业、文化市场的建设上政府更多是起导向作用，文化在民间、在基层。10月，党的十七届六中全会通过了《中共中央关于深化文化体制改革推动社会主义文化大发展大繁荣若干重大问题的决定》，为文化体制改革提供了一个总纲。《决定》分析了中国文化发展中面临的突出矛盾和问题，提出加快重构社会共同价值观等。党的十八大科学把握文化发展趋势和我国的文化发展定位，做出了深化文化改革的重大决策，这对于推进社会主义文化强国建设，实现中华民族伟大复兴具有重大意义。2012年，党的十八大报告提出"扎实推进社会主义文化强国建设"。

2003年12月31日，国务院批准撤销中卫县（改设为中卫市沙坡头区）。2004年4月28日，中卫挂牌成立地级中卫市，辖两县（中宁县、海原县）一区（沙坡头区）。中卫的文化历史翻开了新的一页，进入一个全新的发展阶段。

公共文化方面：中宁县在2004年8月新建的人民广场

举行由国家林业局和自治区人民政府首次共同主办的"中国·宁夏第四届枸杞节"。节会期间,"中国枸杞商贸城"遍地是火红的枸杞,到处是热闹的洽谈。中宁县安排各地嘉宾参加万亩枸杞园观光、枸杞采摘、品尝枸杞系列产品等丰富多彩的活动,并邀请著名歌唱家谢莉斯、黄梅戏表演艺术家吴琼等登台演出。2005年8月,由自治区政府主办,宁夏林业局、中宁县政府承办的中国·宁夏第五届枸杞节在县人民广场举办,来自其他省市和港台地区的1000多名客商与当地上万名干部群众参加开幕式。本届枸杞节以"招商、合作、开拓、发展"为主题,邀请国家有关部委、部分省市的主要领导,外国驻华使馆商务参赞和近百名台湾客商共同参加,开幕式规模宏大、盛况空前。除保留传统的枸杞系列产品展示、商贸洽谈等活动外,新增杞乡风情特色旅游、文艺社火表演、枸杞产业论坛等项目。2008年,枸杞节期间安排了中国枸杞节"放歌杞乡"观光园歌会、首届中国(宁夏·中宁)枸杞节文艺晚会、大型花儿歌舞《宁夏枸杞红》文艺晚会、戏剧专场文艺晚会、"七彩之星"少儿文艺专场晚会,首届中国枸杞节闭幕式文艺演出,《火红的明天》《红果红》《夸夸咱的红枸杞》《塞上枸杞红艳艳》《喜庆的日子》等地方原创舞台节目参加了开幕式等文艺演出。2009年,组织文艺节目在银川参加"中宁枸杞"荣获中国驰名商标答谢晚会。2009年8月,组织举办庆祝中国文联成立六十周年、宁夏解放六十周年"杞乡翰墨"红枸杞书画摄影艺术展,展出书画作品100余幅、摄影作品100余幅;组织全区知名书画家举行大型笔会,共创作作品300余幅。9月，组织庆祝中华人民共和国成立六十周年系列文艺演出周活动及"月圆杞乡·庆国庆·迎中秋"茶话会。2010年7月22日至26日在宁夏展览馆，8月3日至8日在中宁两地分别组织举办"杞乡翰墨——中宁县美术书法摄影作品展"，共筛选征集到的各类作品近800幅，并选定230幅书画作品和100幅摄影作品参加展出，有212幅作品组稿被收录于《杞乡翰墨——中宁县美术书法摄影作品集》，受到了区、市领导、专家和书画摄影爱好者的高度评价，取得了良好的社会效益。11月，中宁县文化馆由老馆迁入新建的县宣传文化中心。2011年1至2月，举办"第二届杞乡春韵爱国主义歌咏大赛""首届原创歌曲大赛""辉煌杞乡"诗歌朗诵大赛、"感恩父母"演讲比赛、"杞乡大舞台"家庭才艺展、蒿子面厨艺大赛等二十余项节庆文化活动，并尝试举办了首届中宁县春节联欢晚会，邀请了庞龙、香巴拉组合、布衣乐队等明星阵容前来献艺，增添了节日的喜庆气氛。4月，启动"唱红歌、颂党恩"广场文艺演出，至7月1日前结束，共演出34场，并组织编排了庆祝建党九十周年小品专场、"红色辉煌"历史情景剧等大型专场演出。5月，承办第三届大佛寺文化旅游节开幕式文艺演出。6月，与县文管所联合举办"文化遗产日"宣传展演活动，为期三天。26日晚，中宁县创编的话剧《宁夏和平解放——中宁谈判》在县影剧院首演。7月，庆祝中宁县荣获全国枸杞生产基地县50周年活动开幕式文艺演出举行。2012—2013年，中宁县群文刊物《杞乡文化》共出刊两期。

海原县出台《关于进一步繁荣发展少数民族文化事业的

实施意见》《关于推动海原文化大繁荣大发展的实施意见》《关于加快海原文化旅游产业发展的实施意见》等利好政策，全县文化事业发展步伐加快，文化产业发展雏形初步形成：剪纸、刺绣等传统文化产业发展迅猛，非遗经营企业有18家（含自治区文化产业示范基地1家，文化产业示范户2家），从事砖雕、玉雕、民族艺品仿制等产业人员7.7万，创作非遗产品8万余件/年，营业收入1000余万元/年。

文化遗产方面：做好全县非物质文化遗产普查及普查数据录入工作，共拍摄影像资料近500分钟，冲洗照片1000多张并分类整理为15个图片夹，完成普查项目文字资料10多万字，并对筛选出的11类63项非遗项目进行跟踪调查。

（五）引吭高歌阔步迈进阶段（2012.12—至今）

2013年，十八届三中全会通过的《中共中央关于全面深化改革若干重大问题的决定》提出："紧紧围绕建设社会主义核心价值体系、社会主义文化强国，推动社会主义文化大发展大繁荣"；2014年，十八届四中全会通过的《中共中央关于全面推进依法治国若干重大问题的决定》提出"建设社会主义法治文化"的任务。十八届五中全会通过的《中共中央关于制定国民经济和社会发展第十三个五年规划的建议》确定了"公共文化服务体系基本建成，文化产业成为国民经济支柱性产业，中华文化影响持续扩大"的奋斗目标。党的十八大，十八届三中、四中、五中全会相继召开，对新时期文化建设做出一系列重大决策部署；2015年，中办、国办印发《关于加快构建现代公共文化服务体系的意见》，党中央发布《关于繁荣发展社会主义文艺的意见》；2006年，党的十七大首次提出政治建设、经济建设、文化建设和社会建设"四位一体"的建设布局。党的十七届六中全会做出《关于中央深化文化体制改革等重大问题决定的说明》，这是中央首次将"文化"作为中央全会的议题，文化建设在国家战略层面的意义进一步凸显。同年10月，自治区党委、政府出台了《关于加快构建现代公共文化服务体系的实施意见》和《基本公共文化服务实施标准》，为全区现代公共文化服务体系建设提供了制度保障。2016年1月，自治区党委印发《自治区党委人民政府关于力争提前两年实现"两个确保"脱贫目标的意见》，提出"实施文化脱贫行动计划"，主要完成三个方面的具体任务：一是加快建设县级公共图书馆、文化馆等公共文化设施，消除空白县，加快建设基层综合性文化服务中心，到2018年实现贫困县有图书馆、文化馆，乡（镇）有综合文化站，行政村有综合文化服务中心。二是推进流动舞台等文化惠民工程，扶持农民文化大院和民间文艺团队建设，资助贫困村开展形式多样的文化活动。三是扶持文化产业发展，加大回族剪纸、刺绣等手工文化产品开发。2016年3月，中卫市出台《中卫市重点文艺项目活动扶持办法（试行）》《中卫市获国家级和自治区级奖项文艺作品奖励办法（试行）》，成为全市有史以来文艺奖扶力度最大的举措，在中卫文艺界掀起了一股实干的热潮。

文化事业方面：中宁县在2013年将枸杞文化节首次纳入中阿博览会，这是中宁枸杞产业史上的一件盛事，也是又一个发展里程碑。此次枸杞文化节通过中国枸杞论坛、中国枸杞产业博览会、枸杞书画摄影展、枸杞美食节等系列活动，充分展示了中宁枸杞文化的魅力，彰显了中宁枸杞品牌的优势，进一步加强了与海外尤其是阿拉伯国家的经贸合作、文化交流，为中宁枸杞产业迅速发展开拓出更为广阔的天地。2015年"丝路杞韵红动天下"枸杞文化节通过中国枸杞论坛、中国枸杞公祭、中国枸杞产业博览会、枸杞美食节、订货会、招商引商等系列活动，提升了对外开放水平，助力中宁与中宁枸杞搭借国家"一带一路"和宁夏向西开放顺风车红遍了九州，走向了世界。2014年1至2月，"两节"期间组织开展"春和景明"新年音乐会、"春回杞乡"文艺大擂台、"举步迎春"万人长跑、"春华秋实"模特大赛、"百春送福"文化大拜年、"阳春送福"年货文化节、"满园皆春"元宵灯展、"天地闹春"社火展演等群众性文化活动。3至4月，召开了全县文艺精品创作研讨会，制定了《中宁县红枸杞文艺精品创作奖励扶持办法》。4月28日，举办了"墨舞香山"中卫市书画篆刻邀请展。5月11日，举办了"西风东渐"中宁书画名家提名展。

文化遗产方面：2013年，中卫非遗代表作项目黄羊钱鞭、张庄舞狮等成功进驻校园，并在全区非遗保护会上做了经验交流。

二、重要成就

（一）公共文化

1. 公共文化服务逐步完善

设市以来，中卫公共文化服务综合保障能力开始增强，公共文化设施的配备逐步健全，基本建立起初具规模的市、县、乡（镇）、村（社区）四级文化服务体系，初步承担起保障全市群众基本文化权益的责任。

2. 文化惠民举措稳步推进

（1）惠民工程有序进行

加快推进大型文化设施等惠民工程：中卫县制作修饰的红太阳广场毛泽东塑像（捐资35万元建）于1993年12月26日由自治区、银南地委（今吴忠市）、中卫县三级领导举行揭幕仪式，1.5万群众在广场隆重集会。中卫县人民广播电台于1986年10月，经国家原广播电影电视部批准正式建台播音。中卫电视台于1989年12月成立，并开办自播节目；市五馆一中心（含文化馆、图书馆等）、市"大河之舞"主题文化公园及黄河宫（黄河博物馆），中宁县宣传文化中心（含文化馆、图书馆），海原县文化馆、地震博物馆等项目建成；中卫文化广场、中宁人民广场、海原海喇嘟广场等投入使用；海原县新建县非物质文化遗产孵化园，规划总占地面积29737.2m^2，其中非遗传承基地和博物馆8178m^2，青少年文化活动中心2070m^2，花儿艺术传承培训中心2417m^2，文化长廊1006m^2，建成后将成为海原县标志性建筑。另外，按照关于开展贫困地区"百县万村"综合文化服务中心工程的有关要求，海原县参照综合文化服务中心示范工程"七个一［一个文化活动广场，一个文化活动室，一个简易戏台，一个图书（电子）阅览室，一套文化器材，一套广播影视器材，一套体育健身设施］"标准，一村一策，精准建设助力精准扶贫，建成集宣传文化、党员教育、科学普及、普法教育、体育健身等功能于一体的村综合文化服务中心,成为海原县文化建设的重要阵地和提供公共服务的综合平台,成为党和政府联系群众的桥梁和纽带,成为服务基层群众、带动增收富民的重要载体。目前,全市文化馆、图书馆已全部达标,中卫市文化馆、海原县文化馆、中宁县文化馆和图书馆被评定为"国家一级馆"。

大力实施文化信息资源共享、农家书屋等惠民工程:中卫文化信息资源共享工程中心(市级支中心1个,县级支中心2个)建成并投入使用,基本形成覆盖城乡的共享工程服务网络;按照"政府资助建设,鼓励社会捐助,农民自主管理,创新运行机制,分头组织实施"的原则,全市所有行政村配备图书不少于2000册的农家书屋。

(2)免费开放扎实开展

按照文化部《关于推进全国美术馆公共图书馆文化馆(站)免费开放工作的意见》(文财务发〔2011〕5号)要求,全市公共文化馆、图书馆、博物馆、美术馆在2012年底前实行全免费开放。基本内容包括两个方面:一是指公共空间设施场地的免费开放;二是指与其职能相适应的基本公共文化服务项目健全并免费向群众提供。其中,文化馆免费开放主要包括多功能厅、展览厅、宣传廊、辅导培训教室、计算机与网络教室、舞蹈排练室、独立学习室(音乐、书法、美术、曲艺等)、娱乐活动室等公共空间设施场地的免费开放;普及性的文化艺术辅导培训、时政法制科普教育、公益性群众文化活动、公益性展览展示、指导群众文艺作品创作等基本文化服务项目健全并免费提供。图书馆免费开放主要包括一般阅览室、少年儿童阅览室、多媒体电子阅览室、报告厅(培训室、综合活动室)、自修室等公共空间设施场地的免费开放;文献资源借阅、检索与咨询,公益性讲座和展览、基层辅导、流动服务等基本文化服务项目健全并免费提供。

(3)文艺下乡不懈坚持

2004年,中卫市启动"广场文艺"和"送戏下乡"工作,结合新农合、新农保、禁毒宣传等政策性工作,把送戏下乡与开展的工作相结合,让群众在享受精神文化生活的同时,了解并落实政策宣教工作。2016年,中卫市通过采取政府购买服务的方式,为群众送上喜闻乐见的文化艺术节目。

(4)文化经验逐步探索

2012年,海原县依托乡镇综合文化站开展"公建民营"试点,形成乡镇综合文化站"公建民营公助"的管理体制与运行机制,改变了基层有场所无生机的局面,盘活了乡镇文化站的闲置资源,探索出一套契合当地实际、适应群众需求的文化站管理运营新模式,为全区公共文化服务体系建设创造了新鲜经验,起到了很好的示范、引领、带动作用,在全区文化系统互观互检互学活动与全市乡镇文化站"公建民营公助"现场推进会中受到宣传文化系统各级领导的观摩学习,有效解决了群众文化活动无固定场所、文化站缺乏管理人才、文化经费投入不足等问题,促使全县文体团队走上了协会管理、自我参与、自我发展、自我创新的良性轨道,闯出了一条乡镇文化站管理运营的新路子,起到很好的示范带动作用,为中卫市乃至全自治区公共文化服务体系建设创造了宝贵的经验。另外，海原县利用县文化馆、乡镇综合文化站、农民文化大院创建20个"留守儿童之家"，覆盖全县各个乡镇。

2014年4月，中宁县依托乡镇（12个）、社区（5个）创建公共电子阅览室，制定基层电子阅览室的发展规划及管理机制，实行"统一设置阅览室服务器（不单独安装电脑存储器），统一聘用阅览室管理员"创新管理模式，避免了文化室电脑挪作他用的情况，方便了基层群众使用；中宁县实行图书馆总分馆制，拓展与延伸了图书服务的范围。

2016年4月，中卫市委宣传部与宁夏新华书店集团联袂打造的中卫读客书苑在市行政中心一楼开业，这是新华书店图书服务转型后继在市图书馆开设"水城书吧"后又一与地方政府主管部门策划的休闲图书读吧，并先后邀请郭文斌、唐荣尧等知名作家和地方文史学者来中卫举办"中卫大讲堂"专题讲座。

（二）文化遗产保护

近年来，中卫市加大对文化遗产的搜集、整理力度，投入相应资金做保障，积极开展文物和文化遗产的保护工作，建立起一支专业技术强、文化修养扎实的文化遗产保护队伍，确保历史文物和非遗项目得到了及时有效的保护。

1. 历史文物保护

1980年夏，固海扬水二泵站施工发现一化石，中宁县文化馆兼管文物工作的杨柏林立即上报自治区博物馆，博物馆会同中国科学院专家，多次到中宁勘测取样，最后确定化石为古乌龟化石,确定中宁系密集新断层古地震活动遗迹。同年9月7日,中国地震学会专业委员会成立会议及中国活动断层与古地震专题讨论会在中宁召开。1997年,中卫县对鼓楼进行全面彩绘。次年,文物工作者发现常乐下河沿瓷窑遗址、大湾瓦窑遗址、原景庄乡沙塘古文化遗址。2000年,第二届国际岩画研讨会在银川召开,中卫北山岩画区被列为考察分会场,国外200多位专家学者前来考察。由此,大麦地岩画作为宁夏历史文化的地域标志而蜚声海内外。2002年起的10余年间,中卫抓住国家大型工程建设契机,先后对宣和林场汉墓群、常乐李营汉墓群进行了5次发掘,共清理两汉墓葬160多座,出土汉代文物1000多件。2004年,中卫市文物管理委员会正式成立,对照壁山古铜矿冶炼遗址进行全面调查,并进行资料整理和申报,配合宁夏岩画研究院对卫宁北山岩画的部分区域进行调查。同时,建立起县、乡、村三级文物保护网络,聘任10名兼职文物保护员,对长城重点地段进行看护。撤县设市后,向市政府上报23处中卫第一批市级重点文物保护单位,其中沙坡头区13处、中宁5处、海原5处;2005年,照壁山古铜矿遗址、菜园古文化遗址被国务院公布为第六批全国重点文物保护单位;2006年,对馆藏的2000多件文物进行了详细的筛选和界定,初步拟订了馆藏一、二、三级文物,并上报自治区文物局,为全市馆藏文物的级别确定工作提供了依据。另外,开展首届国家"文化遗产日"暨"宁夏长城保护日"大型宣传活动;进行《宁夏通志·文化卷》和《中国文化遗产保护成就纵览》中卫历史文化部分的资料撰写;完成高速公路下河沿明长城冲沟豁口砌护工程。同年，对南长滩古村落进行全面调查记录，配合自治区文物局做了历史文化名村的申报。2008年，第三次全国文物普查工作全面启动，《中卫市长城保护规划》《中卫市北山岩画保护规划》由市政府正式颁布，中卫北山岩画管理所也正式成立，境内文物保护工作开始享受财政专项经费支持。同年，南长滩被住建部、国家文物局公布为"中国历史文化名村"。2009年，继续开展第三次全国文物普查工作，全市共调查各类文物点805处。其中，沙坡头区305处、中宁县184处、海原县316处。对中卫卫宁北山岩画进行调查：沙坡头区北山8个岩画区登记测量岩画6800多幅，个体图像22000多个；中宁北山2个岩画区登记测量岩画348幅，个体图像905个。完成南、北长滩调查及资料整理，后南长滩、北长滩被宁夏正式公布为第一批"宁夏历史文化名村"。2013年，高庙保安寺、明长城、鸣沙塔、柳州城址、北嘴城址等五处重要古迹，被国务院正式公布为全国重点文物保护单位。高庙保安寺保护规划、修缮、消防、安防、防雷工程以及姚滩段长城修缮工程，被国家文物局正式立项启动。2015年，中卫市召开全市长城保护工作会议，传达学习自治区长城保护工作会议精神。4月29日，市文体新广电局牵头布展的黄河宫（黄河博物馆）建设工程全面完工并顺利移交中卫沙坡头旅游产业集团公司管理运营，"五一"黄金周前正式对游客开放后游客爆满，参观人数远超水洞沟、贺兰山岩画等景区。

目前，全市共有全国重点文物保护单位8处、自治区级文物保护单位22处、市县级文物保护单位40余处。

2. 文化遗产传承

2007年，沙坡头区"舞龙""祭河神"，海原县"胡湾舞狮""打梭""剪纸""刺绣"，中宁县"蒿子面""隋唐秧歌""刘庙舞狮""枸杞传统栽植技术"10个项目被列入首批自治区级非物质文化遗产代表作名录。2010年，沙坡头区"羊皮筏子制作技艺""香山水会"，海原县"皮影""方棋""擀毡"入选第二批自治区级非遗代表作名录。2013年，沙坡头区"手工地毯制作"，中宁县"黄羊钱鞭""张庄舞狮"获批自治区级第三批非遗代表作名录。2015年，沙坡头区"泥塑""古建筑彩绘技艺"，海原县"砖雕""二毛皮制作技艺"进入第四批自治区级非遗代表作名录。同年，中宁三中（黄羊钱鞭）、中宁八小（舞狮）被命名为自治区级非遗传承点（基地）。

2008年与2015年，海原县马生林和马汉东被分别认定与申报为第二批和第五批国家级非遗花儿代表性传承人。2008年，沙坡头区伏兆娥被认定为首批自治区级非遗剪纸代表性传承人。2011年，沙坡头区剪纸传承人周国霞、伏兆凤、伏兆苗，舞龙传承人霍继良，羊皮筏子制作技艺传承人高勇，香山水会传承人张万宝，海原县花儿传承人杨生旺、妥燕、冶春英（女）、罗发军，舞狮传承人潘登基，皮影传承人史录仁，打梭传承人李成林，刺绣传承人田志梅（女），擀毡传承人杨志堂，中宁县舞狮传承人刘名滋（1936—2012）被确定为自治区级第二批非遗代表性传承人。2013年，海原县花儿传承人杨生财、张正国（女），刺绣传承人卢慧琴，口弦传承人何生兰（女），中宁县隋唐秧歌传承人蒋汉清、黄羊钱鞭传承人刘秉国、舞狮传承人张正洪和李丰春获批自治区级第三批代表性传承人。

　　2009年6月，中卫市举办庆祝全国第四个"文化遗产日"宣传活动，活动分非遗展示和文艺演出两部分：其中，非遗展示在市红太阳广场举行，共有21名市级以上代表性项目传承人分别展示了泥塑、彩绘、石雕、木雕、绘画、剪纸、刺绣、皮影等技艺；文艺演出在市文化广场举行，地方特色民歌（眉户、道情、花儿、小调）、单鼓舞、秦腔等前来参演，全面展示了中卫非遗发展的现状与保护的成果，增强了全市群众保护文化遗产的责任意识。市辖各县（区）也在文化遗产日举行了丰富多彩的宣传活动。

　　2010年，建成"羊皮筏子制作技艺""剪纸刺绣""手工地毯制作技艺"传承点（基地）3个。2011年，中卫市公布"水印木刻""古建彩画"非遗保护传承点（基地）2个。2012年，中卫市公布"泥塑""雕塑"非遗传承点（基地）2个；会同《中国节日志·宁夏春节》项目组一同开展春节年俗田野调查，先后对中卫祭灶、扫尘、赶集办年货、社火展演、顺星、放河灯、燎疳、小吃等民俗活动进行如实采访；组织沙坡头区自治区级非遗项目传统手工地毯制作技艺、中宁县级非遗项目农具编制技艺参加第四届中国（宁夏）国际文化艺术旅游博览会"黄河金岸·宁夏非物质文化遗产展"，后手工地毯制作技艺又参加"西北地区非物质文化遗产博览会"。

2013年,"文化遗产日"宣传活动设立非遗宣传咨询台;整理出版非遗系列丛书《中卫民间故事集》《古城的风雅——中卫传统文艺撷英》《雕梁画栋绘丹青——彩绘艺人陈进德》。2014年,举办非物质文化遗产展览,展出沙坡头区非遗代表项目、实物等;创编制作"羊皮筏子制作技艺"电视纪录片《黄河文化的活化石——羊皮筏子》及项目申报文本资料,完成该项目申报第四批国家级非遗名录项目的工作;组织沙坡头区非遗代表性项目"手工地毯编织技艺"和"羊皮筏子制作技艺"代表中卫市参加在石嘴山市举办的"文化遗产日"全区非遗展演展示活动。2015年,成立"中卫市非物质文化遗产保护中心",组织申报第四批自治区级非物质文化遗产项目13项(公布4项)、第五批国家级非遗代表性传承人1名;开展"文化遗产日"非遗宣传活动,为市图书馆,海原、中宁两县文化馆及沙坡头区各乡镇文体中心捐赠《中卫市非物质文化文化遗产名录》《中卫民间故事》《李兴科书法集》等非物质文化遗产系列丛书;设立非遗保护法律法规宣传咨询台,发放《中华人民共和国非物质文化遗产保护法》和区、市保护文化遗产的方针政策与法律法规、《中卫文化报》等宣传资料5000余份,制作了文化遗产保护成果图片展、代表性传承人技艺图片展、传承项目图片展板12块,集中反映了中卫市非遗保护工作的阶段性成果。

2011—2015年,"中宁枸杞传统栽植技术""隋唐秧歌"被自治区非物质文化遗产保护中心确定为国家级申报项目。"隋唐秧歌""刘庙舞狮"被宁夏公共频道《新时空》栏目采访报道并制作专题片播出,为宣传中宁、弘扬杞乡文化做出了贡献。邀请CCTV《远方的家》《长城内外》栏目分别拍摄播放了纪录片,制作播放了中宁枸杞传统栽植、中宁枸杞膏、中宁枸杞酒等民间制作技艺。新华社宁夏分社以"舌尖上的蒿子面"为题采访报道了蒿子面传承工艺。宁夏广电总台《新时空》先后拍摄了"隋唐秧歌""刘庙舞狮""新桥高跷""枣园清炖土鸡"等项目;《老王茶馆》制作了"一面之缘——中宁蒿子面""一碗鸡血面的百年情缘""巧手塑功德——中宁泥塑彩绘"。《中卫日报》整版刊登了《杞乡特色美食海外飘香》一文。2015年春节期间,由中央电视台录制的《妈妈的味道》在CCTV-1播放,大大提升了中宁蒿子面的知名度和美誉度。同期,中宁县活化非物质文化遗产保护传承机制,中宁三中继承黄羊钱鞭传统套路,编印校本教材《钱鞭神韵》,实现了教学普及;中宁八小引入张庄舞狮,设立中宁舞狮陈列室,聘请传承人担纲教学,达到了常态化传承;中宁戏曲(秦腔)已在中宁太阳梁二小等开展进校园活动,达到了"一年普及、二年提高、三年见效"的目标;刺绣项目落地大战场镇石喇叭村,传统刺绣技艺得以传承;书法入驻青少年活动中心,带动了书法学习的热潮。

截至2016年5月,中卫市共公布市级第一、二批非遗名录项目,第一、二批非遗项目代表性传承人,第一批非遗项目传承点(基地),共获批非遗项目国家级3项,自治区级23项,市级32项;认定项目传承人国家级2名,自治区级25名,市级19名;获批国家级非遗(花儿)传承点1处、自治区级非遗传承点（基地）3 处、自治区级文化产业示范基地 4 处。

（三）文化体制改革

改革开放以来，中卫市以统筹构建现代公共文化服务体系、建立健全现代文化市场体系、建设优秀传统文化传承体系为重点，打出了一套文化体制改革的"组合拳"：

1. 推进文化行政管理体制改革

中卫县于 1984 年实行文化体制改革，原来设县文教部、文教局，后单设文化科，并于 1989 年 2 月将文化科改称文化局；中宁县文化旅游广电局与县广播电视台于 2014 年实施局台分离，县广播电视台成为县委直属的事业单位，业务行政受县委宣传部领导；海原县于 2009 年 10 月将原县文化旅游局与广播电视局合并，组建文化旅游广播电视局，并成立海原县广播电视台；市直和 3 个县（区）已整合文化局、广电局、新闻出版局，组建了文化新闻出版广电局；整合文化市场执法职能和执法队伍，成立了文化市场综合执法机构。

2. 实施文化事业单位转型改制

原中卫县秦腔剧团在 20 世纪 60 年代曾名噪一时。1964 年 8 月，中央文化部下令停止传统戏和所有历史剧的演出。"文化大革命"开始后延续到 1988 年剧团撤销，职工分散到各单位。海原县将原县文工团改建为县花儿艺术团，由事业单位转为法人管理的企业，提升了花儿艺术的影响力和知名度。中宁县于 2012 年 8 月，按照自治区党委、政府《关于贯彻落实中宣部等 6 部门〈关于加强地方县级和城乡基层宣传文化队伍建设的若干意见〉的实施意见》，在全区率先完成县级剧团机构改革工作，将县剧团和文化馆合并，原县剧团国有资产全部由文化旅游广电局调拨下属单位使用，编制内职工整体划转入县文化馆，身份不变，享受全额工资；文化馆内部设立县非物质文化遗产传承保护中心，排练办公场所挂"中宁县非物质文化遗产传承保护基地"牌子，划转人员根据业务技能承担城镇社区和乡村文化辅导、非遗传承和义务演出等工作。同时，充分尊重职工的择业意愿，鼓励部分在编在职人员自主创业。

3. 实施文化馆图书馆议事制度

中卫市文化体育新闻出版广电局一行于2015年9月赴广东深圳市福田区等地学习考察文体工作，参照福田"文化议事会"改革实践经验，在2015年10月与2016年4月分别召开市文化馆、图书馆第一届一次、二次文化理事会议，公开招募理事会议事员，组建文化事业单位决策机构，试点建立以理事会制度为核心的法人治理结构，引领事业单位发挥现代管理制度的更高效能。

4. 盘活乡镇文化阵地运转机制

海原县于2013年按照"政府出资建设，乡镇文化站管理，民间文化协会运行"的"公建民营公助"模式，在全县部分乡镇文化站进行推广，为创新乡镇综合文化站管理运营模式，探索出一套适合我市实际、适应群众需求的新型管理体制与运行机制，有效推动全市基层公共文化服务体系建设取得了成效。2016年10月27日至28日，中卫市乡镇综合文化站"公建民营公助"观摩推进会在海原县召开,市辖各县(区)党委、政府分管领导、宣传部副部长、文化部门负责人及各乡镇分管领导和文化站站长参加会议,与会人员先后观摩了海原县三河镇、高崖乡、西安镇综合文化站、两个文化大院和海原县非物质文化遗产孵化基地等6个观摩点。

5. 适应文化遗产保护工作趋势

中卫市于2015年10月增设"市非物质文化遗产保护中心"机构,与市文化馆两块牌子一套人马,便于与国家、自治区非遗保护工作接轨,为更加有效地挖掘和传承中卫非物质文化遗产迈出了新的步伐。海原县于2016年9月9日在市区沙坡头水镇正式落户设立县非遗文化展示馆,扩大了文化遗产保护在社会公众中的影响,促进了海原文化遗产的保护与传承。

(四)文化产业

文化旅游业是全市产业重点的发展方向,全域旅游市场的开发带动了传统木雕、沙雕、沙画、石雕、剪纸、刺绣等多个系列旅游纪念工艺品的开发,形成了市区大麦地文化产业园、沙坡头水镇"非遗一条街"、火车站广场秦腔戏园与古玩市场、清真寺巷艺术品市场等一批文化艺术品鉴赏交易场所,已涌现出以宁夏凡客杰瑞影视传媒有限公司为代表的一批新媒体传播企业,培育出"千珍绣""阿依舍"等民族文化骨干企业,推出了振玲蒿子面、蒿大碗手工长面等文化经营实体。

截至"十二五"末,中卫市文化产业经营门类已达15类

20多个行业，从事文化产业的各类经营机构达1200家，从业人员5.5万人，产业产值达6.235亿元，占GDP比重的2.2%；培养民族特色文化产品研发专业能人200余人，建成大麦地阳光文化产业园、沙坡头水镇、宁夏微元素文化传播公司、海原县万绣庄专业合作社等为主体的特色文化产业基地。

（五）文化交流

1. 文化"走出去"

2008年前后，中宁县文化馆熊阿琳的版画作品入展"宁夏·上海女画家美术作品交流展""宁夏版画晋京展""深圳观澜版画作品展"等，和自治区内外版画同行进行了交流。2010年8月，中宁县"夕阳红"文化大院带着《夸夸咱的红枸杞》《和谐家园》《科技兴农结硕果》《和谐赞歌唱不完》4个参赛节目，应邀赴上海参加"世博·金玉兰奖"艺术大赛，获得了民间社会组织"中华民族文化艺术国际联合会"授予的"金玉兰奖最高奖"。此前，文化大院还应邀赴香港参加"迎世博、颂祖国、爱家园、唱和谐"艺术大赛，有两个自创节目分获民间主办组织授予的声乐和表演类金奖；2014年5月，该大院赴韩国参加第十一届世界中老年"首尔杯"合唱、舞蹈、服饰风采大赛，获民间主办组织授予的"木槿花奖"；2015年9月，该大院赴新加坡参加民间组织主办的"金狮奖"艺术大赛，参赛的节目有表演唱《敬你三杯枸杞酒》、器乐联奏《和谐家园》、歌伴舞《美丽的杞乡我的家》、女声独唱《美丽宁夏川》等，参演成员平均年龄61岁，年龄最大的77岁，最小的45岁。2011年，中卫市打造的花儿风情剧《回乡婚礼》，成功亮相省会银川实现全区巡演，两度闪耀首都北京，并在阿联酋等数个国家和台湾等地区进行多场演出；2015年1月，中卫籍歌手赵牧阳带着一首有浓郁家乡特色的歌曲《侠客行》站上CCTV-3第二季《中国好歌曲》的舞台，并选择加入歌唱家刘欢的团队。2012年4月，中宁县首批自治区级非物质文化遗产代表作名录项目蒿子面制作技艺传承人于振玲受自治区文化厅选派，应邀前往毛里求斯共和国参加于4月25日至30日举办的第八届唐人街美食文化节，成为中卫非遗首个走出国门展示交流的个人项目。2014年2月，中宁县自治区级第三批非物质文化遗产张庄舞狮代表性传承人张正洪（石空镇黄庄村农民）率领徒孙一行5人，应自治区文化厅选派赴贝宁共和国参加文化部组织的2014"欢乐春节"巡游展演。2014年10月10日至13日，中宁县枸杞传统栽植技术、枸杞膏项目传承人张伟中应自治区文化厅选派赴济南舜耕国际会展中心参加文化部主办的第三届中国非物质文化遗产博览会，枸杞膏制作技艺获优秀非遗创意衍生品项目，中宁县荣获"优秀组织奖"。中宁县宁夏七彩银燕艺术学校分校选送舞蹈《黄河边上的枸杞娃》参加了中央电视台少儿春晚。中宁县文化馆吕华伟携家属走进中央电视台《神州大舞台》栏目；2013年后，中宁县赵鹏、海原县黄亚先后走入中央电视台《黄金100秒》栏目参加选秀。2014年，中卫市歌舞团排演的歌舞剧《回乡婚礼》成功进驻沙湖演出，在全区迈出了文化与旅游融合的新路子。2015年1月，海原县第三批自治区级非遗民间花儿传承人撒丽娜以一曲回族花儿《拔了麦子拔胡麻》获得4位评委全部打出的"出彩"手势，顺利通过海选晋级决赛，后以花儿曲目《花儿与少年》并凭借独特唱腔加之自编自演的回族舞蹈，获最高票成为CCTV–1《出彩中国人》银川招募站的"出彩之星"。2月19日—3月20日，海原县受邀参加在上海朵云轩艺术中心举行的"江南百工"——首届长三角非物质文化遗产博览会，海原县自治区级非遗项目剪纸、刺绣等参展。市委主要领导亲临展会现场，对海原县推动文化产业和鼓励非遗传承人参展提出殷切期望，要求海原将非遗项目与文化旅游、文化扶贫相融合，将剪纸、刺绣作为海原特色文化做大做强；3月3日，海原县联合同心县在海原文化艺术中心就两地民间花儿的保护与发展进行艺术交流。2016年，黄若愚的国画作品《熊猫》——中美建交37周年纪念邮票发行；黄亚参加中国民歌会，凭借《尕妹妹门前浪三浪》等花儿曲目晋级西北五强。

2. 文化"请进来"

1983年10月17日，日本摄制组到中卫拍摄《世界之最》，沙坡头等自然景观被录入镜头。1985年9月11日，英国摄制组到中卫拍摄纪录片《土与水》。1986年9月，中央电视台到中卫沙坡头景区拍摄电视剧《那时我们也年轻》。1989年12月9日，《黄河风月》电视剧组在中卫沙坡头取景。2013年10月，湖南卫视亲子真人秀节目《爸爸去哪儿》登陆宁夏中卫沙坡头。节目中，剧组让孩子们体验沙漠生活，爸爸们用50块钱去买孩子的一日三餐，在菜市场讨价还价，妙招百出。而孩子们则第一次单独出动接触大自然，完成沙漠探险，并为小Kimi在沙漠中举办难忘的生日篝火晚会。2014年6月17日，文化部"春雨工程"陕西文化志愿者宁夏行——"大漠长河秦韵情"文艺演出在市文化广场上演，来自陕西省的文化志愿者表演了舞蹈、独唱、变脸、杂技、秦腔等文艺节目。2015年8月9日，由文化部和中央文明办共同发起的"春雨工程——全国文化志愿者边疆行"走进中卫，来自四川交响乐团、四川省曲艺研究院、四川省川剧院、南充市歌舞剧院、南充杂技团的艺术家为中卫百姓献上一台涵盖交响乐、歌舞、清音、川剧和杂技等12种类型节目构成的精彩演出。该活动是以组织招募相关文化志愿者的形式，分期分批赴边疆民族地区开展"大舞台""大讲堂""大展台"系列活动，旨在丰富边疆地区公共文化服务的层次和内容，让边疆各族人民共享文化发展的成果。2015年8月4日，中央电视台音乐频道《民歌·中国》栏目在沙坡头旅游景区开展"送文化、下基层"活动。演出在合唱《花儿与少年》中拉开序幕。斯琴格日乐、乌兰图雅、石头、云朵等众多实力派歌手献唱，《套马杆》《热情的沙漠》《山歌好比春江水》《山丹丹花开红艳艳》《雨花石》《黄土高坡》等一首首歌曲，让在场的观众欢呼声不断。8月8日，大型魔幻儿童剧《蓝世界》首次引入中卫，先后在中卫党校礼堂、中宁影剧院等地巡演。同月，"砚田三友[马克利（甘肃日报报业集团社长、总编辑）、陈继明（北京师范大学珠海分校教授、著名作家）、贾志中（宁夏文史馆研究员）]"书法作品展在市文化馆开幕，展览期间，陈继明做"文学、书法与人生"的主题报告。9月12日，现代舞蹈家、上海金星舞蹈团艺术总监金星到中卫沙坡头、金沙岛游玩。2016年3月,"迎新春·第二届全区群众书法绘画摄影大赛优秀作品展"到中卫巡展。本次展览展出98件获奖作品,集中反映了宁夏经济建设成就和社会巨变,充分展示出宁夏群众美术、书法、摄影创作的整体实力,是近年来宁夏群众美术、书法、摄影整体实力的一次综合检阅。2018年9月17日—19日,国家文化和旅游部、中央文明办主办,青岛市文化馆协办的"春雨工程"——全国文化志愿者边疆行2018年青岛志愿团宁夏中卫行启动,"大舞台""大讲堂""大展台"三大板块活动为中卫市民送上了独具特色的文化视听,尤以儿童舞台剧《丑小鸭》与"开在指尖上的花"——青岛·中卫剪纸作品联展受到观众的好评。

(六)文化事业

1. 文艺作品创作

(1)文化产品生产能力不断增强

近年来,中卫市深入挖掘地域文化,着力打造地方特色精品,创作、出版了一大批思想性、艺术性和观赏性俱佳的艺术作品。一是舞台剧方面。2009年,海原县组织专门人员对"花儿"这一回族民间文化艺术资源进行挖掘整理,编排出大型花儿风情歌舞剧《回乡婚礼》(编剧张明功、编导马向东、主演张慧宁等),并邀请自治区内外专家反复论证、修改,在吸取诸多意见的基础上,再改进、再加工,经过一年多精心打造呈现给全区人民。后中卫市安排市歌舞团精心打造《回乡婚礼》,最终成功亮相全国,入选"全国舞台艺术精品工程",

获得2014年度国家艺术基金资助项目，创下单院团单剧目连续演出近2000场的全区最高纪录。同期，舞台剧《大山的女儿》《海风吹绿黄土地》等一批有影响力的回族花儿歌舞剧陆续编排演出，地方眉户剧《冯志远》获自治区50大庆全区优秀新剧目奖，历史话剧《宁夏和平解放——中宁谈判》作为纪念建党90周年献礼剧作亮相中宁。二是歌曲方面。《千年情缘》（王海荣词、王峰曲）获全国优秀流行歌曲创作大赛优秀奖；《家乡的枸杞红了》（王自贵词、马文祥曲）获宁夏"西北音乐汇宁夏——全国回族歌曲创作大赛"三等奖；《西北汉子黄河情》《美丽的杞乡我的家》《红果迎来八方客》《红果红》《人到常乐人常乐》《香山情》《家乡的硒砂瓜》等地方原创歌曲有多首获自治区级以上奖项。三是舞蹈方面。《枸杞红了》《金筏飞渡》《金鞭飞舞》等反映地方特色物象的原创作品在各级舞台亮相。四是剧本方面。眉户小戏《山歌瓜妹》、表演唱《新农村的婆姨们》、小品《特殊党费》、喜剧小品《大棚状元》、方言小品《刘湾村的笑声》《找厕所》《认干亲》、单口快板《沙坡头唛叽得很》、群口快板《构建和谐向未来》、器乐联奏《秦川抒怀》、说唱荟萃《有一种精神叫二苦》等作品创作完成。五是影视方面。风光电影《中卫在前进》（1988年）、故事片《我们是世界》投资拍摄；电视专题片《甘塘石膏矿》《霜重色愈浓》《别了，皇粮》完成拍摄（1993年11月）；电视剧《风雨沙坡头》《黄河黄大地红》等，电影《冯志远》《枸杞红了》等拍摄播放；形象宣传片《魅力中卫》《梦幻中卫》《梦寐中卫》等系列作品在各级媒体播出。六是活动方面。中宁县连续举办首届"辉煌杞乡"、第二届"盛世欢歌"、第三届"枸杞红了"、第四届"中国梦·杞乡情"、第五届"杞红天下"——红枸杞原创音乐会，积累了近百首红枸杞原创歌曲，建立起一支由演奏、演唱、合唱组成的乐团（演职人员来自县内各行业），成为全区有一定影响力的红枸杞文化品牌活动，引发了各界的关注和群众的热议。除此，蒿子面制作技艺大赛、方棋大赛、鼓乐大赛、舞龙大赛等活动也办出了特色，玩出了品位。

（2）文化产品供给能力不断提升

2014年，中卫市参加第七届全区"群星奖"评奖活动，录制报送群众文艺创作作品26件，荣获音乐类银奖与铜奖各2个，舞蹈类铜奖2个，戏剧类铜奖2个；同年，选拔12个节目参加"欢乐宁夏"全区群众文艺会演决赛全部获奖。其中，舞蹈《金筏飞渡》、眉户小戏《送妈妈上学》荣获表演一等奖；单口快板《沙坡头唛叽得很》荣获表演二等奖，花儿联唱《花儿漫塞上》、舞蹈《红旗颂》、小品《面试》荣获表演三等奖，歌曲《黄河黄·红果红》等4个节目荣获创作奖，2人获得优秀辅导奖。2015年至2016年5月，中卫市政府与自治区党委宣传部、文化厅、教育厅、民委联合主办的非遗剧目《回乡婚礼》在全区高校巡回演出。2016年3月，中卫市委与自治区文化厅、新闻出版广电局共同举办2016全区文化系统"颂清廉·促发展"廉政主题文艺演出在宁夏大剧院举行。同年，主办首届中卫市公民传统文化论坛。

2013年，海原县举办全县"倡廉洁树清风"廉政文化剪纸艺术展，并结集出版《廉政剪纸刺绣漫画集》。

2. 文化活动组织

2004年，中卫市围绕迎接建市庆典等组织一系列文化活动，组织参加"中盈商贸杯"健身秧歌大赛、迎新春书画剪纸艺术作品展、全区首届"四进社区"文艺展演暨全区第五届"群星奖"评奖活动、全区"小灵通杯"歌唱宁夏歌手大赛中卫赛区活动、全国第十届"群星杯"推荐评奖活动、全国少数民族少儿才艺大赛宁夏赛区比赛；承办全国社会艺术水平考级考试——民族管弦乐中卫考区定级考试。2005年，中卫市在"两节"期间举办首届迎新春春联展、大型民俗社火展演、文化下乡启动仪式暨首场文艺演出、"庆六一"少儿美书影作品展，等等。2006年，中卫市在"两节"期间举办第二届"移动杯"迎新春有奖征集春联展、大型民俗社火展演、大型焰火晚会、贺"两会"行业宣传展、宁夏沙坡头黄河梨花节、"颂歌献给党"——全市庆祝建党85周年歌咏比赛；完成《宁夏通志》（文化卷《中卫》）五个篇章的撰写；组织"社会艺术考级"、参加第二届"西北风情摄影大赛"、北京"让爱飞翔"残疾人艺术团来中卫进行文艺演出、法国"丝绸之路"长跑团到中卫开展活动；参加中宣部等主办的第三届全国"星星火炬"青少年艺术英才推选活动。2007年，中卫市在"两节"期间举办第三届全市"移动杯"迎新春有奖征集春联展、大型民俗社火展演中新增了蔬菜面具表演队、骆驼跷子、羊皮筏子等表演队，举办全市"人保财险杯"摄影大赛作品展，参加农家乐·首届全区建设社会主义新农村系列评选活动，组织文艺团队创编表演唱《十七大精神放光芒》、舞蹈《欢腾的祖国》、快板《建设新农村》、歌曲《情系人民》等文艺节目，组成"宣传十七大精神文艺演出队"，参加全国书画人才选拔活动宁夏选拔赛、参加全区"庆六一'四小'比赛"、参加全国少儿歌曲电视演唱大赛宁夏赛区选拔赛中卫推介会、参加"唱响乡村和谐曲——宁夏农村精神文明建设文艺会演"，举办"聚焦中卫——硒砂瓜专题摄影展"、首届全国大漠健身运动会专题摄影展、首届爱你·宝贝儿童趣味影像大赛。2008年1月，中卫市举办纪念毛泽东同志114周年诞辰"红太阳颂"文艺专场演出，北京凤翔女子管乐团在中卫进行了"希望的田野"专场演奏会、"黄河浪起花儿红"民歌（花儿）演唱会，在银川举办了"共享文化阳光"首届全区农民文化艺术节中卫市文艺展演，选荐26名少儿代表中卫市赴北京参加第五届全国"星星火炬"青少年艺术英才推选活动舞蹈类、钢琴类全国总决赛。2009年，中卫市组织"中卫在腾飞"大型广场文化活动、"祝福中卫"2009年春节联欢晚会、全市纪念建党88周年歌咏比赛、"中博房产杯"首届宁夏（中卫）平面模特网络选拔大赛、"人行杯"中卫市文化遗产影像大赛、宁夏（中卫）枸杞·硒砂瓜文艺演出、"辉煌60年"——中卫市庆祝新中国成立60周年美书影作品展。同年，朝鲜民主主义人民共和国平壤国家艺术团到中卫，在市文化广场进行专场文艺演出。2010年，中卫市创作编排的情景剧《希望》亮相"欢聚世博——希望工程乡村大歌会"；创作的书法、摄影作品入展第三届全区"神宁杯"塞上清风廉政书画摄影工艺美术作品展;创作的摄影作品在宁夏"沙坡头杯"全国摄影大赛中入选展出;完成电视纪录片《羊皮筏子》与歌舞剧《家乡的花儿》CD的创作摄制;组织"黄河古城韵"为主题的大型广场文化活动;开展全市纪念建党89周年红歌传唱与诗歌朗诵比赛、中国·宁夏(中卫)硒砂瓜节暨大漠文化旅游节、宁夏黄河金岸国际马拉松赛中卫分赛区活动、宁夏·台湾少数民族联谊晚会、"众一之夜"马头琴与好莱坞共舞大型晚会,为全市文化活动注入了新的艺术元素。2011年,中卫市组织开展"颂歌献给党"大型广场文化活动、"2011年迎新春文艺演出"、首届元宵花灯暨美食节、正月正大型戏剧专场演出、庆祝中国共产党成立90周年"颂歌献给党"红色歌曲传唱辅导教唱、全市第二届妇女健身大赛、庆祝建党90周年"第二届全区青少年键盘音乐大赛"红色经典作品演奏活动中卫分赛区比赛、全市第二届花灯展暨美食节等文化活动,组织开展"建设和谐富裕新中卫"大型广场文化活动;开展"建设和谐富裕新中卫"——廉政文化"六进"文艺下基层演出和喜迎十八大文化服务、"喜庆十八大·颂歌献给党"文艺下基层演出;参加2012"新春乐·第八届全区社火大赛"评奖、"2012群星璀璨·全国群众美术书法摄影优秀作品展"评奖;举办业余文艺骨干培训班和摄影作品创作与鉴赏、乡镇文化站干群文业务知识等培训,举办中小学生海洋生物展览和野生动物展览活动,举办"迎书博会庆元宵节大型图书展"。2013年,中卫市举办第三届元宵花灯展暨美食节、"建设和谐富裕新中卫"大型广场文化活动、"宁夏红之夜"2013中卫新年音乐会和"迎新春"戏剧晚会、大型民俗社火展演及"新春乐·第九届全区社火大赛"评奖、"欢庆十八大"宁夏首届网络秦腔大赛中卫赛区活动、"全国群众美术书法摄影优秀作品展"宁夏评奖，组织举办"恒祥国际杯"全民健身大赛、"第二届戏剧票友大奖赛"、"彩墨镜象董涛中国山水画展"、迎新春"美丽中卫·幸福城市"摄影展；邀请自治区文化馆11名专业人员到中卫举办中卫市群众文化业务培训班，举办"颂歌献给党"等大型演唱活动。2014年，组织举办第二届全国大漠运动健身大赛、第十三届环青海湖国际公路自行车赛中卫赛段活动、庆祝中卫市建市十周年系列文化活动、全市大型民俗社火展演、元宵节灯展、全民健身等大型文体赛事活动。

一是艺术活动方面。开展"消夏音乐季"广场文化活动，编排演出一批和中卫市经济社会发展息息相关的文艺作品，完成中卫市"我要上春晚"节目选拔、春节文艺晚会、庆祝中卫市成立十周年专场文艺晚会等文化活动。同时，举办文化部"春雨工程"文化志愿者宁夏行、"大漠长河秦韵情"和快乐雷锋工程"中国梦·义工情"广场文艺演出；举办"十年回眸——庆祝中卫建市十周年"摄影展、乔维新中国画展、"清廉中卫"美书影剪纸公益广告艺术大赛暨作品展。中宁县配合保持共产党员先进性教育实践活动举办文学创作征文大赛，编辑出版《一枝一叶总关情——中宁县党的群众路线教育实践活动文学作品征文集》，组织"法治之光"大型书画摄影大赛和作品展。海原县组织开展"欢乐乡村行"农民文化艺术节、年俗文化大集、万人广场舞大赛、千人方棋大赛、百姓春晚、"留住最美笑容"全家福拍摄等特色文化活动。二是图书服务方面。开设《中卫日报》"好书推荐"栏目，做好地方文献征集、收藏、管理等工作，开展"中华经典诵读""书香中卫——阅读引领未来"活动。三是文化市场执法方面。深入开展"固边行动"，以反分裂、反破坏、反渗透为主题，打击非法宗教、非法宗教宣传品、非法宗教网络传播等。

　　2015年，组织参加中国西部（花儿）歌会中卫选拔赛宁夏总决赛，大型原创回族花儿风情剧《回族婚礼》赴山西省太原市星光剧场演出（文化部发起的"中国梦黄土情"——晋冀蒙陕甘宁六省〈区〉地方戏曲及民乐民歌"三展"联动活动的一部分），开展"春雨工程"四川文化志愿者宁夏行、中国丝绸之路大漠黄河旅游节、"百位共产党人百篇小传"诗文朗诵大赛、"砚田三友（马克利、陈继明、贾志中）"书法作品展，召开了文化议事大会，通过了《中卫市文化议事会章程（草案）》，选举产生了中卫市文化馆、图书馆文化议事会议事员及理事长、执行理事、常务理事、秘书长，为我市制定文化政策和文化战略建言献策、推动文化事业可持续发展提供了有力的制度保障。同年，海原县在高崖乡草场村甜瓜市场举办"海原县百姓春节联欢晚会"，这是中卫市内首次在基层乡镇举办的百姓春晚。2012年至2016年，中宁县连续举办五届红枸杞原创音乐会，共创作征集红枸杞原创歌曲近百首，培育演奏乐队一支，歌手数名。其间，举办中阿博览会中国枸杞论坛暨枸杞文化节、红枸杞杯"品杞乡佳肴、听中宁故事"

枸杞食谱故事征集、枸杞宴烹饪大赛（含故事、菜品）等。

3. 文化队伍建设

中卫市把服务人才队伍和培养文化人才作为一项基础性工作，按照"政治坚定、素质优良、扎根基层、服务群众"的要求，强化基层文化员、基层文艺骨干和民间艺人3支队伍建设，基本建立起一支结构合理、专兼结合的文化服务队伍，培养出一批扎根中卫大地的文艺专业人才。截至2012年底，全市共有乡镇、街道专职文化员46名，农村、社区兼职文化员492名；有锣鼓队、秧歌队等民间表演队伍300余支，有从事剪纸、刺绣、根雕等各种工艺的民间艺人220多人。其中，沙坡头区下辖141个行政村，有村级文化室132个（重点村文化室12个），宣传文化中心户319个，重点家庭文化户31个。

（1）广植群众文艺团队

健全市、县（区）、镇（乡）三级培训网络，制订培训计划，对基层文化员和文艺骨干进行定期和不定期培训，注重发挥基层文化能人的积极作用，培育和发展农村业余演出队、文化中心户等基层文艺队伍，呈现出数量不断增加、素质不断提高的可喜局面。

（2）精选专业文艺团队

2009年2月23日，中卫市歌舞团（有限公司）成立，市文化主管部门划拨市文化馆1000m^{2}公共场地用于该团日常排练，采取"政府引导、市场运作、企业自营"的方式运行，按照"养事不养人"的原则管理。

2012年8月，中宁县秦腔剧团正式撤销，剧团人员、财产整体划入县文化馆，职工身份不变，工资县财政全额拨付。

4. 文化人才培养

（1）文化人员培养更为精准

2005年起，中卫启动"文化服务到基层"活动，组织专业文化工作者深入各县（区），依据各县（区）特色确定培训方向和内容，每年对全市500余名基层文化员和文艺骨干进行培训，帮助他们提高专业素质、增进艺术技能，使农村文化队伍能够活跃在基层，真正发挥组织、协调、带动地方群众文化的积极作用；邀请区内外知名群文专家来我市举办讲座及辅导，提升了培训的层次。2013年起，通过参加全区组织的培训班，完成了全市文化站长的轮训；各县（区）都举办了期数不等的镇（乡）文化站长培训班，促使文化站长的管理水平得到提高，为文化站更好地发挥作用夯实了基础。2014年，中卫市举办艺术摄影专题讲座、"冲刺西部美展"专题培训和"访宁夏名家谈文学发展"沙龙等研讨培训活动。

（2）文化人才培养更为专业

2011年至2015年，中卫市选荐宁夏作家协会会员参加鲁迅文学院少数民族作家文学创作进修班，中宁县派员参加第三届全国文化馆骨干培训班、西部书界楷书研修班等创作研修学习，为探讨各文艺门类创作热点问题，提升本土文艺家专业素养提供了机会。

（3）文化人才引入更为破格

中卫市强化文化人才引进机制，对引进的文化领域高层次人才和特殊技能人才，不受编制限制聘任专业技术职务，为其提供与实际贡献相应的工资等优惠待遇。

（4）文化名人培育更为有力

中卫培养出的文化名人有张保和（中国曲艺家协会理事、军旅艺术家，著名相声演员）、邓宁东（国家一级作曲家、导演）、周兴华（岩画专家，原宁夏博物馆馆长）、黄若愚（职业画家）、麦天枢（作家，曾获"人民文学奖""徐迟报告文学奖"等全国主要文学奖项，曾任《大国崛起》《汉字五千年》等重大历史文化纪录片总策划）、沈醉（导演、作家）、杨兆兴（中国作家协会会员）、乔维新（画家）、赵牧阳（"中国摇滚鼓王""中国流行民谣第一人"）、马生林（"花儿王"）和马汉东（"花儿王子"）、伏兆娥（中国工艺美术家协会会员、中国民间文艺家协会会员）、潘志骞（中国书法家协会会员）等。

5. 文艺品牌铸造

2004年以来，市委宣传部、市文化局主办了以"搭起群众舞台，尽显百姓风采"为主题的激情广场文化活动，这是一项低门槛、高水准、重参与的群众文化行动。活动举办以来共有100多支来自各界的文艺团队为群众献上了丰盛的文化大餐，受到了广大市民的普遍欢迎。

6. 文化工作荣誉

（1）集体荣誉

一是国家级荣誉。1988年，中卫县西园乡文化站被文化部评为"以文补文"先进单位；1993年9月，文化部授予中卫县文化馆"标准馆"称号。2005年，中宁县被文化部授予

"全国文化先进县";2013年10月,中宁县文化馆被文化部评定为"国家一级文化馆",次年中宁县图书馆获评"国家一级图书馆";2008年,海原县首次获得"中国民间文化艺术之乡"称号,2011年11月,海原县文化馆被文化部评为"国家一级文化馆",2011年12月,海原县在文化部办公厅公布的2011—2013年度"中国民间文化艺术之乡"命名名单上再次入榜。此次全国共有528个市、县、区、乡镇被命名为"中国民间文化艺术之乡",宁夏有7家登榜,海原县是中卫市的唯一一家;2009年9月,文化部复查全国文化先进县,中宁县再次保留"全国文化先进县"荣誉称号。2012年10月,中宣部、文化部、国家广电总局、国家新闻出版总署授予中卫市"全国文化体制改革工作先进单位";2016年,中卫市文化馆、中宁县文化馆、海原县文化馆迎接国家文化馆评估定级验收后被认定为"国家一级文化馆"。同年,中卫市文物管理所荣获国家文物局授予的"第一次全国可移动文物普查先进集体"。二是自治区级荣誉。1985年,中宁县文化馆被自治区文化厅授予"全区先进单位";1987年,中卫县宣和乡、永康乡、常乐乡、柔远乡、镇罗乡、西园乡、城关镇、甘塘镇、西台乡,中宁县石空乡、康滩乡、舟塔乡、东华乡、鸣沙镇、白马乡、长滩乡、关帝乡,海原县西安乡、杨明乡、高崖乡、兴仁乡、九彩乡、关庄乡入选第一批全区城乡"合格文化站";1988年,报送《中国民间舞蹈集成》《中国民族民间歌曲集成》等,获自治区党委宣传部、自治区文化厅等颁发的宁夏第二届民间文学"金凤凰奖";2012年9月,中卫市获"全区文化体制改革工作先进集体"。2011年至2015年，中卫市文化局连续五年荣获"全区文化先进单位"。

（2）个人荣誉

一是国家级荣誉。1993年，中卫县宣和镇文化站站长徐振江被自治区文化厅推荐为"全国先进文化工作者"；2007年，市文物管理所石宇清被国家文物局授予"郑振铎、王冶秋文物保护奖先进个人"；2016年，市文化馆刘忠群被全国社科联授予"全国优秀社会科学普及工作者"、沙坡头区拓兆农、海原县李成林、中宁县陆斌入选第二届全国"书香之家"，宁夏共有16个家庭获此殊荣。二是自治区级荣誉。2007年，中宁县文化馆李震宏被评为"全区广场文化活动先进个人"；2013年、2016年，市文化馆刘巍先后两次被宁夏文化厅授予"全区非物质文化遗产保护先进个人"，中宁文化馆李琼获全区文化体制改革工作先进个人；2014年，中宁文化馆王新龙获全区群众文艺会演优秀辅导奖。

（3）作品荣誉

一是文学方面。长篇报告文学《沙坡头世界奇迹》获第二届中国纪实文学创作奖、宁夏文学创作一等奖。二是音舞戏方面。1983年，第三次全区民歌（花儿）文艺会演在同心举行，中宁县组织20人的代表队参加，《沙枣花我心中的歌》获二等奖，《长脖子雁》作者陈宏隆（中宁县文化馆）获创作一等奖。2014年，第十二届中国西部民歌（花儿）歌会，有3人分获铜奖、花儿传唱奖和花儿传唱新人奖；全区文艺会演舞蹈《飞得更高》获二等奖；全区首届建设社会主义新农村文艺会演，舞蹈《欢乐的篝火》《天堂》分别荣获三等奖和优秀奖；全区群众文艺会演，小戏《背妈妈上学》获表演一等奖，小品《面试》获表演三等奖；全区开展的"欢乐宁夏"群众文艺会演中，中卫市选送的《金筏飞渡》、单口快板《沙坡头唛叽得很》等32个节目荣获创作奖和表演一、二、三等奖。三是美书影方面。美术作品：1983年，中宁县文化馆郑定森国画《茨园小憩》《老模范贡献》获自治区文学艺术创作三等奖；丁成业水粉画《繁荣的市场》获全区农民画三等奖。市美协副主席雷枝强国画作品分别入选"第八届中国'西部大地情'全国中国画油画作品展""2014年全国中国画作品展""中国画水彩画作品展""中国百家金陵画展"；市美协副主席赵闯的国画《一池幽梦》《秋韵》分获"全国第十三届当代花鸟画大展"优秀奖和入展"全国第十四届当代花鸟画大展"，油画作品入展"庆祝新中国成立60周年宁夏美术作品展览暨第十一届全国美术作品展览宁夏预选作品展"，油画作品获全区第六届群星奖暨第四届群文技能大赛银奖，获文化部2012群星璀璨·全国美术书法摄影优秀作品展美术类铜奖；市美协副主席熊阿琳的版画作品获文化部工会举办的"祖国好"全国群文系统职工书画展优秀奖，入展"庆祝新中国成立60周年宁夏美术作品展览暨第十一届全国美术作品展览宁夏预选作品展"，获全区第六届群星奖暨第四届群文技能大赛银奖。书法作品：1983年，中宁县李保全书法小楷《录胡耀邦关于台湾回归祖国的讲话》和《赞张海迪》，分获全区职工书画展二等奖和三等奖，中宁县书协主席陶毅作品获文化部

2012群星璀璨·全国美术书法摄影优秀作品展书法类铜奖、"大匠之门"——宁夏第六届书法篆刻作品展三等奖、中卫市楹联大赛书法一等奖。影视作品：《宁夏中卫文化中心》荣获"美丽中国"文化新地标全国摄影展金质收藏奖，《魅力古寺》获中国古建筑摄影大赛宁夏分赛区古建筑传承三等奖，《春耕图》《心如其景》在"西吉70年"全国摄影展中分获收藏作品和优秀作品奖，《矿石遗迹》入选第25届全国摄影展，马德的《守望西海固》在2016年全区群众书法绘画摄影大赛中获一等奖，杨月凤摄影作品获第六届群星奖暨第四届群文技能大赛银奖、《舞动的黄河》获陕西·甘肃·青海·宁夏四省（区）摄影展览三等奖。朱彦荣的专题片《五色土》获"民族团结骏马奖"一等奖（1990年），杨富国小说改编的电视连续剧《风雨沙坡头》在"首届中国国际文化旅游节"上摘得"影响中国旅游电视剧"金奖。四是剪纸、刺绣方面。周国霞剪纸作品《回族风情》获第十二届中国民间工艺美术展银奖，《宁夏窗花》荣获首届全国（陕西渭南）剪纸精品邀请展特等奖、《民族风情》荣获中国（陕西）农民画暨剪纸精品大赛优秀奖。

7. 领导关怀与名人来访

（1）领导关怀

1994年6月，新华通讯社原社长、当代著名新闻记者穆青（1921—2003）到中卫，在沙坡头黄河引渠、腾格里沙漠采访；2014年8月12日，中国文联副主席、中国美协主席刘大为一行30余人来中卫参加"丝路访古宁夏采风活动"；

2016年5月14日，中共中央委员、中国作家协会主席铁凝一行来中卫，调研基层作协工作及相关情况。

（2）名人来访

1988年10月，台湾著名作家陈若曦（女）访卫；2016年1月28日，中国科学院院士、北京大学教授、无机非金属材料领域专家俞大鹏回到家乡中卫，在中卫一中做"从中卫到奇妙的纳米世界"为主题的报告。俞院士（2015年12月7日当选，曾是中卫县1978年高考"探花"和1985年全县第一个硕士研究生，目前第一位当选中科院院士的宁夏籍学者）表示，作为一个中卫人，个人的发展离不开家乡文化的熏陶和家乡人民的支持。

（七）出版

出版的文学专著有民间文学《中卫民间故事集》（1986年），长篇小说《底色》《商道》（张永生）、《旷世奇缘》《风雨沙坡头》《丝绸之路》（杨富国）、《捕梦网》《女性烟火》《飘零》（刘健彷）、《碾盘井记事》《瓜魂》（黄辉）、《黄河风云》（拓兆农）、《花逝》（孙艳蓉）、《尘事》（石也）、《枸杞湾的红精灵》（白小山）、《大唐平叛记》（张廷保）、《刺向太阳》（高麟）、《孝义风雨情》（冯俊祥）、《莫家楼传奇》（莫如江），短篇小说集《煮命》（石也）、《拾荒》（李海潮），诗集《对面一把空椅子》《放在能看见的地方》（李壮萍）、《当我再次比喻月亮》《风吹雨打的天堂》（刘乐牛）、《走在时空的年轮上》（李宗武），散文随笔集《真水无香》（孙艳蓉）、《律动心中河》（俞雪峰）、《你配得上世上的一切美好》（朱敏），报告文学集《崛起的沙坡头》（刘健彷）。出版画册《中卫》（1984年）、《中卫（中英文对照版）》（1987年）。出版非物质文化遗产系列丛书三个系列：《中卫历史文物》（陶雨芳）、《中卫非物质文化遗产名录》（陶雨芳）、《中卫市非物质文化遗产丛书》［含《中卫民间故事》（陈卫）、《雕梁画栋绘丹青》（谭宣东）、《古城的风雅——中卫传统文化撷英》（刘忠群）］。出版《翰墨飘香——李氏书法系列》（李新科）、《红枸杞历史文化丛书》（张兴斌、左新波，含《中宁历史文化典藏》《中宁民俗文化经典》《中宁夜话》《中宁诗书翰墨》《中宁名胜大观》）、《海原县非物质文化遗产丛书》。出版史料著述《中卫史话》（李福祥）、《中卫往事》（李福祥、张发盛）、《塞上名城——中卫》（1994.06自治区外宣办编印）。出版歌曲集《花儿海原》专辑光盘，等等。

三、经验启示

中卫市拥有秀美奇绝的山川风光和丰富深厚的文化底蕴，其得天独厚的文化资源正是文化事业与文化产业的优势。只有总结中卫改革开放以来文化建设的先进经验，才能确定中卫文化建设未来发展的方向。

改革开放30年的文化工作是从"文化大革命"结束时几乎瘫痪的状态中站起来的，在"行走"的过程中出现过"磕碰"，也不可避免地存在失误。但党致力于先进文化的探索，最终走出了一条具有中国特色的文化工作道路，形成了中国特色社会主义文化的理论与实践。其成功发展的经验是宝贵的精神财富，为以后的工作指明了方向；其不足的现实问题为以后的工作提供了借鉴，如政府出台扶持政策有无效果，财政投入力度大不大，专业文艺团体和业余文艺社团演出补贴政策配套不配套，文体基础设施建设实用不实用，等等。人才较为缺乏，干部队伍颇为老化，干部交流普遍缓慢。乡镇、社区文化服务中心工作人员大多为兼职；文化产业发展时有缓慢，亟待在今后的工作中继续改进。

1. 立足初级阶段基本国情，铸造中卫"文化大市"品牌

站在新的历史起点上，我们必须清醒地认识到，只有避免"左"、右两方面错误倾向的干扰，文化工作的征程才不会迷失方向，丧失信心，偏离社会主义文化的道路；只有实施"大改革崛起战略"，文化工作才不会急于求成，脱离实际，重犯过去那种超越历史阶段的错误。

新中国成立后的前29年，我们在建设社会主义的理论和实践中所发生的一系列严重失误，归根到底是由于脱离了自己的国情；改革开放以来的30年，我们在建设社会主义的理论和实践中取得的巨大成功，归根到底是符合了自己的国情。党的十一届三中全会以来，社会主义初级阶段的论断正是立足于基本国情；也正是改革开放30年的文化实践与理论创新，社会主义文化建设才取得了举世瞩目的成就。

中卫自古是文化大县，虽拥有众多的头衔和美誉，但缺乏提炼整合，不能凸显中卫的城市个性，甚至只为某个县（区）所特指，不能涵盖大中卫。

（1）打响生态文化地标品牌。大自然的鬼斧神工造化出中卫神奇旖旎的生态风光。中卫拥有着世界垄断性旅游资源沙

坡头、全国历史文化名村南长滩、中国民间文化艺术之乡海原、中国枸杞（文化）之乡中宁、国家级非物质文化遗产项目山花儿，等等。同时拥有如此多生态资源和人文风光，在全国是极为罕见的。

（2）打响精品文艺创作品牌。文艺界创作人员深入基层采风，创作反映我市惠民工程实施、城市与新农村建设等群众所思所盼的文艺主题节目，形成了本土文艺的大量原创作品。

（3）打响精品文化遗产保护品牌。保护境内长城、岩画、西夏遗址、长流水文化遗址、高庙、鼓楼等重点文物单位，让民众切身感受文化遗产的魅力；筹建中卫非物质文化遗产保护协会，吸纳市级以上非遗代表性传承人等民间文化人才，承担中卫市主办的民间文化艺术展演或非遗舞台类节目演出，选荐代表地方政府及宣传文化系统参加的国内外艺术交流等活动。一是筹办中卫民间社火精粹调演。组织中卫辖区代表性民间社火项目，精心指导挖掘套路，凸显社火的历史典故与传统底蕴，突出"我们的节日"的细节看点。二是筹办中卫高庙新年祈福会。依托高庙（保安寺）庙会形成的民俗惯制，增添文化创意和互动体验的内容，赋予群众文化娱乐的时代新意，办成集祈福祝祷、旅游观光、非遗展示、休闲娱乐、购物餐饮为一体的新年庙会，呈现一台"逛庙会、赏民俗、看表演"的文化盛会。三是筹办中卫"黄河石博会"。依托中卫文化市场等产业经济实体，发挥"黄河石"的资源优势，设置主展区、常年展区和体验展区，壮大中卫文化奇石产业，打造中卫艺术"奇石经济"，搭建西北乃至国内黄河石产业（界）展示、交易的平台。四是筹办中卫民族民间文化艺术博览会。邀请全市非物质文化遗产代表性精品项目及传承人进行展演；举办非遗保护宣传讲座；举行中卫市非遗代表性舞台剧（节）目文艺会演；举办中卫市非物质文化遗产代表性项目及传承人图片展览。五是筹办中卫民间艺术专题精品展。策划"泥是传奇"——中卫"泥塑三杰"艺术精品展，展出市级传承人的100件代表性泥塑作品，呈现民间艺术家独特的原生态题材和神奇的"黄泥土语言"；策划"匠心营造"——中卫陈进德古建彩画展，展出自治区级非遗项目中卫古建彩画传承人陈进德彩画代表性作品，赏析中卫高庙等经典古建的独特魅力，感知"匠人营造"的艺术力量；策划"水韵天成"——张克勤木版水印作品展，展出中卫市级非遗木版水印等项目代表性作品，呈现勾描、刻版、印刷的手工制作工序，传承人现场展现刻印技艺，观众现场体验手工印制技艺。六是筹办"阿不子"——印象中卫文化遗产系列扑克图谱。策划中卫方言、泥塑、彩画、饮食或历史文物等系列文化遗产内容的印象扑克图谱，凸显中卫文化的独特性和优越性。七是筹办中卫群众文化系列丛书。策划《中卫市群众文艺丛书》，收录《中卫民歌集》《中卫小戏小品集》《中卫老照片集》《中卫非遗口述实录》等；策划《中卫市非物质文化遗产代表作作品丛书》，收录《中卫泥塑作品集》《中卫古建彩画作品集》《中卫剪纸刺绣作品集》等；策划中卫自治区级以上代表作项目枸杞传统栽培技术、回族山花儿、高庙（古建筑、彩画、泥塑、砖雕、庙会等）、刺绣、方棋、蒿子面、黄羊钱鞭、羊皮筏子制作技艺、手工地毯制作技艺等涉及民间文学、音乐、舞蹈、美术、手工技艺等代表门类的系列丛书，拟统一写作大纲，并选定文化专业技术人员、群众文艺创作者、民间文化研究学者、基层文化馆（站）长或自治区级以上传承人承担单本编著任务，市文化馆担负审阅修订工作，单本既独立成书，整套又构成系列，可作为全市首部系统挖掘群众文化集萃的图书集。

（4）打响特色产业联盟品牌。全市要形成图书音像、出版印刷、剪纸刺绣、奇石古玩、仿古地毯、回族服饰、演艺娱乐等行业在内的综合性文化产业体系。

2. 坚持解放文化思想，发展中卫"文化先进"生产力

改革开放的历程，就是以思想大解放促进生产力大发展的历程，要把思想和行动统一到贯彻落实科学发展观上来，破除一切不适应、不符合文化科学发展的观念、体制和做法，创新文化工作发展理念、发展思路、发展举措、领导方法，把我市文化事业的发展转变到科学发展的轨道上来：

（1）实施"大设施建设战略"。中卫要全新布局文化事业，必须统筹全市文化工作，形成市、县（区）、镇（乡）、社区（村）四级文体基础设施网络，改善全市公共文化的基础设施条件。

（2）实施"大项目带动战略"。中卫要实现文化事业发展的大跨越，加快推进文化产业规模化、集约化、专业化进程，重点打造示范性文化产业园，高标准明确文化产业发展的重点方向，全力打造中卫文化产业的"航母"。

（3）实施"大产业发展战略"。结合中卫资源优势及文化

事业基础，精心包装打造一批具有比较优势和发展潜力的产业作为主导，既做大做强文化产业，又能带动旅游服务业，形成文化搭台、多方唱戏、各方共赢的局面。一是大力发展旅游演艺业。重点编排1~2台具有浓郁地方特色的文化大戏，让游客在欣赏山水美景的同时，也能感受到独特的文化韵味。筹划编排大型山水舞台实景演出，融入具有中卫特色的传统文化和跌宕起伏的民间故事，使观众仿佛置身于古老的中卫与梦中的"沙坡头"，实现心灵上的回归。二是大力发展节庆会展业。吸引大企业、大财团参与，建立"投资—回报"机制，把节庆活动纳入市场经济的轨道，通过市场化运作，形成节庆会展的良性循环，进一步提升中卫"中国生态文化地标"这一旅游品牌的知名度与美誉度。三是大力发展文化创意产业。围绕网络信息业、动漫游戏、软件开发等新兴发展方向，加快文化与科技、创意与制造的融合发展步伐，坚持差异发展、错位发展，形成结构合理、门类丰富、科技含量高、富有竞争力的文化创意产业体系。

3. 依靠广大人民群众，做足中卫文化"两篇文章"

改革开放的实践告诉我们，人民群众是改革开放的主体，既是改革开放的受益者，又是改革开放的实践者和推动者。最重要的，要始终坚持以人为本，把实现好、维护好、发展好最广大人民群众的根本利益作为推进改革开放的出发点和落脚点，切实做到改革开放为了人民、依靠人民、改革开放成果由人民共享，继续充分发挥广大人民群众参与改革开放的积极性、主动性、创造性，尊重人民群众推动改革开放的首创精神,最广泛地动员和组织群众投身文化改革开放的实践,依靠人民群众的巨大力量和集中起来的无穷智慧,夺取文化工作深化改革、扩大开放、持续发展的新成就。

(1)做足"自然资源的文化挖掘"文章

中卫境内拥有国家AAAAA级旅游区沙坡头、中国重要农业文化遗产、中国枸杞原产地(起源地)、国家级非物质文化遗产"花儿"等自然风光与淳朴文化,为发展文化事业与培育文化产业提供了天然的宝库。要在严格保护与合理利用的基础上,挖掘其文化内涵,发掘其文化价值,变自然资源优势为文化事业优势,助推文化产业发展。

(2)做足"人文历史的包装整合"文章

中卫最具代表性的有山花儿、泥塑、古建彩画、羊皮筏子制作、水车制作、手工地毯制作、蒿子面、方棋及麦草方格固沙法、中卫说歌(方言形式)等,要对各类历史文化和民间艺术进行包装整合,合理开发,有效利用,唤醒历史记忆,重现"历史天空",引爆中卫文化事业和文化产业的内动力。

4. 坚持文化事业与产业两轮驱动,实现中卫文化工作机制创新

(1)创新政策扶持机制。党委、政府及主管部门要进一步转变职能,实现从"办"文化向"管"文化转变,发挥好社会文化力量的作用,定期召集管、产、学、研人员进行沟通,合理调配文化事业与文化产业资源。市、县(区)党委、政府要加快制定文化业扶持政策,为文化业发展提供政策保障。一是编制《中卫市文化事业和文化产业发展规划》。对全

市文化事业和文化产业发展进行科学合理布局，明确发展思路、目标和措施，指导、引领全市文化业向前发展。二是制定出台《中卫市扶持文化业发展的若干政策》。在落实中央和自治区已有政策的基础上，结合中卫实际，按照超常规、跨越式发展的要求，进一步完善和出台一系列含金量高、易操作的优惠政策，在人才、土地、税收、金融等方面给予倾斜扶持，以此来激励文化企业的快速发展。三是设立市、县文化业发展专项资金。采取贴息、补助、奖励等方式，支持具有导向性、示范性的重点文化产业建设项目，形成常态增长机制，随财政收入增长逐年增加。

（2）创新活动组织机制。调动社会一切力量和积极因素，政府及文化主管部门要主导谋划与中卫历史文化经济社会相适应的群文活动，筹排中卫历史舞台剧、新年诗会、中卫故事节（会）；筹建中卫乐团、合唱团、舞蹈团、市美术馆、市非物质文化遗产保护协会；筹办《中卫文化报》《中卫文化》电视栏目等叫得响的"拳头作品"和"旗舰产品"。

（3）创新人才保障机制。积极完善文化人才管理和激励机制，努力营造一个优秀人才脱颖而出的环境。实施优秀人才引进工程，积极引进创意策划、文化经营和旅游营销等高素质人才，增强全市文化业队伍活力；实施文化遗产传承工程，抓好"非遗"传承人及民间艺人队伍建设，传承、保护、发展民间文化艺术，拓展全市文化业内涵和外延；实施专业人才培训工程，内引外联，充分利用宁夏大学中卫校区、中卫职业技术学校和各县职业技术培训中心，因地制宜开设沙雕、泥塑、文化经营、旅游管理等专业，着力培养一批本土懂文化、善管理、会经营的复合型文化人才，建立一支"永久牌"文化人才队伍，使之成为全市文化业发展的中坚力量。

四、对策建议

（一）问题

在充分肯定成绩的同时，中卫市仍存在许多文化与经济社会发展不相适应的地方，文化工作与市委、市政府的要求和全市人民的期望还有不小差距。如文艺创作总体水平不够高，文艺精品力作尤其是现实题材的优秀文艺作品数量偏少，文艺人才发现、培养、扶持、推介的力度有待加强，文化工作的覆盖面需要进一步扩大，文化、体育、旅游之间发展不够均衡，等等。突出表现在：

1. 文化体制不完善，文化机制效率不高

因文化管理体制原因造成均等化公共保障机制不健全，基层文化单位"职""责"不对应、"岗""员"不对称等结构编制问题普遍存在，基层文化站缺少正式专职工作人员，兼职人员"兼而不顾"现象极为普遍，乡镇综合文化站建成闲置，村级文化服务中心无专人管理，村级农家书屋普遍大门紧闭，国家投入设施设备的荒废现象较为严重。

2. 文化建设投入不足，文化政策不能有效落实

"十二五"开始，各地对文化公共财政的投入无论在总量、所占比例和增长速度方面都显著提高，对农村和欠发达地区财政扶持力度也不断增强，但与推动公共文化服务体系构建的要求相比，仍然存在差距。基层政府事权与财力不匹配，多

渠道投入政策不完善，一些文化经济政策未能得到有效落实，影响了公共文化服务均等化的进程。

3. 文化供给不均衡，文化服务难以全覆盖

市级公共文化设施和公共文化机构全部集中在主城区，城区以外的两县两区没有市级文化（分）机构设施；城市重大文化体育设施投入较多，连居住小区文化设施都得到较大改善，而县（区）级和乡（镇）级设施建设相对滞后。尤其在西部地区和老少边穷地区，设施总量不足、布局不合理的问题较为普遍，基层公共文化活动后续提升及活动开展的经费难以保障，综合文化服务中心设施维护、更新、维修等缺乏经费支持，甚至乡（镇）综合文化站被摘牌给其他站所或变身村部办公使用。

市级重大文化节庆活动大多集中在城区尤其是主城区范围内举行，城区尤其主城区外的其他县（区）居民参与和享受重大文化节庆活动必须付出比城区尤其是主城区居民更高的综合成本；县（区）内县级大型文化节庆活动等都集中在城区，城区范围外乡（镇）居民参与和享受城区文化节庆活动也必须付出比城区居民更高的成本；城乡自身为居民提供的公共文化产品、文化服务总量很少、质量偏低；面向基层的优秀公共文化产品供给不足，特别是内容健康向上、形式丰富多彩、群众喜闻乐见的文化产品种类和数量少，服务质量参差不齐。同时，县（区）、乡（镇）、村（社区）之间发展不够平衡。除部分经济较发达乡（镇）农村文化活动开展较好外，大部分农村地区文化活动较少，一些边远农村群众文化生活还相对贫

乏，享受不到应有的文化生活，农民群众看书难、看电影难、看戏难的问题依然不同程度地存在。

4. 文化艺术人才较为缺乏，文化骨干急需培养

全市城乡农村文化干部年龄偏大，文化程度偏低，而且大多数文化专干身兼数职，人员存在"专干不专用"且业务不熟悉、组织指导业务能力较弱的问题。公益性文化事业单位现有在编人员主要集中在书画、戏曲和摄影等艺术门类中，编剧、作曲、编导、文学创作等创研类人才奇缺，文博、艺术研究等领域专业人才凤毛麟角。文化企业经营管理人员中既具有专业技能又学过企业管理的极少，文化创意人才、经营人才、管理人才总量不足，不能持续支撑"文化大市"的目标。

5. 文化力量不够活跃，文化参与热情有限

城乡贫困地区经济发展落后，居民在农村文化建设中自办文化的积极性不高，自我服务能力不够。企业和社会团体对公共文化服务的参与热情不高，参与程度较低，即使通过冠名赞助、捐赠等方式参与公共文化活动，也大多是零敲碎打。公共文化服务体系建设主要靠政府推动，存在政府财政投入"一柱擎天""独木难支"的状况。

（二）对策

1. 健全文化管理体制，完善文化激励机制

建立健全科学完善的文化管理机制和激励机制，以贯彻党的文化建设为契机，树立强烈的使命感和责任感，充分认识文化体制建设、文艺队伍建设、文艺人才培养对建设文化塑市、文化强市、促进全市文化大发展大繁荣的重要性，积极探索灵

活的用人机制和分配机制,增强人才资源的配置活力,统筹抓好各类文化人才队伍的建设。

完善文化议员队伍和议事会内部运行管理制度,通过政府采购文化服务和文化产品的方式,鼓励文艺工作者多出文艺精品,提高文化服务和文化产品供给水平。积极争取"文化惠民工程"扶持政策,支持和动员社会力量参与公共文化产品的生产供给。探索"社会办体育"机制,积极支持和鼓励各体育协会、体育社团、俱乐部及其他社会组织举办群众性体育赛事。

2. 拓宽文化经费渠道,解决文化经费投入不足

一是要继续对欠发达地区的文化建设给予财政支持和政策倾斜,完善对政策落实与资金使用的指导和监督,保证文化建设经费得到合法合理使用。二是不同类别公共文化服务的财政支出由不同层级政府承担。精细化梳理公共文化服务内容,科学区分中央政府、自治区级政府、市(地)级政府、县(区)级政府职责功能,优化财政资源配置,提高文化建设经费的支出和使用效率。三是县(区)政府要确保文化建设支出比例随经济发展有所增长,将文化建设支出纳入财政预算并达到合理比例。四是探索筹集资金的多元化渠道。创新政府服务形式,引入市场机制,制定多元化的投资、融资政策,吸引鼓励社会资本参与公益文化事业,改变资金来源渠道单一化、"供不应求"的局面。

3. 解决文化布局难题,实现文化供给平衡

加快《中华人民共和国公共文化服务保障法》《中华人民

共和国公共图书馆法》等法律法规的立法进程，从制度上保障公共文化服务的规范化、标准化和常态化。制定支持贫困地区公共文化健康发展的相关政策，特别是对贫困地区公共文化建设的财政支持政策。坚持把基础设施完善与长效机制建设同步谋划、同步实施，推进相应的管理体制和运行机制，将文化工作放在"五位一体"的总体布局当中。一是通过创新管理体制，探索建立"政府负责、条块结合"的管理模式，把管理主体责任和工作责任落实到主管部门或乡（镇）；二是通过建立考评机制，把公共服务管理纳入市、县（区）、乡（镇）三级党委政府绩效目标进行单项考核，把第三方满意度测评结果作为考核的重要内容；三是通过建立投入机制，整合各方资源和力量，明确各级公共财政投入责任，切实构建"国省扶持、地方配套、社会资助"的投入机制，真正激活城乡文化发展的内生动力。

4. 补充文化人才缺口，强化文化人才队伍培养

一是要保障基层文化工作者的工作条件、生活待遇，确保人员不流失、队伍不萎缩。二是要建立人才激励机制，从政策上鼓励文化骨干发挥传、帮、带作用，吸引专业人才加入文化服务队伍，不拘一格起用对开发地方特色文化资源有特殊贡献的民间能人。三是要优化人才队伍结构，形成一个由专业干部、文化团体、业务队伍以及管理人员和辅助人员等组成的公共文化服务人才体系。四是要制订人才培养计划，采取院校教育、岗位培训、业务交流等形式，加强培养基层公共文化服务人才。至2020年，市县（区）两级文艺组织体系完善，各文

艺门类协会班子健全并有效开展活动。全市文学、戏剧、音乐、舞蹈等文艺门类分别涌现出全区有影响力的文艺骨干。

5. 挖掘社会文化资源，激发社会力量参与

破除政府"大包大揽"的做法，创新公共文化发展模式，形成有助于推动公共文化服务均等化的体制机制，挖掘一切社会资源以提高公共文化的供给能力和效率，实现群众文化利益的最大化；调动和汇聚民智民力，形成市民文化需求表达、意见搜集和公共文化决策参与机制，改变公共文化产品和服务供给与人民群众多样化文化诉求目标错位、需求结构不对称现象，促进公共文化服务决策的科学化民主化。实现政府推动与市场拉动、自身持有与社会供给的有机结合，更加突出载体活动的牵引，达到以软促硬、变空为实的效果。

力争到2020年，基本建成覆盖城乡、便捷高效、保基本、促公平、具有中卫特色的现代公共文化服务体系，公共文化设施网络全面覆盖，人才队伍充实壮大，产品供给更加丰富，服务能力明显增强，管理运行和保障机制进一步完善，基本公共文化服务标准化、均等化水平显著提升，人民基本的文化权益得到更好保障。

党的十八大报告提出："实现中华民族的伟大复兴，必须推动社会主义文化大发展大繁荣，兴起社会主义文化建设新高潮。"改革开放30多年来，全市文化事业从无到有，由弱变强，不断走向繁荣。全市文艺创作呈现出生机盎然、持续繁荣的局面，文化事业与文化产业的软实力和影响力正在不断转变为现实的城市竞争力和社会生产力。

百舸争流千帆竞，乘风破浪正远航。踏着转型跨越发展的时代节拍，中卫要继续高举先进文化旗帜，深入发掘历史文化资源，倾力打造独具特色的文艺精品，完善惠及全民的文化服务体系，弘扬新时期中卫人文精神。中卫文化要讲述好中卫故事、传播好中卫声音、塑造好中卫形象，继续凝心聚力，奋勇争先，创造出无愧于时代、无愧于人民的文化业绩，其软实力和影响力必将转变为现实的城市竞争力和社会生产力。

宁夏非物质文化遗产保护工作交流心得
——在全区非物质文化遗产保护工作会议上的发言

为了有效开展非物质文化遗产保护工作，中宁县将非遗保护专项经费列入县财政预算，纳入县文化部门年度目标量化考核，并按照"全面普查、及时抢救、积极申报、合理规划、科学开发、传承发展"的原则，继承和弘扬优秀的传统民族文化，促使非遗保护工作迈上了一个新台阶。

一、主要成果

1. 全面普查，摸清家底。按照"不漏村镇、不漏项目、不漏种类"的工作要求，县普查领导小组办公室始终坚持深入基层，收集整理了63个民间非遗项目，拍摄图片2000余幅，征集实物资料100余件，制作音像资料18张，编写文字资料近500万字。不仅摸清了家底，完善了档册，而且建立了县级项目保护体系，公布了县级代表作名录。

2. 积极申报，科学保护。按照"以特色促申报、以申报促保护"的工作思路，县文化馆坚持深入搜集挖掘整理民间非遗项目。截至2013年，已成功申报自治区级名录项目7个，确定县级保护名录18项；获批自治区级传承人1人，认定县级传承人26人；命名县级传承点27个；建立"石空花灯制作技术"研发基地1处。

3. 打造特色,传承发展。立足杞乡丰富文化资源,依托中宁特色民间文化,促使非遗文化得以快速传承与发展。

一是加强非遗项目的文艺创作。舞蹈《金鞭飞舞》取材于自治区级民间社火代表作项目"黄羊钱鞭",经艺术编排,从火热大地搬上璀璨舞台,成功将民间社火改编成现代流行舞。校本课程《钱鞭神韵》继承传统套路,创新表演形式,并在"进校园"的基础上实现了教学普及。秦腔戏《小宴》经编排后选送参加2012年全区群众文艺节目调演,荣获一等奖并受邀在颁奖晚会做汇报演出。

二是加快非遗项目的互动交流。选派蒿子面制作技术传承人赴毛里求斯参加唐人街美食文化节、安排农具编织技术传承人参加中国(宁夏)国际文化艺术旅游博览会黄河金岸非遗展、组织民间社火艺人参加全国慈善博览会主题歌MTV拍摄等活动,成功迈出中宁非物质文化遗产"走出去"的步伐。蒿子面制作技术大赛连续举办两届、碾馔子制作技术摄影大赛受到群众青睐、石空大佛寺"二月二 龙抬头"民间社火大赛引来媒体关注、"啸龙闹春"社火展演得到《中国节日志·我们的节日》课题组关注、"腾龙诵春"花灯展邀请新华社宁夏分社一行亲临观赏、"杞乡印象——老旧照片和老旧物件展"与"薪火传承——非物质文化遗产展"让观众流连忘返。

三是加大非遗项目的宣传力度。联系中央电视台《世界地理》频道拍摄《中国地理标志·中宁枸杞》纪录片;新华社宁夏分社以"舌尖上的蒿子面"为题采访报道蒿子面传承工艺。邀请宁夏广电总台《新时空》先后拍摄"隋唐秧歌""刘庙舞狮""新桥高跷""枣园清炖土鸡"等节目；《老王茶馆》制作"一面之缘——中宁蒿子面""一碗鸡血面的百年情缘""巧手塑功德——中宁泥塑彩绘"。邀请《中卫日报》整版刊登《杞乡特色美食海外飘香》一文。安排中宁电视台《文化中宁》栏目制作"中宁枸杞酒""中宁四大碗""石空大佛寺庙会"等项目专题片；《杞乡人》栏目采写"中宁老豆腐""中宁硒砂瓜传统栽植技术""中宁民间音乐"等项目及传承人。

四是加速非遗项目的整理出版。县非物质文化遗产保护中心编印《杞乡文化》刊物与《守望家园》报，集中展示全县非遗保护与传承现状。《中宁民间故事》《中宁民间歌谣》等六部书100多万字已整理完成等待出版。

二、主要做法

1. 强化领导，健全机构。成立了县非物质文化遗产保护工作领导小组，领导小组办公室下设在县文广局。设立县非物质文化遗产保护中心，挂靠文化馆（内设非物质文化遗产保护部），承担全县非遗保护的日常工作。同时，成立了非物质文化遗产评审专家小组，专门负责专业咨询与业务指导，项目申报的论证和评审等工作。

2. 强化措施，明确目标。制定了《中宁县民间文化遗产保护实施方案》，成立了普查工作小组，拟定了普查提纲，撰写了项目申报计划，确保了国家、自治区级项目的有序申报与保护。同时，每年组织召开专家委员会与传承人保护传承工作经验交流会议，对年度非遗工作进行研究部署，重新明确非遗工作目标，做到责任量化、责任细分、责任到人。

3. 强化培训，提升队伍。加强普查人员专业培训，不断提高文化遗产专业队伍的工作水平。相继安排专业技术人员参加全国、自治区民族民间文化遗产保护业务培训。同时，加大民间文化人才知识培训，举办非遗业务知识培训班2期。还不断优化队伍结构，启用部分年轻骨干专研非遗业务，确保文化遗产保护事业后继有人。

4. 强化宣传，增强意识。发挥社会力量，强化舆论，提高全民非遗保护意识，支持、鼓励、指导各类文化遗产保护民间组织健康发展。一是开展名录申报。在做好日常普查工作的同时，由评审专家小组对普查项目进行评审认定，对地域特色浓厚、濒危失传的项目，县政府及时公布列入保护名录体系。二是举办庆祝活动。利用国家文化遗产日等契机，将非物质文化遗产保护项目制成展板或设计印刷宣传彩页，以图文并茂的形式在广场等群众聚集地展出，并大张旗鼓地对项目传承点和代表作传承人分别给予授牌命名和资助保护。三是组织展示展演。借助枸杞文化艺术节、大佛寺文化旅游艺术节等大型节会，积极展示展演民俗文化活动，扩大了中宁非物质文化遗产的影响力，提升了杞乡历史文化的知名度。四是强化研究利用。鼓励业务骨干研究课题、出版著作或撰写论文，先后出版《红枸杞历史文化丛书》《中华枸杞故事》等著作，撰写《浅论民间舞蹈"黄羊钱鞭"与全民健身》《论"蒿子面"文化产业如何破题》等论文。同时，做好对非物质文化遗产成果的开发利用,以理论研究指导非遗保护实践。五是培育传承队伍。发动镇(乡)、村引导民间项目传人开展传习活动,扶植文化能人投身非遗产业。

三、存在问题及思考

非遗保护是以人为核心的活态传承,对不同的项目采取不同的方法,还有大量的工作要做,需要不断探索规律。虽然,中宁非遗保护工作取得了一点成绩,但面对存在的困难和问题仍须保持清醒的认识。比如,社会快速发展与非遗保护间的突出矛盾,非遗保护重申报轻保护的明显现象,一些古遗址、古民居等正惨遭破坏,面临湮灭,一些传统的口头文化和行为文化传承因保护不力、后继无人而濒临消亡,等等。为及时抢救这些边缘的非遗文化,应扎实做好以下三项工作:

1. 做大一批非物质文化遗产项目。实施非遗产业破题战略,做大做强非遗品牌,提升项目的国内知名度,铸造项目的地区竞争力,使之成为区域性非遗展示交流的平台,以此进一步带动地方经济的发展。借力中阿博览会办好中国枸杞节,打造国际枸杞交易中心枸杞馆,兴建县非物质文化遗产陈列展厅,以此进一步突出主题,弘扬特色,形成品牌效应,推动非物质文化遗产的保护。

2. 培育一批非物质文化遗产街景。挖掘非遗资源,提升民族民间文化与中华饮食、旅游开发的结合度,形成各具特色的文化产业区块。借打造"中华枸杞宴",整合中宁"蒿子面""鸡血面""枣园清炖土鸡""四大碗""条子肉""碾馔子""枸杞芽菜""枸杞膏""枸杞醋""枸杞芽茶""枸杞果汁""枸杞酒"等特色饮食项目，开办"农家乐"，兴办美食街。借开发"石空大佛寺旅游区"，整合中宁"黄羊钱鞭""隋唐秧歌""新桥高跷""刘庙舞狮""石空舞龙""中宁皮影""中宁道情"等特色表演艺术，设计系列民族民间文化旅游产品，开拓地方"表演艺术进景区"项目，并进行适度包装宣传，形成民间艺术风情旅游经典景区。

3. 建立一批非物质文化遗产基地。开发非遗资源，以中小微文化企业带动非遗项目特别是民间手工艺代表作走向市场，吸引工商企业家投资非遗产业，抢占区内市场先机，形成非遗产业基地的竞争力。

非物质文化遗产保护与传承是一项功在当代、利在千秋的文化工作，任务繁重，意义重大。我们将以更创新的理念、更理性的认知、更务实的举措，常怀对人类祖先创造的敬畏之心，永葆对民族民间文化的珍惜之情，继续为传承、保护与弘扬杞乡文化遗产事业而不懈奋斗。

文化人的"傲慢与偏见"

文化人,广义是对有知识的人的总称,狭义指从事文化艺术工作的人,是文化在整个社会的外在显现。它和"知识分子"是近似词,但比知识分子的概念"狭窄",负责在社会发展中传播文化,用自己所掌握的文化技能来推动社会发展与进步。

文化人活跃、热情、善良、"年轻"的集体特点,促使文化界别傲立于社会各行业之外,历史上既有不同凡响的作为,又遭嗤之以鼻的诟病,其自身的浮躁与张扬是社会意识形态现实层面的折射,需要文化人做出深刻的反思。社会对文化人的认知与评价亦有不客观理性的方面,需要全社会的正视。

一、什么是文化人的"傲慢与偏见"

文化人有社会精神文化阶层的优越性,长期从事文化艺术工作的浸染使其骨子里有中国文人的清高、孤傲与狂乱的气质。尤其当物质文明发展或物质满足到一定程度时,精神文明的高度被提升至无与伦比的地步,文化人被抬至时代的至高位置,精神偶像的定位让其容易恃才傲物,轻浮露馅。另有当文化被肆意践踏的政治混乱时代出现时,文化人的纯情、固执、抗争也会使之陷入被谴责、批判甚至遭革命的境遇，容易成为时代的"被侮辱与被损害者"。

二、为什么文化人有"傲慢与偏见"

文化人是浩瀚历史长河文明的记载者和守护人，是文明的象征和化身，引领着时代大潮的精神风向。纵观历史，"文人治国"曾成为普遍现象，"文人"总是历朝各代的少数精英，其中的统治者阶层占据了很大的一部分，整个历史几乎把"文"提升至荣华富贵与光宗耀祖的等同位置，文化人自然成了争相追捧的"香饽饽"，再加之约定俗成的礼仪教化，滋生了文化人的优越感和迂腐性。特别是到了政治开明的盛世年代，文化人洋洋洒洒讴歌时代，取悦明主的群体性格更是暴露无遗。加之朝堂的推波助澜，文化人骄横跋扈、妄自尊大，奢侈无形，致使其滋生出高于他人的优越性，不自觉地将自己乃至自身群体与其他人群分裂开来，并长期游离于黎民群众之外，忽略了自身阶层的属性，表现出了有知阶层的"无知"，"傲慢与偏见"也就难免出现，"另类与奇葩"便总会在文化人的序列中蹿出。还有，文化人擅弄笔墨，不事生产，不从行伍，造就了其血液中的软弱性，往往自命清高又有失理性，想脱俗却与实际生活脱节，格格不入者比比皆是。

三、文化人如何看待自身的"傲慢与偏见"

文化人的知识阶层属性决定了其拥有优越于其他阶层的心态，容易被主流价值意识形态所禁锢，常常成为统治阶层的代言人。同时，文化人的专业技术属性决定了其在行当中的自信与不凡，容易在其他行当面前表现出高傲，给他人造成恃才的感觉。

实际上，文化人是知识的表现体，服务的是人民。真正的社会精英应该潜心理论与实践的探索，回馈社会与群众的需要。

因此，文化人要摈弃自身的局限性，切实投入以"文""化"人的工作状态，将"文化"融入自己体内，变成自己的正能量，不要单纯地追求"文"的一面，而忽视了更重要的"化"。"文化人"对他人而言，就是要用文化引导他人融入"文化"中来，表现出文化的精神力量，并对社会发展产生深刻的影响，还要自觉摈弃腐朽落后，鉴别文化的虚伪，捍卫整个社会的文化尊严。

文化馆（人）的理想和现实

文化馆是新时期开展群众文化活动的公益性文化事业单位，承担组织、辅导、创作与非物质文化遗产保护等工作职能。随着时代的发展和社会的进步，文化馆在满足民众精神生活的问题上作用愈加突显，在化解社会主义初级阶段的基本矛盾方面不容小觑。

办文化要突破保守与陈旧观念的局限，冲出思想束缚的制约，展示文化人的创新意识和拓展功能，这成为当代文化馆（人）面对形势与存在意义的一道命题。

一、存在的职能

现阶段，文化馆的建设与社会经济发展和群众精神文化水平的提升一同在推进，形式以"文化馆""群艺馆""文化中心""孔子学院"等存在，职责是宣传弘扬中国的传统文化和普及民众的艺术素养。

文化馆的主要职能是组织群众文化活动，开展"送戏下乡""文化慰问"等流动文化服务；举办各类展览、讲座、培训等社会教育普及活动；辅导群众进行文艺创作，开展群众文化工作理论研究；收集、整理、研究地方非物质文化遗产，开展非遗的普查、展示、宣传活动，指导传承人开展传习活动。同时，指导下级文化馆（镇乡文化站、社区文化中心）业务工作，为下级文化馆配送文化资源和文化服务；指导辖区老年文化、少儿文化等不同层次的文化工作；开展对外民间文化的交流。

二、担负的使命

作为政府组成部门文化局下属的公益性文化事业单位，文化馆因职能的重要性和无可替代性而存在，也在社会变革的潮流中不断地丰富和变更。文化馆的作用不是一时一地的，而是社会主义主流核心价值的贯彻和落实者，荷载着物质文明外的精神世界，思考着社会的文化兴替，担负着群众的文化欢娱。

1. 文化的重镇

文化馆代表着党委、政府文化政策的风向，体现着社会文化公益的属性，引领着地方精神文明的风尚，决定着地区文化生活的质量和水平。

2. 艺术的园地

文化馆组织的演出、展览、辅导、培训、比赛、评奖等文艺活动，开展的作品创作、征集、加工、评审、发表等，都为文化艺术爱好者提供了艺术实践的天地。

3. 道德的讲堂

文化馆是群众文化艺术的乐园，是传统文化汇聚的高地，是社会道德的弘扬者，是政府联系群众文化工作者和文艺爱好者的桥梁，设置的专业技术人员岗位编制虽极为有限，承担的却是群众的思想道德教化，团结的却是群众文化艺术的庞大界别，瞩目的却是广大人民的物质以外的一切。

4. 物质的"垫场"

文化馆的活动经费不单靠政府的财政拨款，调动、依靠或依附社会力量已经成为文艺活动的常态，其中既有纯公益性的社会文化活动和半公益半商业化的社会活动，又有"文化搭台、经济唱戏"的"商味"活动。文化活动表现出来的形式成了经济活动的陪衬，担负的也就是垫场或热身的角色。

5. 文艺人的乐土

文化馆的活动人群是文化艺术的爱好者，一草一木一事一物都彰显着文化艺术的格调和修为，一言一行一举一动都昭示着文化艺术的气度和氛围，硬环境可以参照文化馆建设标准兴建，软环境则不同于任何世俗、新潮的场馆，是传统、人文、优雅、清新、享受的主流园地。

6. 社会人的"鸡汤"

文化馆是全民共享的公益性场馆，是公共文化服务体系的重要构成，占据公共文化服务窗口的领军位置，是憧憬文化艺术的社会人最应向往的"厅堂"和最触动人们内心"软肋"的"心灵鸡汤"。

三、发展的趋向

当前，人民日益增长的物质文化的需要同落后的社会生产之间的矛盾已转变为人民日益增长的美好生活需要和不平衡不充分的发展之间的矛盾。随着社会物质水平的不断提高和物质产品的极大丰富，文化产品生产的速度、质量和档次的发展依旧赶不上物质水平的增速，更达不到群众对文化的内心需求，加之传统文化资源和遗产不断消亡，民众的文化世界已面临愈加严重的困境（干涸或枯竭），而落后地区文化发展的速度较慢和公共服务体系的覆盖不健全，甚至边远地区文化边缘化、半荒漠化或低劣鄙俗的趋势并未减缓。

现阶段，文化馆正按照公益性免费开放和理事会管理的方向推进，未来走向非常明确，社会位置只会越加瞩目。另外，社会发展已进入矛盾高发期，民众的思想急需精神文化的润泽和洗礼。因此，文化馆（人）必将长期在职能的内涵和外延层面思考工作，必将追求在文艺探索和实践的道路上，必将游弋在理想和现实的困境中，也必将迎来时代大潮背景下的剧烈发展。

文化馆长的修养

文化馆长是政府委派（任命、聘任或其他方式产生）的事业单位法人，既是地方"办文化的头领"，也还多少承担着"管文化的文化局长"的角色，其行政管理能力、业务组织能力、协调沟通能力等人文素养表现尤为重要，是政府有效实施文化行业管理职能的重要人选，地位甚至能影响一个地方文化的气质和对外的形象，已成为社会发展最被选择性关注的角色，作用实在是不可小觑。

一、文化馆长的精神长相

行政和专业能力是文化馆长具备的基本素养，更重要的是要有一定的人文品格。

良好的职业修为和综合的职业素质能拥有领导行业的话语权和指导业务的权威性，能增加所领导集体的向心力和战斗力。同时，文化馆长对业内发展的前瞻性、群文专业的视野度、文化工作的规律及文化专业技术人员的取向等有充分的掌握和认知，才能有清晰的办馆思路和明确的群文事业发展的方向。

二、文化馆长的素质要求

1. 思想修养

文化馆长肩负弘扬民族精神、提高群众思想、建设特色先进文化的历史重任，要坚持学好党的各项方针政策尤其是文艺政策，用先进文化思想来教育引导群众。

2. 道德修养

文化馆长肩负着提高陶冶国民生活情操与弘扬社会核心价值观的政治重任，要坚持"以科学的理论武装人，以正确的舆论引导人，以高尚的情操塑造人，以优秀的作品鼓舞人"，遵循"创作是中心任务，作品是立身之本"，做真正意义上德艺双馨的艺术家。同时，要从自身做起，率先垂范，树立"甘当人梯""为他人作嫁衣"的奉献精神与舍己为人的品德，在干部职工中形成心境平和、宽厚礼让的和谐氛围，并鼓励专技人员投身于为民文化服务的事业中。

3. 业务修养

文化馆长的业务特点、业务要求与其他文化专业单位负责人不同，具有自身独有的特点：一是"多专多能多面手"，不仅要面对群众，也要和众多艺术专业人员接触；不光要辅导大量群众，也要引导广大专业艺术工作者，必须要成为精通多门艺术的"杂家"和"全能教练"，且要具有群众文化工作能力、组织能力、协调能力、策划能力等。

4. 文化修养

文化馆长的职业修养主要是哲学修养与文学修养，哲学修养能提高工作的辩证思维和逻辑思辨能力，文学修养可提高工作的口头表达和书面撰写能力，这些既是文化修养的外在体现，又是领导群文工作的必备能力。

三、文化馆长的社会期待

在文化大繁荣大发展的时代背景下，文化馆长思考问题与文化实践要站在党和政府管理社会意识形态工作的高度，紧扣宣传思想文化工作基调，紧贴群众切身需求，解决好所在地区社会主义初级阶段的基本矛盾，满足人民群众对社会文化工作的期待。

1. 建立良性的工作机制

倾心文化馆的"软件"建设，改善文化馆"死寂"的工作机制，敢于面对群众的挑剔与拷问，敢于协助党委政府主管部门及主抓领导熟悉地情开展工作，承担起文化馆作为城市文化符号的责任，凸显出文化馆这一承载精神文明特殊机构的独特作用。

2. 实现开放的工作格局

实行文化馆的全免费开放制度，改革文化馆"死板"的辅导培训形式，可在文化馆公益办班的基础上，引入社会文艺团队或文化名人，尝试设置文艺志愿队排练（错时）室、名家工作室、传承人创作室等功能性场所，满足观众的知情权与参与权，实现常态化的开放模式。

3. 设计全新的沟通渠道

更新文化馆的社会沟通速率，采用微博或博客等新沟通工具，建立数字文化网站，设计现代意义的公共文化场馆，公开文化馆组织的群文活动、收藏的民俗展品，定期预告下一阶段的文化活动信息。

4. 培育专业化的人才队伍

强化自身的专业背景，激发文化人的创作活力，培养群文专业的学科带头人，提升文化馆文艺人才队伍专业技能，优化文化馆后勤辅助人员成长空间，严格文化馆从业人员的入职门槛，树立一支能打硬仗、会打胜仗的文化职业队伍。

5. 策划创意的活动品牌

总结常规活动的不足，策划有创意的文化活动，重视活动组织的质量，兼顾各层次人群文化消费的心理，培育有知名度、受欢迎程度高、有地方特色、引领地区风尚的文化活动品牌。

6. 助推交流的文化常态

注重文化艺术的交流学习，有计划地安排互动式、对口帮扶式交流活动，定期开展展览、展演等活动，助推形成文化交流的常态氛围。

文化馆长不是简单的"政府官员"，不能只会上传下达或光会行政命令，不能单纯做奔波评判的评委组长或埋头研究的学术领导，不能像经营产业一样算计经济盈亏或利益冲突，而要成为有文化担当、会文化运作、懂文化安全的文艺界领导，更要有公益办馆的文化胸怀、为民服务的文化责任与遗世独立的文化追求。

第六辑
文化苦旅随想

　　文化行旅是感知、了解、体察乃至寻求文化享受内容的行为过程。

《民歌·中国》慰问演出中卫行

CCTV-15《民歌·中国》栏目于2015年8月4日走进宁夏中卫市沙坡头开展慰问演出,强大的演出阵容与流行的民歌演唱给炎热的夏日送来了"消暑的佳酿"。

一、《民歌·中国》"走进中卫"的基本情况

《民歌·中国》是国内唯一一档以中国原生态民歌歌种版图概念全景展示的民歌艺术节目,表现了中国民族、民间的原生态民歌艺术,拓宽了中国原生态民歌艺术的视野。栏目现任主持人是2006年央视综艺节目主持人大赛第五名的张宇。

《民歌·中国》选择走进中卫,是CCTV"送文化"活动深入基层的体现,是民歌与西部这一民歌重要产区的互动,是中卫作为旅游城市声名鹊起的印证。演出共有来自国内的歌唱家霍勇、王喆、兰天,当红歌手乌兰图雅、兰天、石头、杨帆、云朵、白玛多吉等近20位实力派歌唱演员。民歌汇在宁夏歌手马可、马慧茹的《花儿与少年》中拉开帷幕,乌兰图雅经典歌曲《送你一首吉祥的歌》《套马杆》唱出了草原和大漠交融的粗犷豪迈;石头独唱了成名曲《雨花石》,并和云朵演唱了《爱是你我》,挥洒出的是深沉的感动;《山歌好比春

江水》《山丹丹开花红艳艳》《黄土高坡》等一首首脍炙人口的歌曲让在场的观众如痴如醉,欢呼声如山呼海啸。观众高涨的热情不断感染着歌手,促使歌手不时走下舞台与观众互动。中卫市歌舞团作为地方专业文艺院团承担了歌会开场、结尾与部分节目的伴舞。

二、《民歌·中国》"走进中卫"的现实反响

《民歌·中国》演出选定在沙坡头景区北区的沙漠中,一方舞台平铺在沙丘之上,蓝天与大漠是天然的背景幕布,沙雕篆书"民歌中国"是仅有的舞美装饰,观众席设在舞台的正对面。这是中卫设市迄今出演档次最高的文艺栏目,团队"阵容强大,明星云集",演出选定在荒漠之上高歌,无疑给观众和游客带来的是享受;演唱的是观众耳熟能详的经典歌曲,的确让中卫群众激动振奋;演员能与广大观众走下台互动,切实让歌迷们感受到媒体、明星与基层的亲近。

三、《民歌·中国》"走进中卫"的圈点之处

《民歌·中国》活动圆满结束,但活动给中卫留下的价值值得去回头审视。一是栏目定位准。选择走进中卫,深入沙漠,把民歌精粹留给沙坡头,是央视编导的匠心独运,真正点燃了沙漠的热情和西北人的激情。二是曲目选编好。节目单选定的《热情的沙漠》《套马杆》《宁夏》《走咧走咧去宁夏》等歌曲都是民歌经典或通俗流行佳作,邀请的乌兰图雅等歌手的演绎风格都很符合中卫乃至宁夏的地域实际,表现的民歌意境和中卫观众的家乡情结完全契合。三是编排结构好。栏目编导和地方宣传部门沟通后,节目选用宁夏回族舞蹈《花儿与少年》开场,马可、马慧茹等地方歌手充满回乡风情的演唱将观众的心一下收拢,参演的宁夏原创歌曲《走咧走咧去宁夏》以歌伴舞的形式出现,风格极具现代音乐手法、时尚潮流乐感与地方风情旋律,符合大众的传唱韵味,令人对宁夏产生无限憧憬。结尾以"中国梦"主题创作歌曲《天耀中华》加伴舞的形式完成,呼唤出埋藏在群众心底的爱国信仰,演唱打动人心,唱出了国人祈祷中华民族昌盛不息的心灵渴盼,非常切合社会主义核心价值观。演出正逢农历夏末,整场节目达22个,另有不少热场节目,录制现场恰似"热情的沙漠",沸腾而不喧闹。四是录制感觉好。录制现场因地就简,看不到高架的舞台、夺目的背景喷绘、闪烁的电子屏,只有简易铺设的平地木板舞台、无垠的沙丘幕布、隐现的骆驼群映衬,台口没几步便是观众区,观众区两侧是景区的旅游散客和群众,近距离彰显的亲民感非常强。

诚然,不足的地方依然需要总结:一是舞台的选定与观众的组织。《民歌·中国》的舞台设置在城西16公里处的沙坡头景区,山峦大河、沙峰驼群等特定的场景充分考虑了主题背景,但忽略了观众视听的覆盖面。演出是公益开放的,但景区是有门槛的,观看是有成本的,偌大的"天地"场景唯独少了"人"的热潮;"专业观众"是组织了,部分游客是目睹了,空旷的沙漠之上偏就缺了群众的沸腾。二是节目的选定与原创的互动。《民歌·中国》走进中卫的节目单充分考虑了节目的构成,选定了致敬经典年代记忆的民歌(西北民歌),安排了宁夏的知名民歌歌手和回族、蒙古族歌手,使用了地方歌舞团的舞蹈伴舞，甚至计划演唱中卫的原创歌曲，但"走进中卫"未吸收中卫的地方原创歌曲和本土歌手，足见中卫民间音乐的搜集和挖掘是不够的，也反映出中卫在音乐创作和民歌整理方面存在的差距。

中国非物质文化遗产博览会感言

为充分展示宁夏非物质文化遗产保护的特色，探索创新非物质文化遗产保护的方式，自治区非物质文化遗产保护中心推荐枸杞膏制作技艺传承人并派员参加了在济南举办的第三届中国非物质文化遗产博览会，其间观摩了"文化生态保护区保护成果展""非遗创意衍生品项目展""山东省非遗项目进校园"，观看了"非遗优秀剧目展演""沂蒙画派作品进京展"，参加了"文化生态保护区建设论坛"等活动，感受了中华传统文化艺术的魅力，收获了非遗融入群众生活的愉悦。

一、基本情况

中国非物质文化遗产博览会是由文化部、山东省人民政府主办，文化部非遗司、中国非遗保护中心、山东省文化厅等承办的以展示和保护人类非遗为主题的文化盛会，每两年举办一届，已连续举办三届，是全国性、综合性的非遗博览、交易、展演的平台和载体。

第三届中国非物质文化遗产博览会以弘扬和传播中华优秀传统文化、加强社会主义核心价值观体系建设为主线，以"非遗：我们的生活方式"为主题，主要包括非遗项目展示交易、非遗优秀剧（节）目展演、非遗创意衍生品和非遗保护创新成果推荐项目展示、非遗项目对接洽谈和交易签约会、非遗保护高层论坛、非遗传承人交流培训、非遗项目进校园展示与总结汇报八大活动板块；共有来自各省、市、自治区和港澳台的18个国家级文化生态保护区、近700个项目560多位传承人集中亮相，交易签约409亿元，80余万名外地游客和泉城市民相继观摩了国家文化生态保护区保护成果和非遗项目生产性保护成果，共同见证了非遗保护的最新成果与空前盛况。博览会首开国内以非遗为主题的纪念邮册，出版发行限量1000套（500元/套），每套都有收藏证书及编号，收录了全国各省市53个非遗项目、54枚个性化邮票，涵盖了传说、音乐、技艺、医学等多个项目。此外，非遗明信片也同步发行。同时，组委会还印制了《博览会会刊》。

第三届中国非遗博览会宁夏代表团携10个自治区级以上项目参会，特装展位集中展示回族服饰、刺绣、泥塑、器乐，专业展位分别呈现贺兰砚、二毛皮、枸杞膏、羊羔酒等制作技艺，突出了回族风情与区域特色，展示了全区近年来非遗保护传承与振兴发展的成果。

第三届中国非遗博览会宁夏参展项目首次推荐枸杞栽培技术衍生项目枸杞膏制作技艺参展，传承人张伟中现场演示制作过程，并展示作坊生产的灌装"商品"。同时，"枸杞传统栽培技术"作为宁夏唯一项目入选《邮品纪念册》，见证了枸杞——宁夏"五宝之首"的认可程度。另外，历经4天的精心展示，博览会组委会授予张伟中"优秀传承人展示奖"，授予枸杞传统栽培技术等项目"优秀创意衍生品项目、非遗保护创新成果展示奖",可谓成绩颇佳。

二、亮点与创意

第三届中国非物质文化遗产博览会秉承第十届中国艺术节（2013年）的精神遗产,在顺延前两届博览会的基础上,也形成了自身的特点。

1. 开放办会。一是社会化办会。首次引入市场化运作模式,采取社会化招标形式引进济南日报报业集团参与承办,实现了新闻宣传与策展招展等方面的突破。二是开放性办展。首次引入"国家级文化生态保护区成果展",不同民族与地域的文化风格应接不暇,展现了悠久的历史和良好的文化生态,成为本届展会的一大看点；安排国内各省、市、自治区和港澳台及部分国家的项目参展；通知山东省内各市县代表性项目入展,吸引部分企业及商户的项目入驻,实现了项目在更广领域的合作延伸；吸引非洲木雕、蒙古国民间手工艺、朝鲜现代绘画等国外文化项目参展；国内小商品制造企业、地方特产商贩等积极参会,实现了非遗领域的合作延伸。三是惠民性展演。首次引入北方昆曲剧院经典剧目《牡丹亭》,还推出博览会免费入场、精品剧目低价演出、非遗进校园集中互动、非遗项目和企业现场签约等"子活动",实现了参与会展的群众性。

2. 活力办会。一是精粹展示。设置"文化生态保护区成果展",集中展示中华民族数千年积淀的非遗精华和各地最具特色的文化生态；开辟项目传承人展位,采用实物展示、图片解说、多媒体演示与传承人现场表演等方式演绎"绝活"；开展非遗进校园优秀成果展示活动，召集济南市近30所中小学校学生集中展演原汁原味的非遗项目，将非遗的继承和发展渗透到日常的教学，并以"文化遗产日"和其他节日为载体，积极组织开展民俗艺人技艺传承交流活动，让众多非遗项目在各中小学"安家落户"。二是市场领路。鼓励适宜生产性保护的非遗项目进入市场流通，促使项目融入群众日常生活，增强自身传承的动力，成为促进经济发展的新亮点。三是文化创意。注重"文化变产品"，通过工艺设计、古艺创新、独特仿制等方式，促使项目增加文化含量，符合当下的市场需求。四是科技支撑。植科技于古老技法，为传统插上"现代的翅膀"，增大了项目的附加值，凸显了"在发展中保护"的科技含量。五是理论铺垫。邀请各文化生态保护区相关负责人、各代表团成员、非遗保护专家探讨非遗保护的路径，指明了非遗整体性保护的实施方式。六是以"会"促"园"。搭建博览会平台，吸引全国各地非遗项目和传承人入驻博览园，把非遗的资源优势转化为发展文化事业和产业的优势，建成国家级展示展演与博览交易的永久平台。

3. 节俭办会。一是简化仪式。精简常见的烦琐议程，开幕式以参会人员观看博览会宣传片的形式开场，闭幕式以柳子戏的精彩演出闭幕。二是简洁布展。展位设置风格简洁实用，装饰材料普通耐看，着重突出非遗项目技艺魅力。三是节俭接待。从简接待各来济代表团，征用私家车为参展团服务，实行"一对一"服务，开创了会务接待的新模式。

4. 文明办会。一是形象展示。文化圣地的氛围与举办节会的经历促使济南市民乃至山东人民养成了文明观展的习惯，群众高素质的融入活动也给与会各方留下了美好的印象。二是底气呈现。组委会的精心工作和济南市的细致服务，确保了活动的秩序，证明了济南承办博览会的实力与诚心。

5. 务实参会。一是积极推荐。自治区非遗中心选荐枸杞膏项目入展，符合宁夏枸杞产业与红枸杞文化发展的需要。二是充分准备。中宁县文化馆按照参展要求用心准备，提前购置枸杞膏 100ml 与 500 ml 灌装瓶体，并设计非遗标识的"商品标签"，制作枸杞栽培技术等内容的宣传展架，印制传承人与项目产品的名片，置办展演用工具与服装等。三是灵活应对。传承人完成枸杞膏制作技艺展演与枸杞膏销售外，自觉承担起为消费者讲解"中宁枸杞"养生价值及鉴别真伪的责任，满足了广大群众认知"中国好枸杞"的强烈愿望。

三、问题与不足

1. 本末的倒置。博览会是非遗的博览会，实质要体现项目的技艺，主要展示制作或表演过程，其次才是技艺衍生的设计或产品。实际表现中，部分项目"匆匆贴上醒目的'商标'"或"急不可耐地摆上展柜"，一心想寻找卖点或签订大单，把博览会当作"市场'捉鳖'"，严重忽略了项目原生态的内涵，淡化了非遗展会的实质，形成趋向展销会或产业博览会的不良导向，始终不能回避"文化搭台，经济唱戏"的附庸地位。

2. 技艺的淡化。非遗是民间的技艺，实质是"口头或手工的艺术"，不单纯讲"生产"，而是提倡"生产性保护"。现实条件下,传承单位(人)"趋利"心理与消费者趋之若鹜的行为致使部分项目走向了"半工业"机器化模式与过度开发的商业化轨道,导致"手艺绝活"投机取巧为"无限复制",千变万化的"艺术个性"变卖成千篇一律的"雷同玩物",造就出一批赶场牟利的"非遗商人"和无暇钻研技艺的"艺术传人",短见利益牺牲了艺术水准,文化遗产被当成了"提款机"。

3. "非遗"的封闭。传承人是非遗的传承人,实质是文化的传递使者,不仅要继承,还要发展。实际生活中,除却必要的"独家秘籍"或"独特配方"外,项目制作或展演的过程可以展示给观众共享,而不应将遗产封闭成自家"独吞"的"绝技",遮遮掩掩"秘不示人",甚至神乎其神"故弄玄虚",买的只有"产品",从不轻易展示"技艺","遗产"变成"古董"或赚钱的幌子。

4. "经验"的缺乏。项目及传承人是民间的项目及传承人,实质是掌握一定技艺的"手艺人",相当多为"贩夫走卒者流",甚至可定义为"买卖人"。参展的重点与展示的内容轻重混淆,展示技艺理解成"市场赶集",展演体现的团队形象理解成各自项目"卖完算完",甚至出现展会未散项目已撤传承人已溜的情况;参展企业在参展经验与实力上存在差距,文化品牌形象不鲜明,宣传推介力度不够,产品技术的表述依赖文字或图片,文化遗产与商品难以互融契合,寻求签约的意识不强,对非遗博览会的要义仍显"无知"。

四、打算和建议

为期 4 天的博览会虽已结束，却留给代表团、参会项目及传承单位（人）诸多思考的"命题"。

1. 深入挖掘，精选项目

保护单位要大力挖掘项目线索，深入民间举"贤"荐"能"；要切实推动项目保护发展，助力传承人实施"生产性保护"。精选适宜不同赛会场合的项目参赛参展参演，着力推动枸杞民间项目的策划、包装、营销、展示等。

2. 体现创意，学会互动

项目及衍生制品要融入非遗，探索新法，改进新品包装，创新外观设计，让非遗的文化转化成好看好玩或好吃好用的物质或精神"产品"，以便更好地融入群众生活。另外，表演或制作并非简单的"走秀"，而是体现项目与观众的亲和度与参与性，尤其在展会等平台上，更要注重项目与人的交流互动。

3. 定位"市场"，发展名优

传承人要紧密关注"市场"，积累先进保护理念，做好"商品"定位，分析消费"层次"，提高市场的占有率，增强拓展"市场"的能力和信心，运用直销配送、连锁经营、代理销售、电子商务交易等现代展销方式，完善产品销售网络，搞活产品流通，提高产品市场的覆盖率和竞争力。参展单位要统一策划布置，力求突出展位的特色，集中展示非遗项目的系列衍生品。

4. 铸造形象，推介品牌

文化主管单位要扶持传承单位（人）对项目实施"生产

性保护",提升深加工后的附加值,尝试扩大生产规模,推介地方文化知名品牌。同时,将参展项目名录、数量、质量与原料基地或发源产地等有关信息整理成册,鼓励社会资源开展文化创意生产,拉动文化产业潜在消费,助推地方新文化品牌的诞生。

不得不提的是,枸杞产业是宁夏的代表性产业,长期以农林项目归口,始终当经济作物去买。枸杞项目传承人是集民间传统栽培技术、枸杞酒、枸杞膏等于一身的"土专家",掌握的技术为四代传承,修剪的枸杞园是"景观带",培育的"大麻叶"是"优品种",耕作的土地是"试验田(宁夏农科院新品种实验点)",种植的干果是"地道货",炮制的枸杞酒是"浓香酒",熬制的"枸杞膏"是"保健品",却长期沉浸在"延续祖先遗产与荣誉"的精神层面,停留在"种枸杞"与"当粮买"的小农状态,偶尔遇到上门索求的"订单"也勉强操作,应付了事,缺乏"市场运作"的知识和能力。博览会的经历促使传承人将意识提升到"不卖枸杞,卖养生文化"的认知层面,并着手注册商标,计划以家庭作坊为项目传承基地,沿袭传统技法,创研新技术,开发新产品,开创新吃法,将枸杞膏等非遗文化朝向产业化发展,把"符号化"的简单加工转变成高品质的日常保健用品,让枸杞文化与现代生活方式相呼应。需要纠正的是,枸杞可不简单归口农林业,不能眼中只有鲜果干果及其他合成制品,不应认为枸杞栽培技术仅属于农业文化遗产,不该简单地描述枸杞的记载、种植、药用历史,要从民间寻觅"文化的基因",展示民间项目的制作技艺，赋予非遗项目"科技的含量"，这才是枸杞产业发展容易被忽略的部分。

所谓"非物质性"并不是与物质无缘，而是偏重指以非物质形态存在的精神领域创造活动及其结晶。因此，非遗保护必须由目前轰轰烈烈的保护表象与盲目无序的经营状态，推进到"生产性保护"的阶段，再上升到"发展中保护"的层次；必须在零、散与作坊、商贩的基础上增大文化（展演）的含量，加快文化产业化驱动步伐，积极融入文化产业或非遗博览会的平台，并以此为契机，更新观念，开阔视野，推介项目，展示形象，真正回归"非遗：我们的生活方式"的文化自觉，实现非遗项目服务群众的目标，体现文化发展成果人民共享的价值追求。

全国基层文化队伍示范性培训心得

按照自治区文化厅的选派要求,我于2013年7月1日赴中央文化管理干部学院参加了为期一周的全国基层文化队伍示范性培训班,通过理论讲座、现场教学、研讨交流等形式,领略了文化建设实践的前瞻性,感知了群众文化组织的重要性,体验了公共文化服务体系创建的必要性。

一、基本情况

培训班汇集全国各省、市、自治区的41名学员(有28名馆长),共同聆听了国内6名公共文化领域领导、专家的讲座,观摩体验了5处现场教学点,实地观赏了1部舞台小话剧,举办了座谈讨论、学员论坛、文体活动各1次。

这次培训不仅拓宽了文化工作的视野,拓展了群文活动的思路,而且了解了业内现状,收获了同行友谊。

二、主要特点

1. 理论与实践结合

授课精选文化馆在公共文化服务体系建设中的地位、作用和任务,群众文艺创作,群众文化活动策划组织,基层文化工作创新与文化活动品牌建设,文化馆建设政策与标准解读等核心内容，悉心安排到中国国家博物馆、北京人民艺术剧院、朝阳区文化馆、朝阳区垡头地区文化中心及"快板刘"文化大院等进行现场教学。尤其是开班典礼仪式上，文化部公共文化司陈彬斌副司长对"文化馆是公益性文化单位的'龙头'"的定位，文化馆处白雪华处长希望"文化馆扮演当代的'精神教堂'"；课堂教学中，北京群艺馆原馆长贾乃鼎认为"群众艺术不是职业（专业）艺术"，需要"研究群众的心理需求"，江苏省文化馆副馆长戴珩提出"文化治理"及免费开放服务方式创新；观摩考察中，北京人艺实验剧场推出的话剧《燃烧的梵高》，唯美再现了后印象派表现主义画家文森特·威廉·梵高饱受贫困、讥讽、疾病等折磨，却仍要"在绘画中与自己苦斗"，一旦"神志清醒就坚持作画"，在激动且神经质的短暂创作中，既留下震撼人心的杰作，也错乱地葬送了年轻的生命，留给了世人无尽的唏嘘与现场观众难掩的泪水。朝阳区"3+1"公共文化服务建设网络覆盖广，文化馆办馆思想解放，是中国式特色文化馆建设的典型案例；学员讲堂上，陕西岐山县蔡家坡文化馆赵双科馆长"不能办成'概念式'文化馆"、江西省泰和县文化馆温珊薇馆长"非遗挖掘不难，保护不易"等心声流露，无不让学员感同身受。

2. 教学与研讨并重

邀请国家公共文化服务体系建设专家委员会专家，文化部公共文化司处领导，北京市与湖南等省群艺馆负责同志分重点讲授文化馆业务知识，并现场交流文化馆建设与群文工作面临的现实困惑。同时，组织开展基层群文工作的难点与对策的讨论和群文工作经验谈交流活动。

3. 严肃与活泼同在

实施班组管理，严肃作息纪律，集中学习与分散活动协调并进。

三、启示感悟

1. 深入群众文化，建立全新服务体系

随着城市化进程的不断加快，公共文化服务体系作为新时期城市文化建设的重要内容，在丰富人民群众的业余文化生活的同时，也促进了社会安定团结和文明建设，为全面提高社会人自身文化修养和欣赏水平奠定了基础。

文干院领导紧紧围绕培训目标，组织资深学者和专家等文化力量，就公共文化建设、群众文化理论、艺术鉴赏等学习内容，结合专题讲座、经验交流、实地参观考察、观看话剧等一系列切合学习培训主题的活动，进行了深入学习和探讨。

2. 创新特色文化，打造全新文化理念

培训期间，先后有多位专家围绕公共文化服务和群众文化主题，展开了内容各异、引人入胜的讲座，深得学员们的赞誉。白雪华处长的《新时期文化馆（站）在公共文化服务体系建设中的地位、作用和任务》，着重谈了提高对公共文化服务体系建设重要性的认识及指导思想和目标任务方面的知识，将公共文化服务体系建设的理论深入浅出地娓娓道来。贾乃鼎馆长的《群众文化活动的策划与组织实施》主题讲座，利用丰富的实践经验和深厚的理论功底，幽默风趣、妙语连珠的授课方式,从理论和实践两个方面阐述了什么是群众文化活动的策划、群众文化活动创意、策划人员应具备的素质以及策划方案的编写。在讲座中,贾老师所举的生动事例引人深思——文化工作者的自我包装、大型文化活动人员安排及场地的设置、品牌文化的创建及怎样赐予活动的文化内涵等都是很好的例子,专家们的讲座成为本次学习培训的重要组成部分。

3. 综合实地考察,提升文化教育水平

开班以来,文干院分别组织我们参观了北京朝阳区等群众文化工作较为突出的单位,利用参观、座谈、观摩、学习交流等方法丰富了学员们的经验。

朝阳区文化馆在开展公共文化服务和群众文化活动中,从整合社会文化资源入手推进群众文化建设,引导街道、社区、单位挖掘潜力,突出特色,坚持"三贴近"原则,围绕丰富群众文化生活主旋律,构建了"3+1"公共服务体系工程,为构建和谐的社会做出了积极的贡献,在不断满足居民日益增长的精神文化需求的同时,体现了新形势下群众文化建设中涌现的先进文化理念。

四、经验实效

一是开通交流渠道。建立班级通讯录,与重庆市荣昌县、浙江省桐庐县、广西壮族自治区马山县、陕西省岐山县蔡家坡文化馆、甘肃省成县文化馆等经常联系,并接待浙江省杭州市文艺家一行采风交流活动,增进了了解,加深了友谊。二是共享交流资源。先后收阅甘肃省陇南市成县文化馆助理馆员唐秀宁散文作品集《田园之外》与浙江省桐庐县原创歌曲集《潇洒桐庐》，感受了不同地域文化作品的风格；分别寄送了中宁枸杞文化节文艺晚会等录像资料。同时，利用班级QQ群适时关注了第十届中国艺术节、全国剪纸大赛等国家性与地区级重大文化活动，及时了解了兄弟文化馆的业务工作及作品创作情况，不仅捕捉到国内文化事业的动态，而且掌握了同行的艺术创作信息。三是收获交流成果。与学员、浙江省桐庐县文化馆夏林青馆长合作完成中国·阿拉伯国家博览会中国枸杞论坛暨中宁枸杞文化节文艺晚会主题歌《枸杞花开世界红》的创作，并作为晚会尾声部分压轴节目上演。随后，又接连合作《杞乡情》等歌曲；与江苏省南通市崇川区文化馆馆长余智合作完成反映干群关系的歌曲《同坐一条板凳上》，取得了别样的艺术效果，收到了较好的社会反响。

短暂的培训生活尽管已经过去，但培训的效果得以延伸。培训的意义显然不只是听课与观摩，更多的是课堂教学以外的延伸，说到底是放眼于国内，立足于现实，回归到群众。

我们感到工作思路清了，目标明了，责任重了，压力大了，动力足了！我们感到文化工作有着广阔的发展空间，有着前所未有的机遇和挑战。在今后的工作中，我将努力将所学知识运用到实践中去，在实践中创新文化工作方式，用全新的文化理念开展丰富多彩的文化活动，为文化事业添砖加瓦。

中国文化馆年会中卫展位设想

设计以年会"创新发展,服务基层"为主题,突出"塞上宁夏·神奇中卫"的文化底蕴和艺术魅力。

展台造型简洁、大气、古典、实用,采取银灰色(白色)与黄沙色为主色调,将传统文化元素和地域文化符号相结合,融入沙漠、骆驼、花儿、水车、羊皮筏子、枸杞、硒砂瓜等"沙漠水城 花儿杞乡 休闲中卫"的人文物象。

一、展墙展示内容

概述:中卫历史悠久,文蕴深厚。因其东连陕晋,西通甘新,北抵内蒙古,南达川滇,是"丝绸之路"的边陲要塞;因其前有黄河之险,后接贺兰之固,扼守宁夏西大门,自古为兵家必争之重镇;因其地理位置的独特与优越,恰处于中国陆域版图的几何中心。

板块一:历史文化悠久深厚(概述中卫历史文化)

文字:中卫自然景观与人文景观交相辉映,西北的雄浑与江南的秀美浑然一体,古老的历史文化与浓郁的地方风情相互融合。集沙、山、河、园于一体的国家AAAAA级旅游区沙坡头被誉为"世界垄断性旅游资源";以丹霞地貌著名的寺口子风景区层峦叠嶂，险幽奇绝；规模宏大、内容丰富的大麦地岩画，密集程度世界罕见；儒释道三教合一的高庙、逶迤壮观的古长城等多处名胜古迹，传统文化浓郁的南北长滩古村落、风格独具的黄河宫博物馆展示着中卫灿烂的文明和深厚的底蕴。

图片：高庙、鼓楼、大麦地等历史文化遗产，沙坡头、南北长滩、寺口子等旅游文化资源。

板块二：民俗文化绚丽多姿（概述中卫民俗文化）

文字：中卫民风绚丽，民俗多姿。庄严的古建、新奇的礼仪、独特的方言、丰富的节庆、可口的小吃以及广泛流传的曲艺和叹为观止的工艺，形成了独特的地域风情；矗立的水车、漂流的皮筏、传统栽培的枸杞、石缝里蹦出的西瓜、情丝悠长的蒿子面洋溢出浓郁的地方特色。

图片：山花儿、水车制作技艺、羊皮筏子制作技艺、枸杞传统栽培技术、硒砂瓜传统种植技术、手工地毯编织技艺、蒿子面制作技艺、钱鞭、剪纸、刺绣等非物质文化遗产项目。

板块三：公共文化服务全域覆盖（概述中卫公共文化服务）

文字：中卫自古倡儒兴学、崇文重道。建设市区五馆一中心，提升了中卫城市的文化品位；兴办文化主题分馆，拓展了公益性文化服务的空间；完善市、县（区）、乡（镇）、村（社区）四级公共文化网络，增强了公共文化产品的供给和服务能力；设立市职工活动中心、妇女儿童活动中心、青少年培训中心、老干部活动中心，推动了基本公共文化服务的开放广度；组建文化议事会，聘用社会文化能人进入文化馆领导班子，实现了文化决策的民主与科学；红枸杞原创音乐会、百人蒿子面制作技术大赛、千人方棋比赛等地方群众文化特色活动渐成品牌。

图片：公共文化服务体系建设、群众文化事业、群众文化活动品牌、群众文化事业创新案例。

板块四：地方文化产业蓄势发力（概述中卫文化产业）

文字：中卫文化资源丰厚、文化天赋异禀，是一座新兴的旅游中心城市。做强文化旅游、演艺娱乐、艺术品经营等传统文化产业，提升高端休闲、影视服务、创意设计、数字动漫、数字出版等新兴文化产业，构建结构合理、特色鲜明、科技含量高、竞争力强的现代文化产业体系，以重点行业的快速发展，促进文化的对外开放，推动文化产业的跨越式发展。

图片：文化产业园区、文化产业示范基地、非物质文化遗产传承点（基地）、文化产业引领企业、代表性产品及带头人，等等。

二、展台展示内容

1. 中卫文化名人著作、黄河奇石、岩画、泥塑、刺绣等。

2. 传承人：周国霞及其剪纸作品，需展台（2人）；刺绣及其作品（刺绣架一台），需展台（2人）；张克勤及其沙画作品，需展台（1人）；侯思荣及其泥塑作品，需展台（1人）；海原花儿演唱（2人）。

三、展位需求设备

1. 多媒体显示屏1块。

2. 笔记本电脑1台。

中国西部民歌(花儿)歌会观感

民歌源于人民的生活,反映人民的生活,也广泛而深入地影响着人民的生活。各国家及地区都有各自独特风格的民歌,分布于甘肃、青海、宁夏的"花儿"是流传西北的主要代表性民歌,除在农事劳动和山野娱乐等场合歌唱外,各地多有"花儿会"的习俗。

悠久深厚的历史传统,复杂多样的自然环境,博大的文化背景,众多的民族和人口是造就民族音乐的最大成因。中国西部民歌(花儿)歌会的举办让"花儿"走出大山,将"花儿"推向了大众交流的舞台,更使"花儿"的传承与保护迈上了一个新的台阶。

一、民歌与民歌(花儿)歌会的概述

民歌是人类文化中最宝贵的一个组成部分,民歌会是各民族传承、保护、弘扬民族艺术的一种文艺形式,包含各国家及地区的历史传统、自然环境、民族背景等时代信息。

中国西部民歌(花儿)歌会是宁夏回族自治区人民政府和文化部共同主办的国家级民歌类歌会,创办于1998年,以"弘扬丝路文化,传播西部民歌"为宗旨,迄今已承办十三届,成为常驻宁夏的民歌赛事,并长久"落户"宁夏银川市永宁县的中华回乡文化园。

二、民歌(花儿)歌会的意义

马克思说:"民歌是唯一的历史传说和编年史。"民歌就是人民的歌,是广大群众在社会生活实践中,经过广泛的口头传唱形式逐渐发展起来的,和人民生活紧密联系的歌曲艺术。

民歌在我国有着悠久的传统,远在原始社会里,我们的祖先在狩猎、搬运、祭祀、娱神、求偶等活动中开始了他们的歌唱。直到现今,民歌(花儿)的演唱甚至歌会依旧在民间活跃,民歌的生命力不言而喻。

1. 民歌(花儿)发展的助推

政府组织兴办全国部分省市区参加的民歌(花儿)歌会体现了政府管理文化和保护非物质文化遗产的职能,成为集聚整合地方民歌(花儿)资源与调动国人欣赏"花儿"的推手,提升了民歌(花儿)品牌的影响力,普及了"花儿"——世界人类非物质文化遗产代表作的认知,展示了宁夏等西部地区特色文化艺术的魅力,实现了非遗的显性传承与保护。

2. 民歌(花儿)交流的平台

西部 12 省地组队前来参赛,藏、壮、回、苗、侗、彝、蒙古、土家等 30 多个民族、2000 多名歌手聚会欢歌,中国音乐学院、中国少数民族音乐学会、文化部公共文化司、国家非物质文化遗产保护工作专家委员会等顶级文化艺术单位(专家)配合,中亚、西亚等部分国家艺术工作者捧场献艺,共同呈现世界民族民间音乐的原生精粹,一道交流中国民歌的思想与感情。

3. 民歌（花儿）保护成果的检视

世界各国都曾有过淳朴的民歌演唱和民间传统的赛歌会，但大多数已成历史的记忆甚至绝响，能像中国西北以语态形式存在的民歌（花儿）演唱与民歌（花儿）会已经非常少了。民歌（花儿）发源地和主要传唱地推荐歌手参赛，组成了人数庞大的民歌（花儿）赛歌会，加强了对民歌（花儿）艺术的挖掘和保护，完成了民歌（花儿）的搜集、整理工作，为丰富中华民族优秀民间文化、抢救中国民歌民风起到了重要的检视作用。

4. 民歌（花儿）传播渠道的拓宽

民歌经历过数千年的传播、流变、创新、积累之后，形成的题材范围和体裁类别达到了十分成熟的境地，但普遍都是适应本民族社会阶层及特定地区环境而蕴积形成的"民族风格"。民歌（花儿）歌会促使民族音乐的宝库与民间文化的典藏轰然打开，让来自田野劳动人民的歌声与原生态民歌在湖城银川的炫丽舞台上响彻云霄，让亲临现场的中外各界宾朋一览中国民歌（花儿）的淳朴风采，还融入中国—阿拉伯国家博览会的展演平台，成为山野飘向都市的"文化大餐"与沟通西部省际的"独特情感语言"，并借助现代传媒手段拓宽了民歌（花儿）的传播渠道。

5. 民歌（花儿）文化理想的提升

中国西部民歌（花儿）歌会为国内（西部）各民族民歌艺术交流搭建了一个平台，把潜藏在民间的文化活力展现在大众的面前，让民族与民族间在民歌声中感受到团结、祥和的时代脉搏和健康向上的社会新风，提升有益于现代社会和当代国人心目中的文化理想和生活理念，营造出现代生活的艺术氛围和文化情操。

6. 民歌（花儿）文化品牌的塑造

中国西部民歌（花儿）歌会源起至今经历了民间自发、文化关注、组织介入、政府主办、社会认可的阶段：第一届举办的陕、甘、宁、青、新五省区民歌（花儿）歌手邀请赛扩展到第九届十二省区的中国西部民歌（花儿）歌会，举办地点从宁夏光明广场、沙湖到常驻回乡文化园，纳入宁夏建立自治区周年大庆、中阿经贸论坛、中阿博览会等宁夏最重大活动之中，是宁夏回族自治区自创且倾力打造的大型跨省级文化活动，是宁夏文化自觉意识和文化人主动担负文艺活动组织的生动表现，已成为国内民歌（花儿）歌会有深远影响的杰出活动，并作为宁夏面向全国乃至阿拉伯国家的文化品牌活动，为继承、发展、流传民歌（花儿）做出了重要的贡献。

三、民歌（花儿）歌会的走向

历史在不断发展，社会在不断进步，新时期各种思想文化相互激荡和交流，弘扬和培育民族精神需要从民歌中不断汲取源泉和营养。

1. 民歌（花儿）的深入挖掘

民歌（花儿）是人民之歌，每个时代、地域、民族在不同地理、气候、语言、文化、宗教的影响下，会以不同的形式传递自身的文明及对生活的热爱，大众俗称的民歌（谣）即是经过广泛群众编作而逐渐形成和发展起来的。

民歌（花儿）是起源于西北地区老百姓中的一种歌曲，归属民间文学与音乐的范畴，是民族文艺中的一个重要门类。民歌（花儿）一般是口头创作与流传，并在传唱过程中不断经过集体的加工，表达劳动人民的意志、要求和愿望，具有强烈的现实性。

民歌（花儿）的唱法有无伴奏原生态、配乐伴奏演唱、现代音乐包装演唱等形式，传唱歌曲《院子里长的绿韭菜》《上去高山望平川》《花儿与少年》等经典作品是老一辈音乐人抢救、搜集、整理的成果，新的民歌（花儿）与原创的作品少之又少，但从民歌（花儿）会的初赛、复赛、决赛到总决赛，每届参赛中优秀歌手、唱法和作品均有涌现。围绕民歌（花儿）开展深入细致的挖掘工作，尤其对群众即兴编作、口头传唱的简明平实、生动灵活的音乐形式，还要重视最基层生活环境里民间歌手的寻访、认定、记录和推荐、选拔工作。

2. 民歌（花儿）歌会的精心组织

历史上形成的民歌（花儿）歌会多是民间自发的，除在田间劳动、山野放牧、旅途游玩和特定场景中即兴漫唱外，每年要在特定的时间、地点举行人数规模盛大的民歌竞唱活动，仅在甘肃、青海、宁夏举办的"花儿会"就多达几百个。

党和政府一直重视民歌（花儿）的搜集整理工作，先后派出工作组对全国的传统民间文化进行大范围抢救工作，尤其自1984年开展的《中国民谣集成》编辑工作，使流传于民间的歌谣得以记录保存。2006年以后，政府承担非物质文化遗产保护的管理工作，宁夏作为民族地区，"花儿"无疑是一张文化交流的世界级名片，主办民歌"花儿"歌会的意念逐渐成为现实，丰厚的艺术土壤、广泛的群众基础与普遍的文化认知促使歌会落地生根，但组织歌会要从选拔、比赛、接待等各方面用力，歌手选拔要充分发动、深入寻访、切实选人、鼓励原生态与现代原创，切实担负起民歌（花儿）传承保护的主体责任，真正开展好民歌（花儿）的切磋交流互动工作，精心打造好宁夏——世界"花儿"之乡的文化招牌，实现宁夏"花儿"传唱的常态化。

3. 民歌（花儿）歌会的推介宣传

一是展示内涵。文化部门要从民歌（花儿）的传播、分类、腔调、演唱等方面剖析探讨，归纳提炼民歌（花儿）适宜大众演唱的艺术特点，让群众了解、听懂民歌（花儿），感受民歌（花儿）的文化魅力。二是丰富形式。活动主办方在主题活动的大旗下，设置"丝绸之路上的民歌（花儿）研讨会""塞上'花开'艺术讲座""花儿"风情舞台剧展演和全国少数民族自治区文化交流协作活动，设立书画奇石艺术展、非遗项目（手工技艺）展等同期展示活动，让群众认知民歌"花儿"在民间音乐史上的特殊地位，全方位了解非物质文化遗产的内涵。三是优化环节。活动承办方要细化甄别民歌分类，突出民歌中"花儿"和原生态专场的场次，鼓励原创作品的呈现。另外，要进一步优化活动接待、安排细节，活动期间全部免费向公众开放，等等。四是夯实品牌。政府要借助民歌（花儿）歌会活动，融入中阿博览会契机，着力打造"花儿的故乡"，铸就与"南有南宁"齐名的"北有永宁"的民歌赛事品牌，夯实宁夏作为世界级非物质文化遗产"花儿"传承基地的核心引领作用。五是推介宣传。政府要邀请中央媒体全方位报道民歌（花儿）歌会盛况，地方要全景录制民歌（花儿）歌会直播实况，国家级音乐专家和非遗保护民歌专家要现场点评民歌（花儿）歌手与作品，文化主管单位要邀请民歌（花儿）传承人参与花儿经典曲目的演唱录制。另外，还要寻机推荐民歌（花儿）获奖优秀歌手组台开展巡演或选荐歌手参加对外展演，巧妙融入王牌旅游景区或黄金旅游项目。六是还原本真。文化部门及业务主管部门等要在西部民歌（花儿）歌会（都市版）主会场的基础上，适时开辟民歌（花儿）歌会（民间版）分会场，或以歌会的原生地为现场，依托风景秀丽、名山古刹坐落的地方，设置会期一两天至三四天不等的原生态民歌（花儿）演唱会，营造群众云集、欢声雷动、气氛热烈的民歌（花儿）的时空场景。七是鼓励新秀。作为展示民族艺术与民族风情的活动，民歌（花儿）歌会要鼓励新人演唱新作展现新风，表彰积极组织参赛的各地方政府及文化部门代表队，优化奖项设置，细化奖评措施，让各地方参赛队伍及演唱选手有所得、有所悟、有成就。

  总之，中国民歌（花儿）歌会打开了民族文化的音乐宝库，提供了民间音乐汲取养分的源泉和土壤，满足了群众精神文化生活的审美需求，对各民族"以歌会友，传承交流"起到不可估量的推动作用，必将在中华民族社会生活中实现"心相印，情相通，爱相融"。

观大型歌舞《宋城千古情》有感

"人间天堂"杭州以风景秀丽与人文荟萃著称,历史上形成的良渚文化、丝绸文化、茶文化及流传的故事传说成为"杭州文化"驰名的代表,而当代的一台歌舞剧《宋城千古情》则堪称杭州文化的崭新代表。

一、《宋城千古情》的概况

《宋城千古情》是杭州宋城集团打造、宋城集团董事局主席黄巧灵执导的一台立体全景式歌舞剧,以杭州的历史典故、神话传说为基点,融合歌舞、杂技等艺术形式,运用声光电科技手段和舞台机械等,演绎了良渚古人的艰辛、宋皇宫的辉煌、岳家军的惨烈、梁祝和白蛇许仙的凄婉,把丝绸江南烟雨杭州如梦似幻的意境呈现得淋漓尽致,极具视觉体验和心灵震撼,成为解读杭州人文历史的影像导览图,成为中国乃至世界上最赚钱的演出之一。

作为杭州宋城景区的灵魂,《宋城千古情》自称为"一生必看的演出""给我一天,还你千年",被外媒誉为"世界三大名秀(与拉斯维加斯的'O'秀、巴黎'红磨坊'并肩)"之一。至今,年演出 2000 余场(次),旺季常演出 9 场/天,推出以来累计演出19000多场,接待观众近5900万人次,先后获得国家"五个一"工程奖舞蹈最高奖"荷花奖",创造了世界演艺史上的奇迹。

《宋城千古情》为"千古情系列"之一的作品,由序《良渚之光》、第一场《宋宫宴舞》、第二场《金戈铁马》、第三场《西子传说》、第四场《魅力杭州》五场构成。

二、《宋城千古情》的成效

没有历史文脉的剧目就没有根,没有人文积淀的剧目就少了魂。《宋城千古情》提炼熟知的历史传说、故事和事件,融会歌唱、舞蹈、杂技等,编排荟萃到现代化的舞台,带给观众强烈的视觉冲击。

1. 成功的产品定位

旅游的目的是体验和自己所生活的地域空间存在的差异化,包括地理环境、历史文化、人文风情等内容,《宋城千古情》就是用艺术的手法对杭州这座城市的历史、人文高度概括的一个产品,"给我一天,还你千年"就是最完美的表达。由于这台演出符合来到杭州的游客的消费需求,逐步成为杭州这座城市的标志性演出,来到杭州必看《千古情》,游客白天游览的西湖、断桥、雷峰塔、岳庙、万松书院都成了《宋城千古情》的预演厅,游客再通过这台演出,更加深了对杭州的了解与认识。

2. 成功的行业搭车模式

《宋城千古情》属于文化艺术演艺行业,宋城景区属于旅游行业。宋城开园伊始,《千古情》是搭乘景区的"车",演出是露天的，并且免费看，游客只知道有宋城而不知道有《千古情》。随着旅游形态的变化，随着国家重视和支持文化产业的发展，宋城的决策者打算把《千古情》作为景区收入的增长点，通过建设大剧院和《千古情》不断升级改版，使《千古情》几年内迅速赢得了市场地位。直到现在，很多人知道有《宋城千古情》也知道有宋城，宋城景区和演出互相搭车发展成为旅游和文化艺术行业的典范。

3. 成功的艺术混搭产品

《宋城千古情》从艺术形式上说，她是歌舞、杂技、影视特技、武术、模特走秀等艺术形式和高科技舞台美术相结合的混搭艺术作品；从剧种上说，她是舞蹈诗、歌舞剧、影视剧、实景剧等融于一体的混搭剧种；从演出内容上讲，她是杭州历史文化、民间传说、世界民族歌舞文化融于一体的混搭大戏；从演出观赏效果上讲，她是知识性、娱乐性、艺术性的混搭文化演出；从人的生理上讲，她是完美调动人的视觉、听觉、触觉进行刺激体验的混搭体验活动；从社会经济现象上讲，她是旅游和文化相结合的混搭经济载体。总之，她是一台雅俗共赏、人人值得一看的惊世之作，人人看了都说好的饕餮大餐。

4. 成功的旅行社团队营销

《宋城千古情》市场起步开始主要靠旅行社组团市场，一是产品好，二是填补了杭州行程夜游的空白，三是有较高的经济效益，关键是游客得到了消费满足。导游可以牛到这种程度，自己先掏腰包买票，然后让游客看完后自愿给钱，游客看了都震住了，太好了！没有不给钱的，世界上还有哪台演出能达到如此牛的地步。

5. 成功的终端市场营销

每个产品都希望卖给终端客户,减少中间商环节。宋城这些年一直都在努力。来过杭州的游客都知道,只要你踏上杭州这片土地,宋城的广告会无处不在,在机场路灯杆道旗上、在路边高架广告上、在繁华街区墙面上、在公交车上、在酒店大堂资料架上、在高楼电梯视频里、在茶楼酒肆的吧台上,甚至在社区和超市的广告栏里都有《宋城千古情》广告。这种见缝插针式的广告给宋城带来了客源,更带来了宋城发展的蓬勃气势。

6. 成功的城市会客厅理念

世界上很多旅游演出都把外地游客奉为上帝,却小看了当地居民,而宋城却有不同看法,宋城把杭州几百万居民都看成了自己的促销员。因为,每个家庭都会来外地贵客,接待客人的地方一般都在客厅,而会客空闲时首选就是打开客厅电视机,宋城好比是杭州居民的会客厅,《千古情》好比是客厅里的电视机,首先把杭州当地居民都搞定了,他家里来客后自然就会把客人领进会客厅里来,当然,也会看电视了!所以,宋城搞过"杭州社区百万家庭看《宋城千古情》""当地居民游宋城活动月"等一系列惠民活动,使这台演出在杭州家喻户晓。

7. 成功的电子营销平台

随着互联网时代的到来,宋城的决策者们一直都认为网络营销十分重要。最初,黄总曾经因为广告部花不完网络营销给的预算而生气过，自己也曾经没日没夜找人学习网络知识，后来，干脆成立团队自己开发搞电子营销。宋城除了有自己非常吸引人的官网外，又成立了"独木桥网络科技有限公司"，由总裁亲自挂帅开展工作，使《千古情》网络销售逐步占据市场一片江山。

8. 成功的事件营销

宋城的决策者们很善于做事件营销，2003年非典之前，《千古情》的市场并不太火爆，可非典之后却产生了剧变，为什么呢？在非典来临之际，中国旅游业遭受重创，谁也不知道结果会有多惨。当时，《宋城千古情》被迫停演，演员发路费放假回家。这时，宋城已经谈不上有收入了，在这种艰难情况下，黄总毅然为旅行社捐助100万元吃饭钱，并搞了一个"放天灯祈福仪式"，这种雪中送炭的义举感动了各大旅行社，当非典过后，旅行社能不推你的演出吗？《宋城千古情》成功的事件营销还有张纪中版电视剧《神雕侠侣》开播仪式、社会各界《宋城千古情》改版研讨会、第七届中国艺术节展演、赞助"华东导游大会"免费使用大剧院等，太多了，不一一列举。

9. 成功的互联网思维

宋城最初是按照《清明上河图》建造的，为何这幅画在历史上影响巨大，是因为张择端把看到和体验到的汴京城画了出来，分享给当时和后来的人；为何大家都喜欢关注新闻报道，是因为记者可以把看到和体验到的情况通过拍摄分享给不在场的人。"体验与分享"是传播信息的客观需求，更是体验式旅游发展的趋势特征。

世界上很多演出禁止游客拍照,哪怕是游客万分希望拍一下,也被拒之千里,更可恨的是拍了被发现后,保安要你删除照片,我不想知道这些演出有何理由这样对待顾客,我只想说,你这样做违背了社会客观规律。而在宋城大剧院看《千古情》,游客只要喜欢可以随便拍,你想想,这些照片都被大家分享到了博客、微博、微信、QQ 群……宋城一天演三场,一万个游客,每个游客互联网群里少说也有 100 人,那么,很可能就有几十万人都分享了《千古情》演出的照片或视频,这是多大的广告效应啊!这只是宋城"互联网思维"的冰山一角。

10. 成功的管理模式

《宋城千古情》演出已经成为宋城发展的核心竞争力,团队创作和管理经过十几年探索已经十分成熟,建立了稳妥的管理机制。总导演和艺术团长就是黄巧灵本人,他用慈父般的关爱呵护着艺术团每个演员,他用教授带学生一样的严谨关注着大家的成长,他用战略家的智慧指导着宋城演艺前进的方向。

歌剧《唐·帕斯夸莱》观后随思

作为国家级公益性表演艺术中心,国家大剧院是北京的地标性景观,已成为世界优秀文化艺术展示的窗口。近日,笔者专程赴京观看了由国家大剧院制作的歌剧《唐·帕斯夸莱》。

《唐·帕斯夸莱》是一部喜歌剧作品,以一桩戏谑的乌龙婚事展开,穿插幽默的三角恋情,并以大团圆结局收尾。剧情围绕富有但吝啬的帕斯夸莱、美丽的少妇诺莉娜及帕斯夸莱的侄儿埃内斯托三人展开,老帕本打算让侄儿与富家小姐结婚,不想埃内斯托却恋上了寡妇诺莉娜,自然遭到了帕老爷的强烈反对,并被剥夺财产继承权且赶出了家门。聪明的埃内斯托用计让诺莉娜和老帕结婚,婚后的诺莉娜"性情大变",肆意挥霍老帕资产,与"情人"情书不断……老帕决定抓住"老婆"情人,拿到摆脱诺莉娜的证据,不想发现与诺莉娜约会的竟是自己的侄子,无奈只得成全侄儿与诺莉娜的婚事,完成了主人公心理世界由荒诞到理性的矛盾转变。

意大利作曲家葛塔诺·多尼采蒂创作的配曲旋律优美动听、婉转细腻,其中女主角诺莉娜咏叹调"少女的秋波"、埃内斯托咏叹调"多么可爱亲切"及两人的重唱"说我爱你"

都是广为传唱的经典咏叹调。

国际著名歌剧导演皮埃尔·弗朗切斯科·马埃斯特里尼重新构建喜剧格调，充分展示出对意大利美声的深刻理解。中国舞美设计师高广建打造了新颖绚丽的舞美设计，营造了以老帕客厅为主景的舞台，前半段以黑白灰为主布景，随着诺莉娜的到来色彩开始跳动起来，呈现出渐变的视觉语汇，凸显了人物性格的饱满与剧情的荒诞。

《唐·帕斯夸莱》引入剧目编排属于文艺生产再创作，本身是对欧洲文艺的积极译介和对西方文化的吸收借鉴，大剧院除邀请外方导演及部分国外演职人员外，其他均为国内院团一线演员，同台联袂不免剧情情绪会有差异，言语对白衔接难免不够自然，外语口白辅以中文字幕使观众"左顾右盼"，加之舞台场景的急遽转换，导致观众很难留心专注于"舞台的布置意味"。尽管欣赏习惯有差异，但基本都在情理之中。

观看儿童舞台剧《蓝世界》感悟

儿童舞台剧是指以儿童为服务对象的话剧、歌剧、舞剧、歌舞剧、戏曲以及童话剧、神话剧、木偶戏、皮影戏等不同类型剧种的统称。除了具有戏剧的一般特征外，还突出适应儿童特有情趣、心理状态和对事物的理解、思考方式。

儿童剧是较常见的舞台题材，尤其在挪威、瑞士、德国、美国非常发达，儿童剧作品《灰姑娘》《皇帝的新衣》《乞丐与王子》等经典早已广泛流传。

国内以北京儿童艺术剧院等为代表的儿童剧生产单位正带动引领着儿童剧事业的发展。《蓝世界》是国内儿童魔幻剧制作的代表作，通过商业运作方式已在全国大多省市实现公演。2015年8月8日，《蓝世界》首次引入宁夏，先后在中卫党校礼堂、中宁影剧院等地巡演。

一、生产与引入

《蓝世界》是近年来投拍的大型魔幻儿童剧，由北京心连心儿童艺术剧团专业创作团队倾力打造，围绕保护精灵村蓝水晶正邪势力展开斗争，融合武术、魔术、智力问答等，设置剧情冲突时的互动游戏，打破了舞台表演的藩篱，呼唤出小朋友的参与意识，亲身感受到战胜敌对势力与保护良善过程中渗透的爱和友谊。

参演的策划团体是北京百禾传媒公司，《蓝世界》是其旗下"百禾童话世界"中的经典剧目。此次"登陆"中卫演出由中国邮政公司中卫分公司牵线引入，借助中国邮政的网络覆盖到市、县一级，并在推介演出的过程中宣传展示邮政业务及邮票、纪念品等。

《蓝世界》描述在一个神秘的"蓝世界"里，一群神奇小精灵快乐生活，维系快乐的是一个神奇的宝物——蓝水晶。蓝世界中同样生存着想吸取蓝水晶能量再称霸世界的邪恶巫师，但团结的精灵们最终在代表正义力量的勇士神协助下，召唤出蓝水晶神奇的力量，赶走黑恶势力，维护了家园的宁静与和平。剧中卡通形象虽有魔幻的一面，却代表着现实世界真实的形象，遭遇到的是孩子成长道路上遇到的问题和困惑，焕发出的是真实的友情和爱。

《蓝世界》制作与不少儿童剧的编排方法稍有不同，较注重剧情的逻辑性、连贯性、紧凑性，更注重戏剧冲突，表现出团结诞生力量、正义终将取胜的美好结局。

二、看点与亮点

《蓝世界》以梦幻的蓝世界、可爱的精灵村、迷幻的魔法城和神奇的蓝水晶等构图，呈现了妙趣横生的故事情节、扣人心弦的剧情构架、风趣诙谐的故事对白和合理紧凑的故事逻辑，整个剧目跌宕起伏，情节震撼，前半部分爆笑连连，后半部分催人泪下，给小朋友和家长带来了前所未有的纯卡通形象

和蓝色世界的视听感受,给观众们留下了深刻的印象。流连之余,感到有以下看点和亮点:

1. 看点

一是卡通形象深刻。剧中卡通形象能焕发出深情的力量,尤其正义勇士的正能量给观众留下了深刻的印象。二是声光技术专业。剧中舞美灯光声电营造出非凡的梦幻蓝世界,给观众全新的视听感受,仿佛身临其境。三是表演效果良好。剧中角色造型卡通,服饰道具量身定做,代表真实世界不同人物的类型和特点,加之舞美配合,表演效果非常奇幻。四是现场互动叫座。开场白时,主持人首先出现在舞台中央,以问答形式开场,和小朋友们一块儿热场;剧中"格格巫"等逃跑时,不是从舞台两侧下台,而是径直沿剧场观众席跑去,并沿观众席过道回到舞台候场区。这看似不经意的"曲线",却换来了演员与观众的互动:孩子们纷纷起身"阻止"格格巫逃跑,不是拉就是拽,得在现场工作人员的"疏通"下才能"畅通",确实调动起小朋友的"爱憎情绪",让小朋友以"群众演员"的身份置身于剧中的角色,通过参与故事情节、人物对白、互动式体验等感受了剧中角色的思想感情;剧末,主持人邀请观众上台和造型可爱的演员合影留念,留下美好的科幻童年。诸多互动环节的融入,给小朋友提供了充分展示自我的机会。五是启迪意义深刻。剧中角色演绎的是虚幻的蓝世界,却映射着真实的现实世界,代表着真实世界的不同人物,体现着人类社会的"战争与和平",展示了小朋友的童真和无邪,启迪着家长在孩子成长过程中的作用。剧中的精灵其实是现实中的小朋友，孩子们的童年恰恰是正义和友情最可贵的时段，而社会需要思考的正是人类与生俱来的"无邪"在年龄增长中却渐失"天真"，反过来又要追寻逝去的"幼稚童真"。

2. 亮点

一是运作模式灵活。中国邮政牵手北京百禾传媒证明了"社会力量办文化"的实力，印证了社会文化资源的优越性。二是"网络"优势发力。中国邮政发挥系统传播覆盖能力，逐步拓展业务范围和传播渠道，紧盯文化演艺产业潮流，宣传推广时尚原创剧目，"邮递"了精神文化的食量。三是赞助力量活跃。中国邮政动员中小文化、教育等企业加盟冠名赞助，丰富了邮政售卖业务的配套服务，增添了活动的气氛。四是服务对象至上。中国邮政服务至上的工作理念，在剧目引进过程中仍有充分表现，剧目演出不是事先解说剧情或剧前注重观众感受，而是充分调动小朋友的参与意识，将孩子自我天性展示作为剧情的一部分，把观众朋友作为舞台剧的配角演员，促使小朋友们体验到剧中角色的思想感情，提升了孩子的道德自信。五是企业操作规范。中国邮政的文明服务窗口形象，在业务拓展的过程中依然不失规范，对外售票、内部赠票、剧目宣传演出、现场专题售卖、观众组织等一律井然有序。

三、《蓝世界》的启示与意义

《蓝世界》来中卫演出在现实中突破了条条框框的束缚，大胆开创市场经济的商业路线，所到之处赢得了广大观众的普遍欢迎，取得了经济效益和社会效益的双赢。

1. 轻松剖析主流价值

《蓝世界》借助具体鲜明的形象与活泼明快的情节剖析人类社会的严肃主题，以此渲染美与道德的主流价值，培养儿童的积极创造和勇敢战斗精神，发展了孩子的想象力和求真欲，锻炼了孩子们的思维意志。

2. 生产销售文化精品

文化产品的生产是不间断的，但产出和效益从来不成正比。只生产出文化"精品"不够，需要建立良性的产品传播渠道保障发行流通才行。《蓝世界》瞄准儿童舞台剧的选题方向，创作出来首演成功后，迅速被复制传播至沿海省份，刮起了一股儿童剧的热潮。

3. 接受群众舞台检验

舞台剧的打磨提升是在二度创作中完成的。只在生产地区演出或参加比赛展演，是不足以完善的，必须接受广大群众和大众舞台的检验，才能得到群众的认知和信赖。

4. 调动社会力量参与

诞生作品的渠道有很多，但始终依靠的是人民。要不断满足群众日益增长的文化需求，靠的只有策划组织创作，而单纯依赖宣传文化部门及文化艺术专业技术人员，尤其依靠文化人单项传播是远远不够的，这就需要"全社会办文化"，鼓励社会力量介入文化市场，启用社会媒介传播文化，结果殊途同归，丰富了群众的文化生活，盘活了地方的文化市场，反过来又能推动地方文艺创作。

舞台剧无论是生产还是引入，中卫自身都远远无法与发达城市相比，传播渠道更是狭窄不堪。精品剧的打造常以政府行为居多，内容多为宣传地方历史文化印象特色的选题。少儿舞台剧严重匮乏，专业剧场很难见到，群众的业余生活多是常规文化艺术活动，儿童的文艺活动几乎全是歌舞活动，儿童剧终年难见。

《蓝世界》给观众带来的不只是五个小精灵、黑巫师"格格巫"、正义勇士等造型生动的人偶，而是舞美营造的身临其境的"吵闹"感受，是观众冲出座位阻止甚至战胜坏人的勇气启蒙，更是唤醒孩子多彩童话世界的心灵之窗。

作为中卫市首次引入的少儿舞台剧，《蓝世界》突破体制、场地等局限，开辟了儿童成长亲子活动的文艺媒介，让中卫观众在家门口近距离与较高品位的剧目互动欢笑，让孩子们正面接受有梦想的健康内容和崇拜偶像，的确具有开创意义。当然，作为成人观众，我不能妄说儿童剧情节欠缺、说教低幼，只是期待儿童舞台剧能尊重戏剧创作规律，能做到长幼皆宜。好在这尚属首次，可以希冀更多。

舞台剧《你看起来好像很好吃》感与想

近日，我观看了北京儿艺的恐龙童话舞台剧《你看起来好像很好吃》，对家庭尤其是父子亲情的认知颇有感触。

一、童话剧的来由

大型恐龙童话剧《你看起来好像很好吃》改编自日本绘本大师宫西达也的同名作品。原著中一只只形象鲜明的恐龙连同神秘的恐龙世界，变成了可爱的布偶玩具与白垩纪的时代场景，日本殿堂级音乐大师久石让参与了该剧的音乐创作，可谓实实在在的"重量级"儿童剧。

《你看起来好像很好吃》原著出版后获得了日本剑渊绘本乡大奖，中文绘本更是多次被推荐为必读的优秀儿童作品。北京儿艺通过跨国合作改编该剧，希望能让中国小观众欣赏到国际最流行、最时尚的儿童作品。中国邮政联合北京百合传媒公司引入中卫演出该剧，更是让经典儿童剧走进西部小城，实现了巡回演出。

二、童话剧的内容

《你看起来好像很好吃》通过讲述霸王龙和小甲龙之间感人至深的父子亲情故事，揭示出每个人心里都有一颗爱的种子,以及人与人之间交往的真谛——信任、关爱和鼓励。该剧首演时,观众都被其中暖人的情感所深深感动,也让更多孩子有机会现场感受到充满童趣和梦幻氛围的恐龙世界。

每个人心里都有一颗爱的种子,即使是粗暴可怕的霸王龙。在遇到小甲龙之前,霸王龙凶猛的外表下包裹的孤独的心从未被人信任、关爱过,也从没有谁为它骄傲过。在遇到小甲龙之后,小甲龙对"爸爸"的无限信任、真诚关爱和无比骄傲,让霸王龙埋在坚硬"土壤"里的"爱的种子"得以发芽。虽然失去了"很好吃"的美味,却尝到了"被爱"的滋味。因为有人爱着,它便不再孤独。在爱与被爱之间存在着循环往复的"通道",小甲龙也不再孤单,霸王龙为它挡住敌人的袭击,教它各种本领,并帮助它回到了父母的身边。对它俩而言,在一起的日子是一段幸福的时光。

三、童话剧的感悟

《你看起来好像很好吃》借助恐龙隐喻人类,借助恐龙世界暗示人间亲情,假借恐龙时代反衬物欲年代的难得亲情,告诫人们连残酷血腥的恐龙同类间的爱都能唤醒,人类亲情尤其家庭亲子的关系有什么难解的?告诉人类连最爱吃肉的霸王龙都能放弃到嘴的美味,而把爱倾注在素昧平生的小甲龙身上,保护他,教导他,甚至为了他改吃从来不吃的红果子。作为孩子父母的我们,是不是也能多花点时间在自己孩子的身上呢?管教孩子,陪同孩子亲子共读、玩耍、学习,甚至是吼、骂,这都是表达爱的不同方式。因为有关注才有爱的存在,当甩手的家长怎能让你的孩子感到父母的关怀呢?

"砚田三友"书法作品展随想

宁夏作家协会和宁夏观唐文化艺术传媒公司主办的"砚田三友（马克利、陈继明、贾志中）"书法作品展如期在中卫开展，此次巡展是继银川首展后的第二站，展罢将陆续到同心、珠海、澳门、兰州、天水、乌鲁木齐等地巡展。

"砚田三友"志同道合，情趣相当，各有工作和专长：马克利办报、陈继明执教、贾志中务学都有不凡成就，书法亦有不俗表现。三人都是自小临帖习字勤奋不辍：马克利笔力苍劲，结体雄放，气度中透露出不凡功底；陈继明写字古朴迷人、韵味十足，有很浓的书卷气息；贾志中书法碑味十足，体势奇特，不经意间细腻流泻。三人是老朋友，马克利和陈继明还是宁夏大学中文系同班同舍的挚友，近几年一直蓄势办展，几经波折，终到今年才真正成形。

一、书法展的概况

书法展于2015年8月8日至8月10日举办，展出三位作者的近150件书法作品，主要为年初计划办展以来集中创制的新作，既非官方、商业，也非炒作、买卖，是纯学术的交流活动，目的想延续书法的文人传统，恢复书法和文化、文字的血肉联系，给当代人尤其是未成年人以启迪的机会。

展出前，市文联牵头举办了"砚田三友"书法作品展开展仪式，宣传、文化部门的负责人和地方书法文化名流等应邀出席，市书协、民办书法培训班学员等观众参加了展览。中卫籍书法家俞学军在仪式题词中挥毫助兴。

书法展期间，"砚田三友"分别举行了马克利绘画集《克利风景》、陈继明中篇小说《和尚》、贾志中长篇小说《流水顿亚》赠书签名活动；马克利、陈继明在展厅现场挥毫，为观展人员赠字，皆有求必应。又于撤展前在市图书馆学术报告厅举办"文学与书法"讲座，分享了各自在创作历程中的经验与体会。

二、书法展的意义

"砚田三友"选择中卫办展，亲手联袂"送文化"，给地方书法作者带来别样的欣赏体验，普及了书法文化的传统知识，带来了不同的欣赏体验。

1. 改书展沉靡之风

书法展崇尚魏晋宋元古风，展示了文人字的古朴特质，毫无张扬萎靡之风，更无商业炒作、赚钱吃喝之嫌。

马克利是资深媒体人，任《甘肃日报》总编辑一职，成为名记者前后一直坚持写作（生），临摹颜帖，创作油画，作文著书，曾有书法作品参加过多个展出，也曾在美术馆举办过个人书画展。陈继明以文学创作著名，繁忙的教学工作外，痴心小说创作，在宁夏曾担任作协副主席，获誉"宁夏文学三棵树"之一且声名蒸蒸日上之时，毅然调动工作至北师大珠海分校,定居广东,继续持之以恒潜心创作,并不断有小说新作问世。除此,他还悉心练字,在大学开设了书法课程,也曾举办个人书法作品展。贾志中同样有文学创作的经历,业余拜入著名书法家李松先生门下,勤习古体碑铭。工作之余,他深入涉猎文史哲知识,书法创作自有一套章法。他们都非常热爱书法,都经过长期的研习和创作,都是不事张扬的谦虚学者,甚至都带有质朴民间的个性味道。同时,他们都已衣食无忧,有一定的精神余力去"兼济天下";都不以书法为营生,有充分的修养去接受社会的"文艺批评";都有足够的自信去面对业界、同行和群众的"指点";都能亲力亲为,为前来观展的人群不吝赐字,毫无怨言。

书法展期间,"三友"的简朴务实和求知为学,营造了"谈笑有鸿儒,往来无白丁"的展览气氛和"无丝竹之乱耳,无案牍之劳形"的气度心境。

2. 还书法应有之态

书法展是汉字的艺术展,也是汉字的历史展。中国汉字是最容易成为书法的文字,和诗词、文章有着一体多面的完美结构,与文学史、文化史、文明史有着血肉融合般的联系。

古代文人懂书法、擅书法,自入学就要知礼节习书法,如同家常便饭。成名成家者,都以文章书法或功名被世人推崇爱戴。今日学人习字临帖,常常急功近利变味畸形,甚至割裂文化断章取义,确实有和文化传统与精神象征相断裂的危险。现在的书法热,客观上并不是书法真正得到重视了,而是书法成为"功名利器"之类的噱头。

本次书法展的主角马克利、陈继明、贾志中三人特点迥异，资历不一、造诣不同，呈现的都是工作之余临帖练字、钻研书论的成果，是书法勤于实践的结果，更是在全社会倡导重视书法教育、恢复写字书法课的真切践行。

剪纸创意大赛随笔

近日,宁夏举办了 2016 年全区剪纸创意大赛。中卫市选送周国霞、伏兆苗等 15 名剪纸传承(艺)人参加了此次大赛,取得了较好的成绩。回首剪纸大赛的策划组织等工作,有一些值得总结和反思的地方。

一、基本的情况

10 月 25 日至 26 日,宁夏非物质文化遗产保护中心策划、宁夏文化馆承办、宁夏文化厅主办了全区剪纸创意大赛,此次比赛旨在挖掘、发现培养宁夏剪纸的新人新作。

大赛围绕"爱家乡、好生活、新风尚、祈吉祥"主题展开,分为"赛""课""展"三部分,参赛对象为宁夏剪纸代表性传承人、工艺美术大师、剪纸爱好者等,体现出宁夏浓郁的地方和民族特色。大赛初评共收到 280 余件作品,经初选有 90 人参加决赛。大赛特别设置带徒比赛环节,凡带徒弟共同参赛的选手都能得到"带徒传艺分"。在全体参赛选手和工作人员的共同努力下,大赛进行得紧张有序并取得了圆满成功。专家评委现场观看了每位选手的比赛情况及作品,并进行了认真、严肃的评议,共评选出 10 个金剪刀奖、20 个银剪刀奖、28 个铜剪刀奖。

10月26日上午,周小璞、孙建君两位非遗专家为全区剪纸传承人、爱好者和非遗保护工作者进行了培训。专家从非遗理论、剪纸技法等方面做了精彩的讲解。下午,两位专家前往中卫市海原县,为当地剪纸传承人、非遗保护工作者进行了剪纸技艺等知识的培训。

二、实施的必要

剪纸是一种用剪刀或刻刀在纸上剪刻花纹,用于装点生活或配合其他民俗活动的民间艺术,具有认知、教化、表意、抒情、娱乐、交往等多重社会价值。剪纸传承赓续的视觉形象和造型格式蕴含了丰富的文化历史信息,表达了广大民众的社会认识、道德观念、实践经验、生活理想和审美情趣,具有广泛的群众基础。

此次剪纸大赛参赛作品既有传承经典、向传统致敬的精品之作,又有与时俱进、融汇古今的创意之作,也有奇思妙想、富有前瞻意味的创想之作;参赛人群中,既有白发苍苍、身怀绝技的老一代剪纸传承人,也有年富力强、风格独特的剪纸大师,还有许多稚气未脱、青春蓬勃的孩子,展现出异彩纷呈的地方艺术魅力,呈现出特色的西北风情和民族底蕴。

比赛秉承"社会化参与、生活化设计、教育化传承、品牌化传播"的思路,积极创新剪纸艺术传承新路。比赛采用剪纸主题赛的独特载体,鼓励非物质文化遗产代表性项目的传承保护和创新发展,鼓励非遗传承人及剪纸艺人展示传习技艺。比赛邀请国家非遗保护专家为传承人和剪纸爱好者讲授剪纸理论、保护途径与作(产)品推广等,并赴剪纸代表性地区开展文化扶贫培训。

凭吊八宝山革命公墓

凭吊八宝山革命公墓既有瞻仰革命主义者的崇拜之意,也有接受共产主义洗礼的精神追求,还有共产党人接受革命主义再教育的主观意愿,更有对历史文化遗产的认知。

八宝山明代时曾建有褒忠护国寺,为纪念明朝名将刚炳功绩,抗战期间建成纪念国民党军抗战牺牲官兵的忠灵塔(后建为忠烈祠),北平解放后,始建为革命烈士公墓。

八宝山革命公墓原名北京革命公墓。遵周恩来"建立革命烈士墓地、教育人民群众"指示,吴晗领导勘察选址建设,林徽因设计主体建筑格局。后经国务院批准,北京革命公墓正式更名为"北京市八宝山革命公墓"。迄今,八宝山革命公墓安葬了包括中国工人运动先驱王荷波等早期革命烈士、瞿秋白等党的领袖、张澜等国家领导人、任弼时等中共元老、张自忠和佟麟阁等抗战名将、朱德和彭德怀等革命伟人、杨成武和肖华等开国将领、钱学森和王大珩等著名科学家、老舍和徐悲鸿等知名文艺家、闻一多和雷洁琼等爱国民主人士、史沫特莱和斯特朗等国际友人及革命"群众"夏娘娘等,墓地或骨灰的安放几乎遵循生前政治身份而定,是我国声名最著、建制最高的园林式公墓。

目前，八宝山革命公墓被北京市人民政府命名为"青少年爱国主义教育基地"，被中共中央宣传部列为第四批全国爱国主义教育示范基地。重新规划后的八宝山革命公墓将计划建设首座国家公墓。可以说，八宝山革命公墓不仅是陵园，也是主题公园，更是革命传统教育的基地。

一、直观感受

谈到八宝山革命公墓，皆知是"伟大无产阶级革命家"身后长眠的圣地，是对当代国家元勋一生功绩最后的认可。八宝山革命公墓通常会让人产生神秘联想，甚至被认为是森严的管理禁区，普通干部群众只能仰望的"要人御用"墓区或只供新闻视听的"国字号"陵园，实则不尽然。

公墓内绿草茵茵，苍松掩映，僻静清幽，庄严肃穆。公墓大门临长安街，内部布局为两部分。一是墓区。第一墓区位于东部北向，坡顶建有"八宝山第一墓"任弼时墓，后张澜葬在墓右，瞿秋白迁葬墓左，后逐渐增大范围，排列自然形成规律，主要安葬已故党和国家领导人及副部级以上干部、民主党派领导人士，是公墓中政治规格最高的地方；第二、三、四墓区顺势靠下陆续扩展，位于中央甬道东西两侧，对象为对革命有贡献的杰出人员。墓盖都是水泥制作，墓碑皆为汉白玉雕刻。二是骨灰堂。位于公墓中央偏东位置，分为11个骨灰存放室，均为独立仿古建筑，只对家属开放。中一室建在原褒忠护国寺第一进、第二进正殿原址上，内有朱德、彭德怀、傅作义、李四光等人的骨灰；中一室周围另有10座骨灰室，安放省部级以上中共干部的骨灰。骨灰堂院内有 11 面骨灰墙，分别位于骨灰堂北、西、东面；进入骨灰堂大门，最先呈现的是"红军墙"，墙面镌刻"弘扬红军精神，建设伟大祖国"；骨灰堂墙外东侧、北侧的墙体，存放中共厅局级以上干部及著名人士等的骨灰。在约 100 米的通道两侧，布满了遗像与鲜花。

身处八宝山革命公墓，全无墓地的孤寂阴森，也无公墓的荒僻铜臭，毫无阴郁与神秘的滞重气息，完全一派肃穆怡人的传统园林，根本无法让人将之与可怖冰冷的墓地联系起来，却又能让人轻松穿梭于墓区，驻足于墓碑，甚至置身墓地的角落乃至抚摸墓碑、拜读碑文或欣赏坐像，实在美不胜收，令人流连忘返。

实际上，八宝山革命公墓对外开放程度逐年增加，虽暂无明确的开放时间，但作为国家级陵园及北京的爱国教育景点，其公益性会日渐强化，连普通的公民都可以免费进入墓区（除骨灰堂外）直至登顶，无论是祭拜，还是观赏。

二、理性思考

八宝山革命公墓象征着国家的荣耀和精神，具有特殊的崇高地位，符合全体人民的意愿。

1. 墓与园

八宝山革命公墓实质是墓，但形式是园，是具备特殊政治纪念意义的园林公墓。

2. 占地与不占地

八宝山革命公墓墓区立墓碑，安葬的基本是遗体，骨灰堂自然是火化后收集装盒安放。中华人民共和国成立初期，以王荷波为首的"十八烈士"集体长眠公墓,算是最早的遗骨入葬者。最早离世的国家领导人任弼时墓地300平方米,埋葬前毛泽东亲抬棺木,并亲笔题写墓碑名。下葬后,刘少奇代表中央敬献花圈,乐队高奏《国际歌》,隆重盛大连开国元帅都无法企及。20世纪60年代,中国提倡共产党员实行火化,毛泽东带头倡议签字,朱德等先后签名,周恩来、邓小平等都在八宝山殡仪馆火化,甚至"不留骨灰",即"死后不占地"。从高规格土葬到按规定面积下葬遗体再到火化入骨灰堂,从300平方米"第一墓"到各1平方米左右的集中墓区再到"骨灰小盒子",从设墓区建墓穴到立墓碑挂遗像再到设骨灰堂立骨灰墙,从全尸下葬保留坟头到深葬不留坟头到死后火化保留骨灰再到火化后抛撒骨灰,高级领导干部和知名人士等逝世后的安葬方式发生了巨大的变化。共产党人带头推动殡葬制度改革的力度可见一斑。

3. 长眠与永生

八宝山革命公墓是"革命人"长眠的墓园,也是其精神长存世间的明证。大多墓以墓主生前革命经历事迹铭碑,不乏诗联文篆,留存后世以飨后人。聂荣臻元帅墓选择"树葬",按其遗嘱,部分骨灰被撒在一棵桧柏树下,旁竖一块汉白玉石碑,正面刻其八十岁时的诗句"喜松柏之气概,念四化之早成";部分墓随时代及墓主履历生平等一改传统的墓碑样式与色调,竖起别具特色的人物塑像或雕刻,展示故人生前的革命信仰与价值意义,富有浓重的革命乐观主义文化情趣。杨成武上将赤色墓碑下方雕刻四根"铁索",意在告知世人"大渡桥横铁索寒"的历史,会让人瞬间浮现将军指挥强渡乌江、飞夺泸定桥、智取腊子口、击毙日寇"名将之花"……简直是一部革命题材无声电影,赫赫战功无须只言片语;革命家李富春、蔡畅墓上两人塑像一立一坐,有点"妇唱夫随"的清新惬意,生活觉悟与留学巴黎探索革命不无关系,让人顿感"革命人永远是浪漫";作家老舍、胡絜青夫妇墓没有高大的墓碑,墓上为舒乙设计的曲尺形汉白玉短墙,北面墙刻两人生卒年份:老舍用"死",胡絜青用"卒"。墓园唯独老舍卒年用"死于1966年8月24日";另一面墙镌刻老舍生前拟好的话"文艺界尽责的小卒,睡在这里",底部选用胡絜青生前所绘工笔菊花做衬托。足见,老舍是以"舍予"指引人生道路,以"笔"为旗战斗流血至生命的终结,直叫人掩面羞泣,不堪回首;艺术家陈强墓碑左上部采用漫画头像笔法,碑面的"不庄重"恰似其"反脸谱化"的表演手法,增添了不少幽默喜感,新中国电影明星的艺术气质弥散全场。诸多颇具个人风格的墓座夹杂在以五角星和党徽为主的墓碑丛中显得格外"轻松"。

4. 亲民与神秘

八宝山革命公墓素来是国民心目中的"政治"词汇,因与历史人物的紧密关联而饱含神秘与庄重,因与世人日常生活远离而鲜有人关注与了解,因建筑洋溢传统园林气质与肃穆色调而让人生畏,因门前两侧石狮、四棵百年古柏与门口的保安守卫等令人望而却步。实际上,公墓不设门槛,不收门票,无须出示证件便可出入。由此,公墓只有致力于增进国民的亲近和融合，才能消融国家级公墓的阴郁和神秘，才能让公民亲身体验革命墓葬文化，领略革命人的生死观。

5. 现实与梦想

八宝山革命公墓是中国革命领导人身后的"专用公墓"，象征着民族精神和国家荣誉，安葬其中是对无产阶级革命者职业资格和一生功勋的认可。建立至今，公墓经历了从寺庙到革命公墓的过程。时至今日，它将有望成为国内首座国家公墓，成为革命英雄的归葬之地，成为凭吊民族先贤的文化圣地，成为以墓园文化为核心，以瞻仰、悼念、教育、旅游等为功能的自由之所。

中华民族有重视礼仪的传统，推崇"尊重逝者，死者为大"，主张依逝者威望、声誉、资历等不同在丧葬地点、规格等方面有所区别。八宝山革命公墓的修建布局正是如此，这并不是简单的等级观念，而是不忘对历史对人民做出巨大贡献的革命信条。国家公墓的筹建恰是体现官民一致，推崇核心价值观等弥补现实缺憾的一项力举。

跋

2001年入大学不久，时任宁夏大学人文学院教授郎伟在课堂上告诉全班同学："中文系不是培育作家的，而是培养具备人文学养与普世情怀的文化工作者。"回首往事，不论是人生职场走过的期待彷徨，抑或是专业成长经历的困惑迷茫，可以说自己的道路没有离开老师的话。

2015年6月，我从行政管理岗位调到群文业务前沿，开始着手整理自己创作的文字，随后便敲定了《梦想留痕——群众文化随笔集》一书的书名，这是自己从不放弃观察思考与实践探索"结下的果实"。回首集子的编选与出版，不知不觉竟耗用了两年时间，真可谓白驹过隙似水流，不得不感慨时光匆匆太荏苒。

近20年来，我在教育、文化两个领域坚持写作，留下了不少记录性的文字。本书是我从文化艺术和非物质文化遗产文字中遴选出来，主要收录了专职从事文化工作十年来积累的文章。因为写作中没有参阅、借鉴学术专著，使本书内容显得较为鲜活，更为贴近底层，这对群众文化领域及文化馆系统的读者是有益的。不过，比写作更难的是挖掘一座城市的文蕴、领悟一方乡土的灵魂。这本思考文集显然"挖掘"得还远远不够，好在我的目光始终盯着这口"井"。相信，有朝一日我和同事们一定会"源源不断"地汲取出更好的"营养"。

这本书是我的第一部独著。编印成书之际，我首先要感谢中卫市委宣传部及中宁县委宣传部、文化局和宁夏文化馆的领导，他们在工作繁忙的情况下照顾有加，让我在工作实践中有了第一手写作素材；其次要感谢陶雨芳、叶宪静、王越宏、张江涛、范家宏、袁海清、孙艳琳、谭河清、王世东、张巧荣、刘亿龙等对我工作的支持与帮助，马慧玲、包耀新、吴昕、赵闯、王新林对提高我的审美能力、拓宽我的艺术视野起到的关键作用；特别要感谢中卫市文化馆副研究馆员刘忠群对我业务工作的悉心指导；还要感谢李蕴林在生活哲学、艺术修为等方面给予我的熏陶。最后就是感谢给予我无限关心的家人，从祖母的眼神、父母亲的面容、爱人的鼓励，再到儿子稚声的问候。还有感谢给过我精神抚慰的银川十三中学教务处主任黄晓东、中宁中学教师宋双宝、中宁一中教师李世仓与宁夏早康枸杞股份有限公司董事长朱彦华、宁夏森木隆节能服务股份有限公司董事长赵静、宁夏老茶梗文化传媒有限公司总经理刘乐牛、中卫市浩雅博艺工贸有限公司总经理徐佳、宁夏长兴捷招标代理有限公司总经理张勇等友人。

所有这些无私的精神和纯真的情谊都让我感动不已，这些永远是我前进的动力和寻觅的归宿。拙著奉上，再次感谢所有爱我和我爱的人，并敬请读者提出善意的批评与中肯的指正。

作者于福兴苑家中
2019年12月23日